本书获

2023 年贵州省出版传媒事业发展专项资金资助

贵州出版集团有限公司出版专项资金资助

扫描上方二维码，观看地戏简介视频。

想了解《封神榜之出五关》的故事如何在地戏舞台上演绎吗？扫描上方二维码，观看本书相关剧目的精彩演绎视频。

屯堡文丛·文学艺术书系

地戏·封神榜之出五关

帅学剑　整理校注

贵州出版集团
贵州民族出版社

《屯堡文丛》编辑出版委员会及学术委员会

"文学艺术书系·地戏"编撰学术委员会

《屯堡文丛》总序

毛佩琦

屯堡，自从在明朝初年出现后，就是一个生机盎然的存在，历600余年风雨晴晦而不衰，至今仍然长青！这是人类文化史上的一个奇迹，是中华民族的一件瑰宝。

明朝建立之初，国家还没有完全统一，元朝的梁王还在割据西南，而且多次杀害明朝派来的使者。洪武十四年（1381），明朝廷命颍川侯傅友德为征南将军，永昌侯蓝玉、西平侯沐英为副将军，率30万大军征云南。明军获得全胜，历时3个月，平定云南。洪武十五年（1382），明朝廷设置贵州都指挥使司，征南大军以卫所为编制戍守各地，卫所军士屯种收获以自给。这些卫所军士及家属所居之地就形成了屯堡。这是一次为维护国家统一的军事行动，也是一次大规模的移民。经过从洪武到永乐的数十年的经营，永乐十一年（1413），明朝廷决定设立贵州布政使司，划云南、四川、湖广、广西各一部，组建成一个新的省级行政区。当年散落在西南地区的屯堡，就主要分布在今天的贵州省内。屯堡的建设和贵州布政使司的设立，有效地维护了国家的统一和地方的安定，促进了地方开发和民族融合，也体现了古人高超的政治智慧和管理艺术。

600多年前，来自南直隶的应天府、凤阳府，以及江西、浙江的军士及其家属，扶老携幼，远离故土，到达西南，在贵州地区安下家来，成为屯堡人。屯堡人落地生根，坚韧不拔，胼手胝足，开发贵州，对贵州的发展做出了巨大贡献。他们既是地方的守护者，又是地方的开发者。屯堡人的勇敢担当和巨大的付出，至今仍然令人肃然起敬。他们开拓进取，给贵州带来了先进的生产方式，耕种、养殖、纺织、冶铁，也促进了贵州商业的发展，沈万三传奇性的商业故事就具有典型意义。明朝重视文教，朝廷在边疆军卫和土司地区都大力推广学校建设。由于儒学教育的发展，后来，在全国科举考试的激烈竞争中，贵州的学子曾经先后两次夺得文状元。

贵州地区民族众多，屯堡人与各民族人民交错杂居，却能和睦相处。不同文化保持了各自的特色又互相包容，和谐发展，是中华文化多元一体的具体写照。屯堡人至今仍然保持着故乡的生活习惯和文化传统，语言、服饰、建筑、戏剧，在今天屯堡的村寨里、田野上，在日常生活、节日集会中，随时随地可以见到这些活的历史风景。这些延续数百年的独特风俗，是屯堡人身份的自我认知，是肩负国家使命的一种标志，也表现了他们坚守传统、不忘根本的韧性。屯堡人对遥远的故乡有着割舍不断的深情。以安顺天龙屯堡人而言，他们自明初至今已繁衍20余代，四姓族裔达数万人，他们每年都要面向家乡南京遥祭。2005年6月，安顺地区的一支屯堡人曾经返回江南寻根。当他们在南京祖居地石灰巷与南京的乡亲们深情拥抱时，绵绵600多年的思念，如同长河打开了闸门，浓浓的亲情刹那间奔涌交融，场面令人泪奔。重视祖先传统，重视血脉亲情，在屯堡人数百年的文化传承和坚守中，展现了这种悠久的中华民族的特质，也让我们看到了中华文化源远流长的生命力和凝聚力。

屯堡是贵州地区生动的现实生活，是历史文化的"活化石"，也是一座丰富的宝库。历史的、文化的、民俗的、语言的、音乐的、美术的，乃至社会学、民族学、国家治理的诸多宝贝，琳琅满目，数不胜数。屯堡中也还有一些未解之谜有待开启。当代人有责任保护和传承这份宝贵的文化遗产，也有义务开发和利用这份宝贵的文化遗产。对屯堡进行深入研究，整理、研究屯堡的历史文化，深刻认识它的精神内涵，挖掘它的当代价值，是保护和传承屯堡文化的基础，也是开展保护和传承工作的前提。

对屯堡的研究，从 20 世纪 20 年代就开始了，到 20 世纪 80 年代成为一个热点。近二十多年，屯堡引起了社会各界更多的关注，许多学者和学术机构投入到屯堡的研究中，屯堡研究已经成为一个正在兴起的新学科。数十年来，在各个学科领域对屯堡的研究，已经获得了一大批成果，屯堡的历史面貌和文化价值越来越广泛地被认知。当前，在举国弘扬和传承中华优秀传统文化的形势下，有必要对以前的研究做一番梳理和总结，以推动屯堡研究开出新的生面。

2023 年，中共贵州省委宣传部决定实施"四大文化工程"，把编辑出版《屯堡文丛》作为其中一项重要工作。《屯堡文丛》设计规模宏大、体例严整、内容丰富，包括历史文献、专题研究、资料整理、文学艺术和创造性转化创新性发展共 5 个书系。可以说，《屯堡文丛》囊括了有关屯堡历史文化的全部内容。《屯堡文丛》是对屯堡文献的全面收集和整理，是对以往屯堡研究成果的完整总结，也是为今后屯堡的保护、研究和开发利用打下的坚实基础。对屯堡的历史文献和资料进行收集整理，本身也带有抢救保护的意义，让这些宝贵的文献资料不再丢失，将它们挖掘出来，服务于当代社会和文化建设。对前人的研究进行总结，同时是一项具有前瞻意义的工作。一切研究和实际工作，无不是在前人成果的基础上进行的，利用成果，汲取经验，以开辟新的路径，取得新的成果。《屯堡文丛》秉持全新的出版理念，精心编辑、精心制作，努力为全社会奉献出文化巨制、文化精品。相信，《屯堡文丛》的出版，将会为社会各界提供更多的方便，大大推进屯堡文化的研究、传布和开发利用。无疑，《屯堡文丛》的出版，也将进一步彰显屯堡的价值，助益于传承和弘扬中华优秀传统文化，助益于维护国家统一、促进民族融合的伟大事业。

2024 年 2 月 24 日于小泥湾

序

　　屯堡文化是贵州多元文化版图中重要的组成部分，具有独特的内涵和多样的形态，不仅是贵州多民族文化的代表，也是江淮民俗文化活态传承至今的载体，它融合了中原和江南文化的元素，同时保持了其地区文化的特点和中华传统文化的内涵；它既是屯堡人恪守文化传统的成果，又是在长期生产生活实践中创造的独特地域文化，是不可多得的宝贵遗产；它身处一隅，却生动展现了中华大地各民族交往交流交融的宏伟历程，对研究、铸牢中华民族共同体意识具有重要价值。如何挖掘、弘扬屯堡这一珍贵历史文化遗产的时代价值，是值得深入思考研究、汇聚力量加快推进的一项重大文化工程。

　　为此，中共贵州省委宣传部推出了《屯堡文化研究转化传播重大文化工程工作方案》，旨在深化对屯堡文化的研究，实现其创新性发展和创造性转化，突显其在保卫国家统一和促进民族融合中的重要价值，同时也为中华优秀传统文化的传承和发展做出新的贡献。其中，贵州民族出版社承担了"屯堡文丛·文学艺术书系"部分丛书的编辑出版工作，该系列图书注重呈现文学原创和屯堡地戏艺术精品，聚焦了安顺独特的屯堡文化和多元文化的交融，以期让更多人主动地了解、关注、传播屯堡文化，使其在新时代焕发新活力。

"屯堡文丛·文学艺术书系"在守正的前提下，不断将传统与现代有效结合，通过深入的田野调查和精心编纂，将这些珍贵的资料集结和出版，为研究者和爱好者提供了宝贵的资源，同时也为贵州屯堡文化的全面展示奠定了坚实基础。"屯堡文丛·文学艺术书系"着眼于贵州的历史发展脉络，挖掘出屯堡文化具有"磨洗认前朝"的重大历史价值，并弘扬其在铸牢中华民族共同体意识方面的重要文化价值。

回顾历史，我们不得不为祖先的勤勉、智慧和文化创造深感自豪。他们赋予我们的这份珍贵文化遗产，不仅见证了中华民族的深厚历史和悠久传统，更成为我们文化根脉的重要组成部分。展望未来，我们深感荣幸与责任重大。我们深知，保护和传承好贵州的非物质文化遗产，不仅是贵州文化创新发展的客观需求，也是在全球化背景下保持文化多样性和独特性的现实需求。我们期待着通过共同的努力，将这份丰富而多元的文化遗产更好地传递给后世，让它们继续照亮我们的前行之路，为我们提供不竭的智慧和灵感。

是为序。

前　言

　　地戏，原称"跳神"，以其古朴粗犷的风格深受当地人民的喜爱。屯堡先民大多是通过军屯这一方式驻留当地，骨血中流淌着忠君爱国之情与对金戈铁马生活的向往。往昔，地戏是屯堡人在农闲之余的娱乐方式，地戏演出无须繁复的舞台搭建，只需在乡村田坝寻一开阔之地，便可上演精彩纷呈的戏剧。演员们通过演绎英勇征战的传奇故事，不仅为屯堡民众带来欢乐，更在无形中凝聚人心，教育民众爱国尚武。这成为屯堡文化中不可或缺的一部分。

　　地戏谱书是农耕时代屯堡社区"说书"（说唱）与"演剧"的重要凭据。

　　说唱文学，这一盛行于宋元时期的文体，以其通俗易懂、朴素自然、情节生动的特点深受百姓喜爱。地戏谱书正属于这一文学范畴，它采用七言为主，间杂五言和十言的韵文形式，朴实无华，描写自然活泼，语言通俗生动。在农闲的夜晚，无论是灯光下还是月色中，村民们五人一组、十人一堆地聚在一起，讲唱地戏谱书，以此取乐。他们不仅从中熟谙中国的历史，更能领略到为人处世的道德风范。

　　"说书"相对随意，而"演剧"属慎重之事。每当新春伊始或七月中元节到来，戏班便会举行庄重的仪式，请出"神灵"。演员们戴上面具，穿上战裙，手持木质兵器，在一锣一鼓的伴奏声中，高歌猛进，围场"跳神"，既娱人又娱神，祈求丰收与平安。

地戏谱书主要来自对明清演义小说的拆编改编，内容以历朝历代的征战故事为主，其中所塑造的人物，无论是封神英雄、三国猛将，还是薛家将、杨家将、岳家将、瓦岗好汉等，都是屯堡村民所钟爱的角色。几百年来，地戏在以屯堡人为主的村寨中一直流传不衰。在其中，你找不到才子佳人的柔情蜜意，也寻不见清官公案的正义凛然；既不见《窦娥冤》般的悲痛哀婉，也没有《风筝误》式的妙趣横生。它聚焦的，是与屯堡人生活紧密相连的军旅征战故事，是对那些忠义之士、报国良将的深深赞美。

然而，地戏谱书因其过于通俗而少文采的特点，长久以来并未得到大雅君子和文人秀士的足够关注。它的传承全靠农村中的知识分子用白皮纸手抄而代代相传，但由于历史资料匮乏，地戏谱书的具体形成地点、时间和作者都难以考证。这些当初由戏班出资请人精心抄写的地戏谱书，以及与之相伴的成千上万的地戏面具，随着时间流逝，仅有极少数得以保存。

如何对地戏这一传统文化形式进行传承与保护，让更多人领略其魅力，并推动地戏文化的广泛传播与发展，确实是一个值得深思的问题。

为此，帅学剑老师倾注了数十年的心血，对地戏谱书进行了深入的搜集、整理与校注。按照中共贵州省委宣传部《屯堡文化研究转化传播重大文化工程工作方案》中关于高质量促进屯堡文化的传播推广的要求，贵州民族出版社还与贵州广播电视台展开了深度合作，致力通过融媒体出版的方式，传承地戏这一独特的艺术形式，为传承和弘扬中华优秀传统文化贡献一份微薄之力。我们精心挑选了每部地戏谱书的精彩片段，并邀请了少数能够演绎部分剧目的传承人进行精彩演绎。这些演绎视频以二维码的形式附在每本书的开头，读者只需用手机轻轻一扫，便能立即欣赏到与书本内容紧密相关的精彩地戏视频。

此次地戏谱书的融媒体出版，无疑是对地戏保护与传承的一次有效抢救。为尽可能保持地戏谱书的原貌，我们在编辑过程中，对原本的错别字进行了纠正，为说白加上了标点，修正了拗口的韵律，调整了不通顺的句子，补充了缺失的句段，并对方言土语进行了注释。我们完全保留了原唱本的内容和样式，以期让读者能够感受到最真实、最原始的地戏谱书风貌。

在搜集、拍摄过程中，我们深切地感受到了地戏传承的艰辛，以及当地人对地戏深藏在心里的热爱。因此，我们希望通过这套书，唤起人们对地戏的关注，让读者不仅能够深入了解地戏的文学形式和表演形式，更能感受到其中蕴含的深厚历史人文价值和独特艺术价值，让这一宝贵的文化遗产得到更广泛的传播，能够更长久地流传下去。

目　录

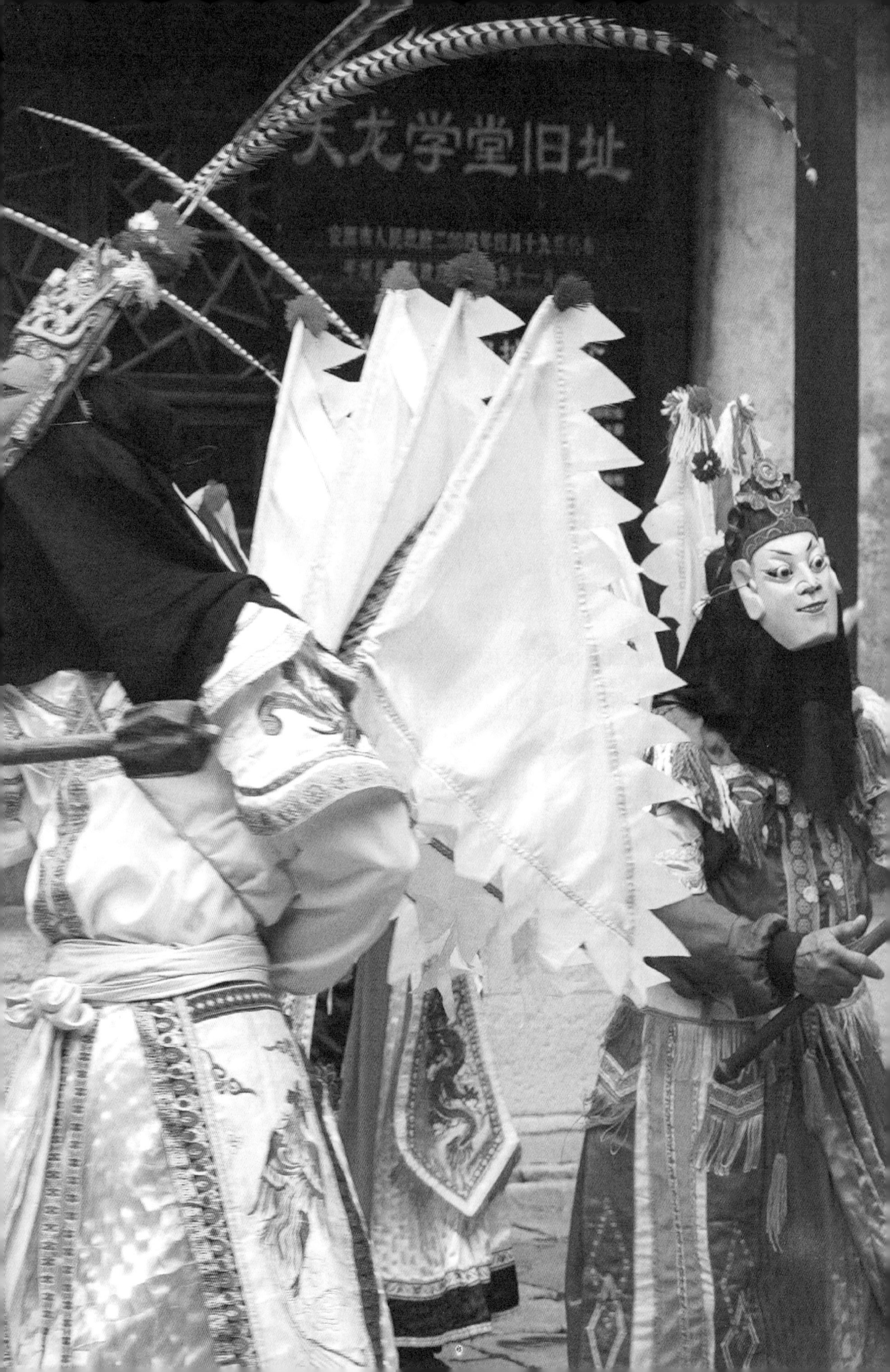
天龙学堂旧址

第一章　妲己设计陷忠良　黄飞虎反出五关

白 打扫金銮殿，圣主立后宫，东打龙凤鼓，西撞景阳钟，金鞭三下响，文武立西东。

"老夫姓商名容，位居首相是也。""亚相比干是也。""吾乃镇国武成王黄飞虎也。""末将鲁雄是也。"商容曰："列位大人，今日圣主登殿，理当排班侍候。"香烟袅袅，圣驾来临。

诗曰："平顶冠上九龙头，太阳一出照九州。今日孤王登九五，文武百官贺千秋。"

白 "朕殷纣王，乃汤王三子，姓殷名受。承先帝之德，自朕登基以来，风调雨顺，国泰民安。托先王之福，永享尧舜之日。五鼓驾设早朝，聚集两班文武，商议国政之事。"

唱 混沌初开盘古先／太极两仪四相全／子天丑地壬寅出／灭除后患又招贤／女娲炼石把天补／留下美名万古传／燧人取火把木钻／伏羲八卦阴阳间／神农治世尝百草／轩辕礼乐婚姻联／少昊皇帝名物阜／禹王治水洪波宽／夏后尚松立为社／受享荣华四百年／位传桀王行无道／成汤伐夏来古传／闲言略表这几句／书归正传水归源／纣王驾坐金銮殿／想起从前事一番／孤是先王第三子／国家立幼理不端／只因玩赏牡丹寺／飞云阁梁柱损半边／孤家托梁来换柱／力大无比果算先／首相商容把本上／才立殷受坐金銮／老王晏驾归天去／现在已有正七年／而今北海刀兵动／闻仲征剿未回还／五更三点王登殿／聚齐两班文武官／拜王二十单四拜／三呼天子万万年／拜罢礼毕分班站／王开金口问百官／有事出班早启奏／无事散朝且退班

白 纣王见两班文武没有奏章，袍袖一展，圣驾回宫，群臣退班而出，这且不提。

"家住二龙闷恹恹，每日怀恨在心间。纣王无道造炮烙，杀妻灭子诛大贤。俺周纪是也。"

"家坐北海山，威风八面寒。雄赳赳，气昂昂，要把乾坤扭转。俺黄明是也。"

"身披凤毛口朝天，手执班斧月儿圆。不怕纣王三宣召，只怕吾兄将令传。俺龙环是也。"

"家坐北海在江边，江水翻浪几千年。要得我把愁眉展，杀了纣王心才安。俺吴谦是也。"

黄明曰："弟兄们，今日大哥升帐，理当排班伺候。红旗飘飘，大哥来也。"

"头戴凤翅双锁冠，身穿王服紫罗兰。寸土虽是皇王管，要与皇王定江山。吾乃黄飞虎是也，在纣王驾前为臣，官封镇国武成王之职。今日升帐，与众兄弟商议国政之事。"

唱　不提北海刀兵乱／只说飞虎坐银安／无事曾把兵书看／猛然想起事一番／只因妲己进宫后／文书奏本堆如山／君臣二月未见面／百官纷纷上金銮／鸣钟击鼓请升殿／又遇着云中子来进妖言／纣王又把炮烙造／杀妻灭子诛大贤／方弼保着太子反／商容直谏尽忠全／姬昌燕山收雷震／羑里城囚整七年／伯邑考进贡赎父罪／散宜生私通尤费二贼奸／文王吐子得果断／方才挂冠出五关／文王夜梦飞熊兆／聘请姜公入朝班／而今天下纷纷乱／不由飞虎心不安／前思后想身困倦／这而今纣王在位二十年

白　纣王在位二十年，文武百官及夫人进宫朝贺正宫。花开千朵，单表一枝。只言黄飞虎原配夫人贾氏进宫朝贺。当日，飞虎便令侍儿请夫人进宫朝贺。

唱 贾氏起来忙梳洗／收拾打扮换衣襟／头戴凤冠与霞帔／一品朝服穿在身／吆喝鸣锣来开道／两班侍儿随后跟／一直来至午门外／便叫宫娥报事因／宫娥得令往内走／寿仙宫内去禀明／贾夫人宫外来候旨／妲己开言问宫人／贾夫人是哪一个／宫娥说武成王的原配人

白 妲己闻言，心中暗想：黄飞虎！昔日你放神鹰抓伤吾的面门，今日你妻也落入吾的手中！传旨宣她进来。

唱 宫娥得令往外请／请来贾氏拜在尘／拜了二十单四拜／三呼娘娘万万春／妲己双手来扶起／夫人请坐且平身／贾氏谢恩来坐下／妲己开言问事因／请问青春有多少／贾氏说臣妾正是四十九春／妲己闻言假欢喜／姐姐长我八岁春／你我相称为姐妹／不知尊意可赞成／贾氏回言称不敢／娘娘之言罪我身／你是天生龙凤体／臣是林中飞鸟形／君是天来臣是地／乌鸦怎入凤凰群／二人正把宴来饮／宫娥进来报事因／圣王大驾来到此／伏望娘娘把驾迎／贾氏闻言忙回避／起身立在后宫门／纣王走进宫殿内／妲己相迎甚殷勤／纣王看见有酒宴／问一声卿与何人饮杯巡／妲己说黄妃亲嫂贾氏女／故此相留未回程／心里暗生一奸计／甜言蜜语奏当今／你可见贾氏容貌真个美／纣王说不见臣妻古来云／妲己说也是龙目不得见／若见灵魂不附身／在民间翁姑见媳平常事／为何为君的不能见臣妻／几句话说得纣王心里动／要妲己想法让他销销魂／妲己说待我哄她把楼上／任君玩耍去施行

白　纣王听了妲己之言，退入偏殿去了。妲己来与贾氏言道："姐姐！一年一会，你我前往摘星楼观景一番，意下如何？"贾氏不敢违命，只得相随，往摘星楼而来。行至九层栏杆，往下一望，只见虿盆内蛇蝎狰狞，白骨堆山；酒池中阴风惨惨，肉林内寒气飕飕。贾氏问曰："楼下设此池沼坑溪，却是为何？"妲己曰："如宫人犯法，脱衣绑身，送下喂此蛇蝎。"贾氏闻言，吓得魂不附体。妲己传旨摆宴上来，二人坐下饮宴。忽宫人来报圣驾到了，贾氏着忙，起身立于栏杆外面。纣王故问曰："栏杆外面站的何人？"妲己曰："武成王夫人贾氏。"贾氏只得见礼，立于一旁。纣王传旨赐座。贾氏曰："陛下，国母乃天下之主，臣焉敢坐？"妲己曰："姐姐坐下无妨。"纣王曰："皇嫂不必过谦。朕奉酒一杯，陪陪寡人，取乐一时。"

唱　满满斟上一杯酒／双手递与贾夫人／贾氏用手来接过／无名火从心内生／劈面就是一杯子／手指纣王骂昏君／我夫为你苦征战／汗马功劳数不清／不思酬劳勤国政／听信妲言乱人伦／无知禽兽就是你／枉自为人称圣君／纣王闻言心大怒／传旨拿下这贱人／贾氏说谁人胆敢来拿我／转身栏外叫一声／粉面之上热泪滚／连叫几声黄将军／妾为将军名节保／做个冰清玉洁人／哭罢即往楼下跳／粉身碎骨命归阴／红粉佳人把命尽／万里江山一旦倾

诗曰："朝贺中宫惹祸殃，夫人贞节坠楼亡。一石击浪干戈动，八百诸侯起战场。"

唱　不说夫人坠楼死／又把宫人表一巡／闻听夫人把楼坠／跑进西宫报事

因／口称娘娘不好了／夫人坠楼丧残生／黄妃听得嫂嫂死／不由两眼泪纷纷／一路哭来一路走／一直冲上摘星楼／迈步如飞把楼上／指着纣王骂昏君／我父镇守界牌地／兄长执掌锦乾坤／南征北讨功劳大／东剿西伐动刀兵／一门忠烈全不念／听信妇言灭人伦／骂得纣王无言对／低下头来不做声／这黄妃又见妲己旁边站／大骂贱妇不是人／我嫂被你坑害死／叫你性命活不成／上前一把来抓住／拖翻妲己在埃尘／黄妃原是将门女／手起拳落不留情／一连打了几十下／纣王一见不忍心／急忙上前来解劝／不关妲己半毫分／你嫂见朕面自愧／故此坠楼是实情／黄妃又是一拳打／误打纣王的面门／纣王立时心大怒／大骂贱妇太蛮横／我倒好意来劝解／反将朕打为何因／抓住黄妃脑后发／扯住宫衣不容情／朝着摘星楼下甩／黄妃粉骨又碎身／纣王一见黄妃死去了／独坐无言口问心／不好埋怨苏妲己／抓耳挠腮心不宁／不说纣王烦闷事／回书又表侍儿们／夫人娘娘俱丧命／便往王府报事因／跑进王府双膝跪／口称千岁听奴云／夫人进宫坠楼死／黄娘娘碎骨又粉身／飞虎听得魂不在／天祥天爵放悲声／左观四友咬牙恨／右看三子泪长倾／黄明一旁开言论／妖妇昏君是罪魁／君戏臣妻人伦乱／妖妇更是害人精／如此昏君保何用／今日何不动刀兵／说罢提刀跳上马／四人走出王府门／飞虎一见四人反／悠悠顶上走三魂／大喊四弟快回转／转来商议慢调停／要往何方投明主／考虑稳妥方可行／四人听得头回转／即刻走进帅府门／飞虎把剑拿在手／大喝周纪与黄明／你等不思来报本／要害我一门遭杀身／为一妇人来造反／不是尽忠报国臣／骂得四人无话讲／默默无言不做声

白 黄明言道："兄长骂得有理。又不是我们的事，恼它则甚！"四人乃抬来酒菜一桌，边吃边笑，大笑不止。飞虎又听到三子哭声不绝，心中十分烦躁。乃问四人曰："我遭不幸，你们却高声大笑，这是为何？"周纪曰："我们笑的是兄长一时糊涂，思考不深。兄官居王位，名列朝班，身当首领，爵禄显耀，能有今日，知者说这是全仗你平身本事，不知者则会说是嫂嫂取悦君王，得此富贵。如今你一片忠心，换来的却是妻死妹亡，昏君如此残暴，你还扶他？"飞虎听得，大叫一声："气死我也！"传令打点行囊。飞彪见兄长反了，忙点三千家将，收拾金银珠宝，装载停当。黄飞虎率三子二弟四友，一起反出朝歌。

唱　临行飞虎开言问／投往何方去安身／黄明回面称兄长／西岐武王甚英明／三分天下有其二／天下诸侯共归心／周纪心内暗思想／尤恐他有反复心／给他一个尽头路①／永世不回朝歌城／想罢开言叫兄长／前去午门问昏君／飞虎此时心已乱／一听此言怒生嗔／金装盔甲连环铠／五色神牛胯下乘／丈二银枪横肩上／后跟周纪与黄明／一直来到午门外／便叫门官报事因／快叫纣王来会我／讲个明白才甘心／纣王坐在隆德殿／门官进来奏当今／启上我主龙耳听／飞虎造反至午门／纣王听报心大怒／焉敢忤朕来欺君／忙把御林军来点／保驾不离左右臣／跨上走阵逍遥马／加鞭疾驰似流星／手提斩将刀一把／威风凛凛到午门

白　黄飞虎虽反，这时面君，却有愧色。周纪见兄长不言，便大喝曰："昏君无道，君戏臣妻，灭绝伦常，岂能容你？"纵马摇斧，直取纣王。纣王用刀架住，在午门一场大战。

唱　纣王爷大喝一声如雷吼／狗贼们你们打错定盘心／明目张胆行反叛／顷刻叫你活不成／飞虎说快将贾氏来还我／万事甘休不理论／若是半句言不肯／杀上金殿用火焚／这才是一龙三虎来争斗／围住纣王在中心／这一个后来封为东岳帝／那一个封神榜上天喜星／这一个南斗星官随斗部／那一个就是降龙伏虎

---

① 尽头路：没有回头之路。

神／只杀得文武官员抖／只战得满城军民心内惊／纣王力抵三员将／只听得刀枪相撞叮当响／看看战上三十合／纣王难抵三将军／虚晃一刀勒马转／一直败进午朝门／周纪一见拍马赶／飞虎止住叫一声／大叫贤弟休要赶／尽快离开朝歌城／三骑随出西门去／赶上家将一路行／过河翻山且不表／又把纣王明一明

白 纣王败至九间殿坐下。百官入朝问曰："黄飞虎因何造反？"纣王不说实情，谎说贾氏进宫忤逆苏后，自己坠楼而死。黄妃仗兄猛勇，上楼殴打正宫，被朕抓下楼台，误伤致命。百官听了，默默无言。忽门官来报，闻太师征东，奏凯回还。众官一齐出朝迎接。太师走至殿前，参见天子，起身不见黄飞虎，忙问曰："黄飞虎为何不来随朝？"纣王曰："黄飞虎反了！"太师惊问曰："黄飞虎因何造反？"纣王曰："贾氏进宫忤逆苏后，自己坠楼而死。黄妃听得嫂嫂死，愤怒殴打苏后，辱朕不堪，被朕抓下楼台，误伤致命。黄飞虎率众与朕相敌，望卿与朕擒来，以正国法。"太师听罢，厉声曰："据老臣看来，贾氏进宫，必有人引诱。黄妃无辜惨死，望陛下赦免飞虎一切大罪。微臣追他回来，以保江山社稷。"下大夫徐荣曰："太师所言虽是，君负臣，但黄飞虎亦有忤君之罪。"太师曰："何以见得？"

唱 徐荣即便开言道／太师你且听我云／辱死贾氏碎黄妃／天子失政是实情／飞虎午门来大战／全然无礼是欺君／太师闻言将头点／吉利余庆听令行／火牌令箭各关去／不可走了这反臣／这正是一人贪色是纣君／为妻报仇飞虎身／一人定国是太师／正义能有好几人／太师催动人和马／出了朝歌正西门／旗幡招展声威大／锣鸣鼓响震天庭／太师出兵且不表／又表黄家父子们／看看行至渑池县／县中镇守高兰英／飞虎知道张奎勇／不敢穿城漏风声／特走小路绕城过／才

奔潼关大路行／行往白莺林内过／忽听后面锣鼓声／飞虎回头观仔细／太师追兵到来临／飞虎急行浑身汗／今日难出这火坑／左有桂芳张总镇／右有魔家四将军／前面张凤亦来到／后面太师追兵临／急得飞虎心胆战／浑身冷汗湿衣襟／一口怒气冲霄汉／惊动虚空过往神

白　清峰山紫阳洞道德真君，出洞闲游，被武成王怒气冲开脚下祥光。真君拨开云头，往下一看，乃是黄飞虎有难，忙命黄巾力士曰："将吾混阳幡一绕，把黄家父子移往深山僻静之处，待吾退回朝歌人马，那时才好打发他出关。"黄巾力士得令，将混阳幡一绕，将黄家父子移往深山，踪迹全无不提。且说，闻太师追兵来至途中，有探马来报："启禀太师爷在上，今有张桂芳、魔家四将、张凤等听令。"

唱　太师传令命来见／进来桂芳拜在尘／太师说黄家人马反朝歌／可往青龙关上行／桂芳回言不曾见／太师传令快回兵／桂芳拜辞回兵转／来了魔家四将军／太师说黄家人马过孟津／是否佳梦关上行／四将军回言未曾见／太师说回去守关要小心／四将得令回关去／又来张凤老将军／太师说黄家人马出朝歌／可往临潼关上行／张凤回言没有见／未曾看见半个人／太师便令快回去／守关仔细加小心／张凤拜别回兵去／太师心下自沉吟／一出西门过孟津／然何①三处不见人／且将人马来扎住／看他脚下会腾云／众将在旁将言说／主将只管放宽心／想黄家不会退回朝歌去／除非生翅会飞腾

---

① 然何：为何，为什么。

白　真君在云端看见太师按兵不动，心想：不把闻仲退回朝歌，飞虎怎出得五关？忙在葫芦中倒出少许神沙，往东南角一撒，只见一支人马杀奔朝歌而去。立即有探马来报："启禀太师爷在上，今有黄家人马杀奔朝歌而去了！"太师传令回兵，一路上果见一支人马，簇拥如飞，太师忙催动人马过黄河孟津，暂且不说。且说，真君命黄巾力士，把黄家人马移出大道，黄家人马如做梦一般，只见回路人马去得踪迹全无。

唱　飞虎便问众兄弟／如今人马哪边行／黄明旁边呼兄长／过了临潼才放心／飞虎坐在神牛背／催动人马向前行／看看走了八十里／探马回头报事因／前面就是临潼地／故此不敢往前行／飞虎传令安营寨／炮响三声扎下寨／不表黄家营内事／又把张凤明一明

赞曰："头戴凤翅冠，柳月甲透寒。胯下走阵马，大刀门扇宽。红旗威名显，镇守临潼关。"

白　"吾乃临潼关主将张凤是也。昨日接到闻太师军令，黄飞虎反出朝歌，小心把守关隘，不可走了反贼。"

唱　张凤坐在银安殿／探马跪来报事端／今有黄家人马到／城外扎下大营盘／张凤听报传众将／上马出城到营前／大叫反贼来会战／飞虎上前把话言／神牛上面打一拱／口称老叔听端的①／马上无法施全礼／还望老叔多海涵／张凤说我与你父曾结拜／你是纣王驾下官／为一妇人来反叛／早早下马等咱拴／解上朝

---

① 端的：事情的经过；底细。

歌把罪请／再立新功赎罪愆／若是不听为叔话／事到临头后悔难／飞虎说小侄为人叔知晓／忠心耿耿保江山／怎奈纣王失仁政／君戏臣妻礼不端／灭绝伦常天地怨／小侄处于无奈间／还望老叔施恩典／放侄人马出此关／等我前去投明主／日后结草又衔环

白 张凤闻言大怒，骂曰："反贼敢出此言，欺我老迈。"手举大刀劈面砍来，飞虎将枪架住说道："我与老叔一样臣子，倘老叔受屈，亦是一般。"张凤曰："反臣焉敢饶舌？"又是一刀砍来，飞虎用枪架住，一场大战。

唱 说着说着怒气涌／牛马相交不放松／飞虎说君不正臣投明主去／老叔何必来争功／倘若一旦失了手／无情无义一场空／张凤听言心火肿／反贼岂敢欺老翁／手提大刀劈头砍／飞虎枪摆似蛟龙／看看战上数十合／张凤年老手渐松／虚晃一刀拨马走／飞虎催牛随后攻／这张凤将刀挂在鞍桥上／百炼锤举在半空

白 飞虎见锤来得甚急，忙把宝剑拿在手中，那锤将落，手起一剑将锤砍为两段。张凤见收了此宝，忙拨转战马，败进关去不提。

唱 飞虎也不去追赶／得胜收兵回营盘／坐下心中来打算／弟兄商议怎出关／不说飞虎营中事／又把张凤表一番／坐下忙把肖云叫／你上前来听我言／命你今晚黄昏后／传齐长箭兵三千／活把反贼来射死／割取首级转回还／肖云得令不怠慢／绝对不能漏机关／有恩不报非君子／犹如犬马是一般／正是上天垂怜

悯／不绝黄家后代烟／倘若坐视全不理／黄家老幼保不全／肖云主意来打定／初更已过二更天／关内此时无动静／肖云私自出了关／黑夜来至营盘外／叫声军士听我言／烦你去把成王禀／你就说肖云求见在外边／军士听得不急慢／跑进营来报事端／今有肖云来求见／而今就在营门前／飞虎听报传他进／肖云进帐把礼参／礼毕便把话来讲／大王在上请听言／张凤密令传末将／传齐长箭手三千／要把王爷来射死／割取首级转回还／飞虎听得吓一跳／心怀感激便开言／承蒙将军来搭救／肖云说快快上马莫迟延／末将开关来等候／不可拖到三更天／肖云说罢就回转／武成王统领众将闯上关／众人呐喊如猛虎／一直冲到城外边／趁势杀出临潼去／探马回关报事端／口称老爷不好了／黄家人马冲出关／张凤听报魂魄掉／急得七窍冒火烟／是我错把肖云用／串通飞虎闯出关／张凤提刀跳上马／不防肖云在后边／一箭照定咽喉射／张凤一命归了天

赞曰："凛凛英雄汉，堂堂忠义隆。只因飞虎反，报恩建奇功。顺天行大义，落锁放蛟龙。箭射张凤死，相助出临潼。"

唱　肖云当时忙不住／打马跑出临潼关／远远看见黄飞虎／口称王爷听我言／张凤被我箭射死／前途保重放心宽／飞虎说今日一别何日会／肖云说以后当会有机缘／说罢二人各分手／两下分别奔阳关／不说肖云回关去／单把飞虎表一番／飞虎催动人和马／人喊马嘶震山川／不觉行程来得快／到了潼关城下边／飞虎传令扎营寨／三军得令不迟延

白　飞虎问众兄弟们："此关主将是谁？"周纪曰："乃是陈桐。"飞虎曰："昔日此人在我麾下，犯了军令，我要将他斩首，众将告免，将功折罪。

今日至此，他必记住往日之恨。"不言飞虎思虑，且表潼关主将。

赞曰："头戴金盔一字飘，身穿铠甲大红袍。龙标镇守潼关地，忠心保主坐龙朝。"

白　"吾镇守潼关主将陈桐是也。前日接到太师军令，黄飞虎反出朝歌。昨日大战临潼关，军士打探，未见回报。传令左右，小心防守，不可走了反贼。"

唱　陈桐坐在中军帐 / 左思右想在心中 / 朝中飞虎来造反 / 昨日大战在临潼 / 太师军令叫拦住 / 胜败还在两可中 / 陈桐正在暗思想 / 小军跑来气冲冲 / 双膝跪在尘埃地 / 老爷在上听从容 / 不好不好真不好 / 黄家人马出临潼 / 而今已至城外面 / 不远扎营大炮冲 / 陈桐听报哈哈笑 / 大骂飞虎倒霉虫 / 只说你太阳常当顶 / 谁知今日落西空 / 现今你已成反叛 / 要拿你解上朝歌去请功 / 传令堵住咽喉路 / 不让反贼有路通 / 吩咐已毕来披挂 / 带领人马往外冲 / 飞虎听得声呐喊 / 跨牛提枪出营篷 / 只见陈桐显威武 / 耀武扬威势派凶 / 陈桐便用戟来指 / 大叫飞虎听从容 / 朝廷爵禄你享受 / 今日逃走为哪宗 / 太师军令叫拿你 / 叛臣贼子怎能容 / 好好下骑来受绑 / 解上朝歌见主公

白　飞虎曰："陈将军差矣！昔日你在吾麾下，我待你如同手足，你犯罪该斩，我听众人告免，将功赎罪。今日当面辱我，莫非欲报往日之恨？你快放马过来，三合赢得过我，便下骑受绑。"说罢，纵牛使枪，来取陈桐。陈桐用戟架住，一场大战。

唱　说着说着动戟枪 / 牛马相交在战场 / 一个只想把仇报 / 一个怎肯让他

强／长枪摆动银光闪／画戟摇动护身旁／只杀得四面阴云遍地起／只战得八方杀气吐红光／往来交锋数十合／陈桐难把飞虎伤／陈桐心内暗思想／好个镇国武成王／若不设计难取胜／恐防失机在战场／想罢拔马便败走／飞虎催牛赶得忙／紧催坐骑随后赶／陈桐一见喜洋洋／把戟挂在鞍桥上／伸手去摸豹皮囊／取出火花镖在手／用手一举遮太阳／一镖去正中飞虎左肋下／可怜一命见阎王

白　飞虎被火花镖打下五色神牛。黄明、周纪催马上前大呼曰："休伤吾主将！"纵马摇斧来取陈桐，陈桐将画戟架住，一场大战。

唱　二将抵住来相拼／飞彪把兄救回营／二人为兄把仇报／戟刺斧砍响沉沉／恨不得一斧来砍死／碎尸万段才甘心／看看战上三十合／陈桐拨马就抽身／周纪随后赶将去／陈桐一镖下绝情／正中周纪颈子上／翻身滚在地挨尘／陈桐正要取首级／黄明死命救回营／陈桐也不去追赶／得胜鼓打转进城／飞彪见他不来赶／忙抬二尸进了营／天禄一见放声哭／天爵天祥泪纷纷／飞彪飞豹齐掉泪／满营三军泪长倾／按下飞虎营中事／回文又表道德君

诗曰："盘古修来不计年，阴阳二气在先天。仙机哪送凡人晓，兴周立业八百年。"

白　清峰山紫阳洞清虚道德真君闲坐游床，忽然心血来潮，掐指一算，得知黄飞虎有难，忙令白云童儿："唤你师兄出来。"童儿得令，走至后洞，口称："师兄，师父唤你。"天化在园内游玩，听得师父叫唤，急忙走至面前，倒身下拜："不知师父唤弟子何事？"真君曰："你父亲有难，你可下山去走一遭。"

唱　天化便把师父问／弟子父亲是谁人／真君当即开言道／徒弟你且听原因／你父就是黄飞虎／武成王爷爵位尊／今在潼关镖打死／特此命你走一巡／一则下山去救父／二则骨肉两相亲／以后共辅周王主／父子共同立功勋／天化说弟子何因到此地／真君回言说分明／那年我由昆仑过／却被你煞气阻我祥光云／那时你才三岁整／至今已有十三春／花篮宝剑付与你／快快下山不可停／你今去把陈桐会／只需如此这般行／救父出关快回转／不可同父往前奔／天化听言领师命／拜辞师尊出洞门／抓把泥土往空撒／借土遁往潼关行／凡人行程数月整／仙家妙术一时辰／不上半盏茶时候／到了潼关这座城／按下遁光身站定／时才五更天将明／只见一簇人和马／团团围住一盏灯／即用神目往内看／耳听悲切啼哭声／天化正想仔细看／黑夜有人问事因／你是何人来到此／莫非打探我军情／天化回言说非也／吾乃练气一斋僧／清峰山上紫阳洞／吾师清虚道德君／知你大王有灾难／特来相救走一巡／烦你进内禀一禀／你就说有一仙童到来临／小军进内一声禀／飞彪听报忙出迎／果见一位道童子／相貌整齐品格清／头绾双辫髻压定／道袍灿烂穿在身／扣结丝绦腰间系／麻鞋紧紧脚下蹬／花篮内藏玄妙术／背悬宝剑有威能／看罢忙忙说声请／请进里面叙寒温／礼毕宾主来坐下／飞彪开口把话云／若能救得家兄转／子孙世代不忘恩／天化说大王现是在哪里／飞彪回言后营停／天化同往后营看／见大王双目紧闭息无声／面如白纸一般样／天化暗暗叫父亲／名在何方利何处／一品当朝爵禄尊／为甚竟遭此灾难／反而一命见阎君／又见一个旁边睡／忙问这是哪将军／飞彪即便[①]回言答／是吾结义兄弟们／亦被陈桐镖打死／实实死得不甘心／天化即忙叫家将／涧下取水兑药吞／手下得令不怠慢／霎时取水到来临／花篮内把丹药取／研烂用水来调匀／将剑来把牙关拗／灌入口中肚内倾／又用药擦伤痕上／半个时辰转还魂／大喊一声痛杀我／揉揉二目把眼睁／随手又把叔叔救／顷刻之间也还魂／飞虎醒来用目看／席地盘禅

---

① 即便：作立即之意。

小道人/飞彪说不得道长来搭救/我兄不能再复生/飞虎听言倒身拜/天化垂泪称父亲/我今不是别一个/是你孩儿天化身/三岁之时失踪影/清峰山上习五经/洞府名叫紫阳洞/我师名为道德君/至今十有三年整/奉命下山救父亲/飞虎闻言心喜幸/满门相会值千金/天化四顾观仔细/然何不见我母亲

白　天化血气方刚，性如烈火，一时满面通红，上前对父亲道："你好狠心。"飞虎曰："我儿今日相逢，何故突出此言？"天化曰："父亲既反出朝歌，叔叔弟兄都带得来，却不见我母亲，这是何说？我母亲乃是女流，朝廷拿问，露面抛头，那时黄家体面何在？"

唱　飞虎闻言放悲声/二目垂泪把话云/不问你母还尤可/提起你母痛伤心/为父为此来造反/只为你母把兵兴/只因元旦朝苏后/君戏臣妻是真情/你母坚贞全节义/怒斥昏王坠摘星/姑母上楼去直谏/昏君不听半毫分/抓住宫衣扯后发/抛往楼下命归阴/姑嫂二人死得苦/都是碎骨又粉身/天化听了这番话/手指朝歌骂昏君/这血泪深仇我难忘记/誓死报仇灭昏君/父子正在流痛泪/陈桐门外讨战争/军士一见忙去禀/启禀王爷得知闻/陈桐营外来讨战/飞虎听报着一惊/身带重伤未痊愈/今日如何去战争/沉吟半晌不言语/闪出天化叫父亲/父亲今日去出阵/孩儿在此莫担心/黄老本是英雄汉/精神抖擞又出营/身穿铠甲连环扣/五色神牛胯下乘/丈二长枪拿在手/天化随后一同行/一直来到战场上/便把陈桐喝一声/昨日被你飞镖打/今日难逃手掌心

白　陈桐见黄飞虎依然无恙，心中大疑，只得大喊："反贼慢来。"飞虎曰：

"昨日被你飞镖打伤，老天不灭于我。"说罢，催牛使枪来取陈桐。陈桐用戟相还，一场大战。

唱　一星一神怒冲冲／仇人相遇眼更红／一个使尽三略法／一个六韬更精通／这回不比那回战／二人各要显英雄／一回二合无胜败／三回四合一般同／五回六合是平手／七回八合虎对龙／九回十合分高下／陈桐一计上眉峰／看看战上十五合／陈桐难敌老英雄／拔转马头便败走／飞虎停牛把步松／天化见父不追赶／急得心内似火红／大叫父亲赶将去／何惧毛贼那一宗／飞虎听得催牛赶／陈桐回头把腰弓／忙取火龙镖在手／朝上一甩在半空／天化将篮对镖去／那镖投在花篮中／陈桐一见事不好／勒回战马又交锋／画戟直向飞虎刺／后面闪出一道童／大骂匹夫吾来了／看你今天还威风／陈桐说收吾宝物就是你／破吾道术怎能容／比你能的还着手／何况你这小毛虫／天化闻言心火肿／忙取宝剑在手中／将剑照着陈桐指／剑尖之上火光红／大有碗口霞光现／劈面一直奔陈桐／脖子上面霞光涌／首级落地血染红／天化斩了陈桐将／众赞宝贝妙无穷

赞曰："非铜非铁亦非金，乃是千年百炼成。变化无穷随妙用，岂知能杀亦能生。"

白　此剑乃是清虚道德真君镇山之宝，名曰魔邪宝剑，光华一出，人头落地，故陈桐逢此剑命绝。黄明、周纪见陈桐已死，一声呐喊，斩关落锁，杀散三军，闯出潼关。

唱　人欢马叫出潼关／闪出天化把话谈／双膝跪在道旁上／父亲叔叔请听言／前途一路多保重／孩儿告别转回山／飞虎说为何不与父同往／天化说师命难

违必须还／飞虎说今日一别何日会／天化说不久得会西岐山／父子二人各洒泪／两来分手奔阳关／不表天化回山去／又把飞虎表一番／离了潼关八十里／远远望见穿云山／飞虎途中且不表／又将那穿云主将表一番

赞曰："头戴金盔亮晶晶，身穿铠甲白如云。忠心为国把关守，弟兄扶主坐龙廷。"

白　"吾乃穿云关主将陈梧是也。因黄飞虎反出朝歌，接得闻太师军令，小心防守关隘，不可走了反贼。"

唱　陈梧坐在银安殿／探子跑来报事端／跑进殿来双膝跪／老爷在上请听言／二老爷为国捐躯了／黄家人马出潼关／陈梧听报心悲痛／气得暴跳冒火烟／传令打起聚将鼓／聚集众将来商谈／吾要为弟把仇报／要拿飞虎挖心肝／当时闪出贺申将／叫声主将听我言／主将不可来造次／黄飞虎勇冠三军武艺全／周纪乃是熊黑将／二老爷如此猛勇性命完

白　贺申曰："依末将愚见，不用力战，须当智取。若力战，恐不能胜。"陈梧听言忙问曰："将军有何妙计？"贺申曰："只需如此如此，不用张弓搭箭，以绝黄氏一门。"陈梧听言，心中大喜。

唱　陈梧听言心大喜／传齐众将把话说／你等今晚黄昏后／干柴草薪要得多／架起红炉丙丁火／纵然生翅难逃脱／叫他四路无门走／只管网里把鱼捉／不言这里安排妥／回文又把飞虎说／不觉行有八十里／不远就是云关脚／人马正在

往前走／有陈梧统领众将出城郭／飞虎骑上仔细看／只见他身不披甲手无戈／一见飞虎忙下跪／口称大王请听着／久别大王常思慕／云山阻隔无奈何／飞虎回言称不敢／大义令我难忘却／昨日令弟把关阻／故有杀身祸事多／今蒙将军客礼待／大恩如山我记着／说罢一齐进帅府／暂停车驾把酒喝／陈梧吩咐摆酒宴／众将入席来坐着／吃的是山中走兽云中雁／陆地猪羊与燕窝／酒过数巡肚已饱／飞虎出席把话说／承蒙将军来款待／深情厚谊实难却／陈梧说大王行程多辛苦／日夜无眠人马渴／今晚早点请安歇／明日一早出城郭／黄明在旁呼兄长／将军恩惠实在多／酸甜自有同树果／弟兄愚贤各不合／飞虎听言将头点／只见红日落西坡／桌上忙把蜡烛点／众将心安睡得着／一路劳累多辛苦／鼻息如雷震山坡／飞虎正在殿上坐／思前后想心不乐／遭此不幸痛且恨／前路茫茫感慨多

诗曰："七世忠良成画饼，谁知今要去西岐。五关有路真险峻，历经艰辛自狼藉。飞鸟失林家已破，前路茫茫怎安生。老天若遂平生志，赤胆忠心扶明君。"

白　飞虎独坐深思感慨不已，不觉二更，全无睡意。朦胧中忽觉一阵阴风从丹墀之下吹上殿来，吓得飞虎毛骨悚然，惊出一身冷汗。又见阴风过处，伸出一只手来把烛灭了，并叫曰："将军！我乃你发妻贾氏。眼下将有大难，陈梧定计，用烈火焚烧你等，快唤醒大家，火速离此险境，你妻去也！"

唱　飞虎一听如此语／忙把烛光来复明／拍案大叫众贤弟／快快起来莫迟停／黄明周纪正酣睡／忽听兄长大叫声／连忙起来问兄长／大叫为了啥事情／飞虎前后说一遍／飞彪当即把话云／我们宁可信其有／不可不信误事情／这黄明前

去开门已锁了 / 周纪大叫了不成^① / 龙环吴谦用斧砍 / 拼力劈开两扇门 / 只见门前堆柴草 / 推起车辆出府庭 / 陈梧带领人和马 / 如同蜂拥追来临

白 飞虎大叫曰："陈梧！昨日情意，付诸流水，我与你何冤何仇，为何行此不仁？"陈梧知计已破，大骂曰："反贼！我只望斩草除根，与弟报仇，虽被你识破，料你亦难飞出天罗地网。"说罢，纵马使刀，直取黄明。黄明用斧相还，黑夜之间，一场大战。

唱 定计不成动刀兵 / 谁肯轻易放过人 / 黄明破口来大骂 / 狗贼你们好狠心 / 吾等与你何仇恨 / 然何要下此绝情 / 陈梧说只愿老天从人愿 / 灭绝你们这贼根 / 二人正在显本领 / 飞虎催牛来相争 / 黑夜交兵难分辨 / 乱杀乱砍不容情 / 灯笼火把满城亮 / 杀得军民掉了魂 / 看看战上十数合 / 黄老爷怒发如雷吼一声 / 一枪照着陈梧刺 / 前心一直透后心 / 陈梧一命归阴府 / 竟往封神台上行 / 飞虎催动人和马 / 乱杀儿郎马共兵 / 杀得惊天并动地 / 鬼哭狼嚎不安宁 / 众将斩关又落锁 / 一拥出了穿云城 / 此时天色渐渐亮 / 直往界牌关上行 / 过了数关皆获胜 / 凯歌高唱人欢欣 / 行路正逢春天景 / 人欢马叫好心情 / 只见河边垂绿柳 / 桃红李白笑吟吟 / 一路景致无心看 / 抬头看见界牌城 / 黄明马上呼兄长 / 你今听我说分明 / 太老爷前头来镇守 / 不可执戈来动兵 / 不说这里途中事 / 又把关内明一明

赞曰："头戴金盔映日红，身穿铠甲现玲珑。两手擎天扶纣主，七世保主坐龙宫。"

---

① 了不成：不得了。

白　"吾乃界牌关主将黄滚是也。曾在吾主驾前为臣，官居总帅之职，又是国戚，受天子七世荣恩。吾儿黄飞虎在朝官封武成王，吾女在纣王西宫为妃，令我把守此关。"

唱　黄滚坐在银安殿／探子前来报事因／来至帐前双膝跪／老爷在上请听云／今有那大老爷人马反朝歌／破关斩将到此城／黄滚听报心大怒／传令大小众三军／点齐三千人和马／出城去把反贼擒／不把逆子来严究／众臣耻笑我无能／囚车带上十数辆／炮响三声就出城／一直来到战场上／等候飞虎到来临／不言这里安排定／又表飞虎在路行／看看行程八十里／远远看见界牌城／只见一簇人和马／又有囚车在中心／黄明在前呼兄长／看此情况有问题

白　黄明、周纪、龙环、吴谦数骑上前，黄飞虎在鞍桥上喊声："父亲！孩儿不能全礼。"黄滚曰："你是何人？"飞虎答曰："我是父亲长子飞虎，为何反问？"

唱　黄滚怒气冲云霄／大骂畜生理不端／我黄家受享皇恩有七世／为商股肱忠孝贤／如今你真好大胆／竟敢叛逆来背天／为一妇人而反叛／乱杀朝廷之命官／羞愧父颜于人世／辱我祖宗于九泉／上不忠贞于天子／下不孝敬于父前／畜生枉居王爵位／实实玷污我祖先／有何面目来见我／快下坐骑等我拴／黄滚一番言和语／骂得飞虎默无言

白　黄滚又问曰："畜生！你愿做忠臣孝子，还是不愿做忠臣孝子？"飞虎曰："父亲此话怎讲？"黄滚曰："你愿做忠臣孝子就好好下骑，等我解上朝歌，天子必不害我，你就死，还是商臣，岂不是忠孝两全？你不做忠臣孝子，就将我刺翻马下，你去西岐，使我目不见，耳不闻。"飞虎听父亲之言，方欲下骑，黄明大叫曰："兄长不可，不可！"

唱 黄明即便开言道／老爷你且听我云／纣王荒淫行无道／天下诸侯起异心／古云君待臣以礼／臣子侍君尽忠心／君戏臣妻纲常尽／杀妻诛子灭人伦／良禽择木是正理／贤臣择主为常情／历尽千辛和万苦／九死一生到如今／黄滚听言心大怒／大骂逆贼四个人／逆子料想无反意／是你四人强逼成／手提大刀劈面砍／黄明架住又开声／君不正臣投外国去／父不慈子投他乡行／黄滚越听心越气／大刀尽力砍黄明／周纪一旁开言论／老将军不必发雷霆／自古虎毒不食子／为什么拿解朝歌见昏君／黄滚大怒催战马／奋力来把周纪拼／周纪说声多得罪／刀斧并举来相迎／四人上前来围住／围住老将在中心／黄明马上开言道／长兄父子快出城／飞虎一听如此语／统领众人出城门／黄滚见子出关去／气破肝胆倒在尘／提剑照着咽喉刺／这黄明急忙抱住老爷身／黄滚当即开言骂／大骂逆贼四个人／把我儿子放走了／在此敷衍哄我身／黄明即忙回言道／老爷你且听分明／此时一言难尽叙／兄长他要杀我们／只得无奈同他反／到此来会老将军／望老爷拿下他父子／将他解进朝歌城／一来拿他去问罪／二来清洗我们名／黄滚只是不张睬①／黄明复又把话云

白 黄明说道："老将军请快上马，出关去赶飞虎，你就说：'黄明劝我虎毒不食子，你转来，我同你去西岐投见武王。'哄他进关吃酒，老爷以金钟为号，

① 不张睬：不理睬，不搭理。

我四人一齐动手，拿他解往朝歌，岂不美哉？"黄滚说道："你将巧言诱我？"黄明曰："当真是实，望老将军保全我等，感恩不尽矣！"

唱 黄滚当时忙不住／翻身上马出城郭／大叫我儿黄飞虎／转来为父有话说／适才黄明来劝我／父子回关慢商酌／飞虎听言勒住骑／暂且回去看如何／来至帅府把骑下／黄滚殿上正等着／飞虎弟兄把礼见／黄滚开言把话说／一路跋涉多辛苦／吩咐设宴把酒喝／方才饮了三五盏／老爷便把金钟磕／一连磕了三四下／不见黄明动手脚／龙环吴谦烧粮草／满城烟雾笼罩着／黄滚急得如刀绞／四贼诡计实在恶／朝着朝歌拜八拜／七世忠良入大河／取出了三十六两黄金印／银安殿上来挂着／忙点三千人救火／扑灭大火出城郭

诗曰："设计施谋出界牌，黄明周纪显奇才。谁知汜水关难过，怎脱天罗地网灾？余化通玄多奥妙，法术异宝捉人来。不是哪吒相接引，西岐怎得栋梁材。"

唱 人马出了界牌关／老将马上把话言／你四人不是为他把仇报／反害我一门忠义保不全／前关离此八十里／韩荣麾下将一员／幼学左道真玄妙／走阵成功不虚言／今日是父子公孙一路走／不知道明日团圆不团圆／孙儿听言放声哭／不知何时得罪天／公孙父子正嗟叹／小军回头报事端／前面就是汜水地／因此不敢再向前／黄滚听报忙传令／传令就地把营安／三军得令不怠慢／一时三刻扎周全／黄家营中且不表／回文又表汜水关

赞曰："头戴凤翅金锁飘，身穿龙鳞大红袍。双手擎天扶纣王，要与吾主立功劳。"

白　"吾乃汜水关主将韩荣是也，在纣王驾前为臣，官封总兵之职。"韩荣正坐殿内，忽有探马来报："今有黄家人马来至城外扎营，请令定夺。"韩荣听报，点头叹曰："黄老将军官居总帅，位列人臣，然何纵子造反？"立即传令，点鼓聚将。众将入内参见已毕，分班站立。韩荣曰："黄滚纵子造反，兵临城下。你等众将，要小心把守关隘，不可走了反贼。"众将领令出府而去不提。

唱　次日韩荣升宝帐／便令余化先行官／你可披挂去出阵／余化得令不迟延／全身披挂辞帅主／翻身跳上马雕鞍／一直来到战场上／巡营小军听我言／快快报与你主将／快叫能者来会俺／小军听言忙不住／三步两步进营盘／来至帐前双膝跪／启禀老爷请听言／营外有人来讨战／请令定夺怎开端①／黄滚尚未来传令／闪过飞虎跪面前／孩儿今日去出阵／会会来人看端的

白　飞虎拜辞父亲，披挂齐整，提枪上了五色神牛，冲出营来。只见翠兰幡下一员大将，生得古怪，有诗为证。

诗曰："脸似擦金头发红，一双怪眼镀金铜。虎皮袍衬连环铠，腰束宝带现玲珑。秘受玄功真奇妙，人称九首是飞熊。翠兰幡上书名讳，余化先行实威风。"

---

① 怎开端：怎么办。

唱　余化一见黄飞虎／果然英雄志气昂／今日见他仪容伟／五绺长须项飘扬／卧蚕眉来丹凤眼／胯下神牛手提枪／余化便问名和姓／飞虎说吾乃镇国武成王／你是何人把名报／余化接着就开腔／末将余化先锋将／未曾会过武成王／成汤社稷大王掌／若论富贵算你强／今日为何作反贼／逆君之罪你承当

白　飞虎曰：“将军之言差矣！纣王失政，罪过于桀，西土已出圣人，天命岂不从哉？今借此关一过，望将军周全，则感恩无涯矣！”余化曰：“大王差矣！若大王不反，末将理应远迎，今日大王叛逃，岂肯放大王出关？我劝大王早早下骑受绑，等末将解往朝歌，请旨定夺。”飞虎闻言，心中大怒，纵牛提枪，来取余化。余化用画戟相迎，一场大战。

唱　汜水关前动戟枪／一星一神气昂昂／一个真心扶纣主／一个实意投武王／长枪荡荡龙摆尾／画戟招招护身旁／飞虎说成汤股肱同一殿／行个方便又何妨／将军受屈是一样／也会与我同下场／余化说各尽忠心安天下／不必多言道短长／这一个好似苍龙归大海／那一个犹如猛虎下山冈／飞虎越战越有劲／余化久战力弱难逞强／看看战上三十合／只杀得九首将军手脚慌／余化拨骑便败走／飞虎催牛赶得忙／余化扭转头来看／正中机谋喜洋洋／画戟挂在鞍桥上／戮魂幡往空中扬／只见数道黑烟起／凭空拿住武成王／军士上前用绳绑／得胜鼓打气昂昂／扬鞭催马把关进／参见主将说端详／末将今日去出阵／生擒叛国武成王／韩荣传令快推进／黄飞虎立而不跪气轩昂／韩荣说朝廷有何亏负你／自作自受理应当／飞虎说你不过把关一总将／狐假虎威霸一方／到那日朝廷失国政／叫你好似鸡落汤／韩荣传令且监下／拿齐满门解君王／不言这里监禁事／三军报信走忙忙

白 黄滚正在营中探望，忽见探马跑进营来报曰："启禀老爷在上，不好了，不好了，刚才大王出阵，被贼擒将去了。"

唱 黄滚听报心忧闷／大骂无知小畜生／不听为父言和语／如今被擒怎脱身／你今落在韩荣手／怎生救你出火坑／不言老将心烦闷／一宿无话又天明／次日韩荣升宝帐／便令余化先行身／即往关外去讨战／余化得令不敢停／辞别主将出帅府／翻身跳上马能行／炮响三声惊天地／人喊马嘶出关门／一直来至战场上／大喝小军报讯音／快叫黄家来受绑／倘若迟延杀进营／小军一听忙不住／跑进营来跪在尘／叫声老爷请听禀／营外有贼喊交兵／黄滚听报开言问／哪位前去走一巡／言还未尽人答应／闪出周纪与黄明／二人不才愿出马／要与兄长把仇伸／说罢辞别老爷驾／提斧上马杀出营／一直冲到战场上／便把余化喝一声

白 周纪大骂道："匹夫！你擒吾兄长，此恨怎消？"说罢，纵马摇斧，劈头劈脑来取余化。余化用画戟相迎，一场好杀。

唱 三将昂昂杀气高／征云霭霭透九霄／英雄勇猛多威武／豪杰胸襟胆气豪／从来理路皆如此／败胜看谁有绝招／黄明说快下马来受绑／留你这贼命一条／你若不听老爷话／你就生翅也难逃／从晨杀到午时候／战到酉时气未消／看看战到数十合／余化心生计一条／一人难抵二人手／何必苦苦逞英豪／想罢拨马便败走／周纪大喝你往哪里逃／二将拍马赶得紧／哪肯轻轻来放饶／余化见他们来追赶／画戟挂在马鞍桥／戮魂幡往空中祭／只见黑气有几条／凭空拿住二员将／得胜鼓响咚咚敲／鸣金收了人和马／耀武扬威欢声高／来至帅府下战马／参

见主将说根苗 / 今日生擒二员将 / 韩荣听了喜眉梢 / 吩咐暂且来监下 / 记下将军二功劳 / 不言这里得胜事 / 败兵报事把差消 / 跑进营来双膝跪 / 老爷在上听根苗 / 二位将军去出阵 / 又被擒去怎开交 / 黄滚听报心烦躁 / 二将中他计笼牢 / 今日落在韩荣手 / 不知死在哪一朝 / 黄滚深深自嗟叹 / 红日西坠更鼓敲 / 吩咐巡营莫大意 / 三军巡查不辞劳 / 一宿晚景休多唱 / 又把余化表一遭 / 要知余化出阵事 / 且看下章说根苗

第二章 黄飞虎出关归周 张桂芳征伐西岐

白 次日余化起来，便叫："左右，抬吾披挂过来。看我怎收拾，怎打扮，盖世英雄称好汉。"

唱 余化收拾又打扮／炮响三声出了关／一直来到战场上／大喝小军听我言／快叫黄滚来会我／今日咱家要拿完／小军听言忙不住／转身跑得脚板翻／跑进营来忙禀告／老爷在上听端的／那贼今又来讨战／今日更比往日欢／黄滚听言开言问／哪个领兵把贼拦／飞彪飞豹齐闪出／双膝跪在地平川／孩儿弟兄去出阵／定要与兄报仇冤／说罢辞别就上马／大吼一声出营盘／来至阵前高声骂／快放吾兄转回还

白 飞彪大骂道："匹夫！你用妖术擒吾兄长三个人，吾不杀你，誓不回兵。"说罢双枪并举，直取余化。余化用戟相迎，一场好杀。

唱 三将战场怒气生／各显本事定输赢／一战梅花落满地／二战杏花白如银／三战桃花初放蕊／四战荷花遍地生／五战六战团团转／七战八战难解分／九战十合分高下／余化拨马往西行／飞彪飞豹随后赶／余化依旧把法行／戮魂幡往空中祭／口内不住念咒文／凭空拿去人两个／军士捆绑不留停／正要收兵回关去／得胜鼓响震天庭／龙环吴谦闻鼓响／心中好似火来焚／不等老爷来传令／提斧上马杀出营／大喝匹夫不要走／待咱来取你的魂

白 龙环、吴谦追至阵前，大骂："匹夫不要走！"亦不多言，就是一斧。余化将戟架过，抵住二将，又是一场大战。

唱　龙环吴谦怒满面／刀砍斧劈如泰山／贼种不算真好汉／妖术擒人算哪般／把我兄长放回转／留你性命活几年／余化听言重重怒／反贼焉敢乱胡言／劝你不要夸海口／性命只在一时间／看看战有数十合／余化虚闪勒骑还／依然如前败下阵／怒恼吴谦与龙环／快马加鞭随后赶／不管好歹冲上前／余化回转头来看／如前祭起戮魂幡／龙环吴谦魂不在／双双滚下马雕鞍／军士一拥用绳绑／余化心里好喜欢／传令收兵把关进／帅府去把主将参／末将今日去出阵／活捉黄家将四员／韩荣听言心欢喜／纷纷四人齐下监／将军连日擒七将／建此大功非等闲／韩荣传令摆酒宴／设宴庆贺在堂前／这里饮宴且不表／又把败兵言一言／个个嘴青脸色变／跑进营来报事端／尊声老爷不好了／活活擒去将四员／黄滚听报魂不在／七窍不住冒火烟／两旁诸将被擒去／叫我怎生对贼蛮／又见三孙旁边站／不由两泪似涌泉／心慌意乱哀声叹／公孙难出汜水关／天禄年方十四岁／天爵天祥皆幼年／不表黄滚心凄惨／又把余化表一番／次日起来忙梳洗／辞别主将上雕鞍／乒乓三个狼牙炮／人马拥出汜水关／来到阵前高声喊／快发能将来会俺

白　小军营门看，听言心胆战，吓得屎尿淌，惊出一身汗。进营来跪下，请老爷听端的："那人来讨战，他说要拿完，小的回他话，造他娘的蛋。"

却说，黄滚听报，尚未开言，闪过黄天禄欠身曰："孙儿愿与叔父报仇。"黄滚吩咐曰："孙儿前去，须要小心。"黄天禄提枪上马，冲出营来，大骂道："余化！你用妖术擒吾父叔七人，吾与你势不两立。"说罢，纵马摇枪，直取余化。余化用戟相迎，一场大战。

唱　幼年之人心性坚／来至战场冒火烟／二马相交枪戟举／性命只在眨眼间／一个玄妙真不少／一个盖世不虚传／昆仑顶上显手段／黄河水面九曲湾／小

031

将本是将门子 / 幼学武艺实非凡 / 战有数十回合上 / 余化难抵小少年 / 才想拨马要后转 / 黄天禄使个单凤来朝昆仑山 / 大喝一声枪来了 / 正中余化左腿弯

白 余化左腿中枪，拍马逃走，黄天禄如狼似虎般赶来。余化虽然带伤，法术犹在，忙将戮魂幡祭起，只见数道黑气滚来，天禄不省人事，又被拿将去了。

唱 余化掌起得胜鼓 / 带着枪伤进了城 / 来至帅府下了马 / 上帐参见韩总兵 / 即将前事说一遍 / 韩荣听言心欢喜 / 权且将他来监下 / 你去疗伤并养神 / 余化得令退下帐 / 敷上丹药伤不疼 / 连日得胜令人喜 / 拿了黄滚解当今 / 不言韩荣心高兴 / 飞虎狱内闷沉沉 / 又见次子也来到 / 泪流满面痛伤心 / 然何一门遭不幸 / 父子弟兄皆被擒 / 心里有话难出口 / 骨肉情深实难分 / 天禄捶胸悲声放 / 老天然何没眼睛 / 黄明旁边来劝解 / 兄侄何必这般情 / 要死同在一起死 / 纵然做鬼也甘心 / 不表这里悲恨事 / 又表黄滚老将军

白 黄滚独自坐在营中，正在等待消息，忽有败兵跑进营来，双膝跪地禀报："启禀老爷在上，天禄小将军前去出阵，又被余化擒去，如何是好？"

唱 黄滚听报心凄惨 / 思前想后难周全 / 公孙之间人三个 / 难逃天罗地网关 / 罢了罢了真罢了 / 得从权处且从权 / 开言便把家将喊 / 三千人马听我言 / 珠宝去把韩荣献 / 买条生路放出关 / 你们去投仁义主 / 我家公孙去投监 / 家将急忙来跪下 / 老爷在上请听言 / 解开愁肠休忧闷 / 自古吉人自有天 / 黄滚说余化乃是旁门士 / 幼学法术武艺全 / 倘若他人拿住我 / 平生英名在哪边 / 又见二孙旁边站 / 不由黄滚泪涟涟 / 倒不如我替你等去哀告 / 得个全身在世间 / 事到尽头无打

算／领着二孙出营盘／一直来到韩荣府／开言便叫二门官／烦你去把主将禀／你就说黄滚求见在外边／韩荣正在帐中坐／门官进来报事端／今有黄滚来求见／公孙三人府门前／韩荣听得门官报／传令众将快排班／主将得令分左右／韩荣迎至府门前／只见黄滚跪前面／天爵天禄跪后边／韩荣答礼来扶起／满面堆欢把话言／老将军你识大体／有何要求请直言／黄滚说黄门犯法当正罪／还望总兵把恩宽

白　黄滚说道："我父子犯法，理当诛戮，望将军开一线之恩，放我七岁孙儿出关，以承我黄氏一脉，不知将军意下如何？"韩荣曰："老将军之言差矣！我守此关，身负重任，岂可徇私枉法，末将碍难从命。"黄滚曰："放一小儿出关，并无大碍，何不行行方便？"韩荣曰："放一小童，与放众叛何异？此事绝不可能。"黄滚要求再三，韩荣只是不肯。黄滚对二孙曰："人家既不施恩，公孙又何惧一死？"说罢，带二孙往监狱而去。

唱　飞虎狱中正感叹／忽见父亲着一惊／又见二子也来到／放声大哭泪淋淋／当初不听老爷话／黄氏一门尽遭瘟／黄滚说事已至此悔何用／何必怨天又尤人／父子苦到伤情处／看监之人也泪淋／不言父子悲切事／又表韩荣坐大厅／便与主将来商议／何人领兵解犯人／一言未尽人答应／闪出余化一先行／末将愿把反臣解／解往朝歌见当今／打起囚车十一个／装好黄家十一人／忙点三千人和马／炮响三声就起身／三军呐喊分队伍／锣鸣鼓响震天庭／看看行了八十里／前面界牌一座城／黄滚坐在囚车内／看到帅府好伤情／不说这里行路事／把话分开别有因／乾元山上金光洞／有一道长太乙真／闲下无事洞中坐／忽觉心乱神不宁／忙在袖里掐指算／知道黄家有难星／叫声哪吒听我讲／黄家有难你走一巡／穿云关上去阻路／搭救黄家一满门／送出氾水关地界／你可速去速回程／哪

吒听言倒身拜／拜辞师父出洞门／火尖枪儿提在手／双脚蹬开风火轮／霎时千里来得快／穿云关在面前存／站在关外来等候／望见一簇马和人／心想平地来杀气／无端怎能起纷争／三思之后主意定／唱首歌儿给他听

歌曰："吾生吾长不计年，只怕师尊不怕天。昨日老君由此过，他也许我一金砖。"

白　哪吒歌罢，脚踏风火轮立于咽喉之地。探马后头去报："启禀老爷在上，有一人站立轮上作歌，堵住去路，请令定夺。"余化听报，传令暂且停下，催开火眼金睛兽，上前问曰："你是何人，为何阻我去路？"哪吒答曰："吾乃久居此地之人，凡有过此处者，不论官员皇帝，都要留下买路钱。你今要往哪里去？速速送上买路钱来，否则你休想过关。"

唱　余化当时开言道／吾乃是韩荣前部先行官／今解反臣黄飞虎／解到朝歌御驾前／你是何人好大胆／阻吾去路把吾拦／哪吒说你是捉贼有功将／快快留下十金砖／留下之时放你过／不然休想过此关／余化闻言心火冒／催开坐骑杀上前／手举画戟当胸刺／哪吒尖枪便相还／穿云关前来大战／二人本事实非凡／孤辰星官如猛虎／画戟不住照心穿／莲花化身非凡体／使动尖枪透胆寒／乃是仙人来传授／后保周朝八百年／你来我往显本领／你冲我撞波浪翻／哪吒蹬轮盘旋转／鹞子翻身甚连环／余化催开金睛兽／犹如猛虎在争餐／往来冲杀数十合／余化难抵小神仙／骨软筋麻难交战／两膀无力遍体酸／虚晃一枪就败走／哪吒追赶在后边／余化把戟来挂下／如前祭起戮魂幡／哪吒一见哈哈笑／此物只当儿戏玩／右手一指黑烟散／接来放在囊中间／余化见他收了宝／勒转坐骑戟相还／哪吒接住又交战／心中思想二三番／吾奉师命把山下／要救黄家闯出关／尤恐天机

来泄漏／反为不美枉下山／左手提枪来抵住／右手取出一金砖／祭在空中天地暗／乾元宝贝实非凡／正中余化顶门上／打得七窍冒火烟／几乎落下能行兽／伏鞍而逃奔回关／哪吒复又一砖去／囚车打成几半边／众兵将各顾性命忙逃走／犹如那滚汤泼雪似一般

白 哪吒见囚车中人蓬头垢面，乃大叫曰："谁是黄将军？"飞虎问曰："蹬轮者乃是何人？"哪吒答曰："吾乃乾元山金光洞太乙真人门徒李哪吒是也。知将军今有小厄，奉师命特来相救。"飞虎听言大喜，倒身下拜，哪吒扶起曰："众位将军慢慢收拾，我与将军取了汜水关，方好前行。"众人称谢，离了穿云关，往汜水关而来。

唱 哪吒黄家且不表／回文又把余化言／催动火眼金睛兽／霎时到了汜水关／帅府门前下了兽／进帐请罪把礼参／礼毕便把话来讲／主帅在上请听言／人马行至穿云地／一人站立把路拦／脚蹬火轮把歌唱／末将上前问根源／他也不通名和姓／向我索取十金砖／末将大怒与他战／那人枪法实不凡／末将回骑祭法宝／那人收去当戏玩／无奈回骑又交战／他用一物非等闲／只见一道金光闪／打得头昏筋骨酸／几乎失机他人手／故此败阵奔回关／韩荣说黄家父子怎么样／余化说败阵之后不了然①／韩荣说一场辛苦付流水／天子知道命难全／众将在旁来劝解／主将只管放心宽／料飞虎不能返回朝歌去／插翅也难出此关／你言我语正谈论／探马跑来报事端／有一人脚蹬火轮城外喊／坐名要九首将军把话言／余化在旁将言说／就是这人到此间

———

① 不了然：不知下落。

白　韩荣听报，曰："传令众将上马，待吾亲自擒来。"说罢，各执兵器，翻身上马，三军呐喊，冲出城来。韩荣一马当先，问曰："来者何人？"哪吒答曰："吾乃乾元山金光洞太乙真人门下李哪吒是也。吾奉师命下山，特来相救黄家父子，正遇余化，未曾打死，吾特来擒之。"韩荣曰："汝劫朝廷犯官，还如此猖獗！"哪吒曰："成汤气数已尽，西土已出圣人，黄家乃西周栋梁，你又何必违背天命？"韩荣大怒，纵马摇枪，来取哪吒。哪吒用火尖枪相迎，一场大战。

唱　战鼓擂得咚咚响／五色彩旗不住摇／三军呐喊齐上阵／两旁众将动枪刀／哪吒尖枪生烈焰／韩荣马上逞英豪／众将奋勇来围倒／李哪吒好似搅水小金鳌／尖枪犹如怪蟒样／众将杀得气滔滔／天下刀兵由此起／氾水关前第一遭／哪吒奋勇并威武／韩荣一见魂魄消／枪挑众将纷落马／顾命之人各自逃／二人正在来酣战／黄家人马到荒郊／大叫一声吾来了／拿住韩荣把恨消／一齐上前来围住／余化也来把兵交／两下混战多一会／哪吒金砖往上抛／正中韩荣护心镜／落荒败走往东逃／余化一见大呼叫／伤吾主将气难消／催兽摇戟当胸刺／哪吒架枪不放饶／忙把乾坤圈来祭／落来余化实难招／一圈正中左膀上／只打得筋断骨折血染袍／几乎落下金睛兽／把骑一拨往北逃／哪吒也不去追赶／三军各自奔命逃／黄家人马把城进／无人阻挡任逍遥

白　哪吒带领众人，一直冲至韩荣府中，收了金银珠宝，离了氾水关，往西岐而去。

唱　喝令一声催兵走／人人欢喜气昂昂／离了氾水关地界／进入西岐好风光／不觉行至金鸡岭／哪吒作别说端详／将军前途多保重／我要告辞转山冈／飞

虎说承蒙将军来搭救／没齿不忘记胸膛／今日一别何日会／哪吒说不久西岐见武王／说罢之时各分手／各奔前途走一方／哪吒回山且不表／单表镇国武成王／走了多少艰险路／跋山涉水到首阳／看看行至桃花岭／过了燕山见城墙／人马来至西岐地／扎下营盘禀父王／孩儿先往西岐去／见到丞相说端详／看他是否能容纳／回来父子再商量／黄滚说道言有理／飞虎上骑走得忙／不觉走了数十里／山清水秀好风光／行人让路敬尊长／民安物阜世无双／西岐出了人圣主／尧天舜日定家邦／飞虎边走边赞叹／牛脚走进内城墙／飞虎便把人来问／姜公相府在哪方／路人见问用手指／小军墙头是衙房／一直来到午门外／便对门官说言章／烦你去对丞相禀／你就说求见人镇国武成王

诗曰："堂堂相府，威威将才。当朝一品，周室金阶。"

白　"老夫姓姜名尚，字子牙，道号飞熊，在周主驾前为臣，官居丞相之职。""老王晏驾，姬发立为武王，拜吾为相父。"今日二人坐在银安殿上，忽见门官将手本呈上，子牙看罢说道："黄飞虎乃朝歌武成王也，今日至此，不知有何见谕？"子牙忙整冠服，至仪门前迎接。黄飞虎一见子牙，忙至滴水檐前，倒身下拜，子牙答礼相还，口称："大王驾临，尚有失远迎，望乞恕罪！"飞虎曰："末将乃是难臣，今弃商归周，如飞鸟投林，望丞相容纳，感恩不浅矣！"子牙扶起，走至银安殿上，分宾主坐下。子牙躬身问曰："大王何故弃商？"

唱　飞虎见问开言道／丞相在上请听云／纣王荒淫行无道／不纳忠良宽小人／贪色不分昼与夜／大兴土木害万民／只因元旦朝苏后／君戏臣妻坠摘星／吾妹西宫去直谏／纣王偏向苏美人／扯住宫衣揪后发／坠下楼台把命倾／古云君不正臣投外国去／因此破关斩将到西岐／若是武王能容纳／愿效犬马报朝廷／子牙

听言心大喜 / 大王你且听我云 / 大王既肯把周顺 / 武王不容我担承 / 大王暂且公馆住 / 容尚上殿去禀明

白　次日早朝，文武两班朝贺已毕，武王曰："众卿有事出班早奏，无事卷帘退班。"当时闪出姜尚，手执朝笏，俯伏金阶奏曰："启禀我主，今有成汤武成王黄飞虎，弃商来归千岁，此乃西土兴旺之兆也。"武王曰："黄飞虎乃商之国戚，昔日先帝曾说，曾受大恩，今日既来归我，理当大排銮驾迎接。"随即传旨，文武百官，排班迎出午门而来。

唱　武王排驾出皇城 / 文武百官左右分 / 一对金瓜一对斧 / 剑戟枪刀似麻林 / 旗锣轿伞无其数 / 龙凤旗遮日月昏 / 家家门前排香案 / 户户摆放净水瓶 / 往前接不多一会 / 前面来了姓黄人 / 飞虎一见武王驾 / 双膝跪地口称臣 / 成汤难臣黄飞虎 / 伏望千岁开天恩 / 今日弃商投明主 / 如拨云雾见日明 / 武王答礼来扶起 / 满面带笑喜盈盈 / 久仰大名如雷震 / 今日幸喜遇将军 / 飞虎闻言称不敢 / 承蒙千岁纳难臣 / 飞虎一门遭陷害 / 愿效犬马报朝廷 / 武王传旨回城转 / 君臣一齐进午门 / 武王立即登金殿 / 黄飞虎二十四拜谢王恩

白　武王问相父："黄飞虎在商，官居何职？"子牙奏曰："官封镇国武成王。"武王曰："来我西岐，只改一字，封为开国武成王。"黄飞虎急忙谢主隆恩。武王吩咐设宴款待。众臣一齐坐下，武王居中，共同饮宴。席前飞虎便把纣王如何失政、如何迷乱，从头至尾叙述一遍。武王叹曰："君王不正，必然导致众叛亲离。"随即传旨，令相父择日兴工，与飞虎起造王府不提。

唱　次日武王升宝殿／文武大臣站两边／班中闪出黄飞虎／俯伏金阶便开言／臣有一本来启奏／伏望我主宽龙颜／今有臣父名黄滚／二弟和子一家全／黄明周纪好手段／英雄家将有千员／无旨不敢把城进／望乞我主龙恩宽／武王听言心欢喜／传旨进城入朝班／飞虎辞驾出城去／双膝跪在父亲前／就将前事说一遍／老将闻听心喜欢／人马一齐把城进／人又轩昂马又欢／杏黄旗上书大字／兴周灭纣字迹鲜

白　黄飞虎入城，行至金殿跪下曰："臣启我主，今有臣父统领家将人马入城，请旨定夺。"武王传旨："官居原职。"武王回宫，群臣退班，暂且不提。再表朝歌一事。

诗曰："堂堂正正在朝歌，威威武武统山河。先帝托孤掌朝政，但求国泰民安乐。"

白　"吾乃殷闻仲太师是也，先帝托孤，吾掌朝政。元旦反了大臣黄飞虎，当时追赶黄飞虎至潼关，被道德真君一把神沙引诱退兵，至今不知情况，正在四路打探。"一日闻仲坐在银安殿上，忽有探马飞奔相府而来。

唱　太师坐在银安殿／探马跑来报事端／双膝跪地把话讲／只称太师请听言／潼关张凤已被斩／陈桐陈梧丧黄泉／临潼穿云二关破／黄滚纵子出了关／前日已曾破汜水／黄家人马出五关／这是韩荣告急本／太师接来用目观／从头至尾看一遍／七窍之内冒火烟／吾掌朝廷内外事／先帝托孤重如山／不料当今失仁政／世乱纷纷起狼烟／东边反了姜文焕／姬发称王在西边／元旦又反黄飞虎／破关斩将出五关／吾在中途又中计／朝歌大事不如前／要想不发救兵去／托孤恩遇

不一般 / 太师自思自嗟叹 / 急得心中似火燃 / 吩咐快打聚将鼓 / 来了满朝文武官 / 众将一齐到宝帐 / 参见礼毕便开言 / 人人一齐急忙问 / 传齐众将为哪端

白　太师说道："黄飞虎反出五关，已归姬发，以后必生祸患。而今，不如起兵先往西岐，明正其罪，然后再发兵征讨，不知众官意下如何？"言还未尽，总兵官鲁雄上帐曰："启禀太师在上，今有东北侯姜文焕年年不息刀兵，使游魂关窦荣费尽心力；南侯鄂顺日日攻打三山关，涂炭生灵，使邓九公睡不安枕。黄飞虎反出五关，太师可点大将镇守各处关隘，以防姬发兵变。"太师听了说道："将军言虽有理，但姬发势大，还需有妥善对策。"

唱　鲁雄当时开言道 / 口称太师请听言 / 姬发纵然他兵变 / 料他不能过五关 / 左有青龙关阻路 / 桂芳兵法实非凡 / 右有佳梦更坚固 / 魔家兄弟法术全 / 飞虎纵然有本领 / 插翅也难到此间 / 库存空虚钱粮少 / 太师何必起祸端 / 这是末将小意见 / 太师仔细来详参 / 太师听了这番话 / 众将今且听吾言 / 尤恐西土不安分 / 雄兵百万将千员 / 南宫适万夫莫挡能惯战 / 散宜生八卦阴阳全 / 姜尚本是真仙道 / 倘有不测后悔难 / 鲁雄复又开言问 / 可差二将探一番 / 太师说老将所言是正理 / 便叫左右听我言 / 谁人可往西岐去 / 班中闪出将晁田 / 末将愿往西岐去 / 探个虚实便回还 / 太师听言心欢喜 / 大事全靠你当先 / 你可带领兵三万 / 即便起程莫迟延 / 晁田晁雷闲不住 / 辞别太师奔阳关 / 出了朝歌城一座 / 不分昼夜不停延 / 在路行程不计日 / 很快过了五道关 / 这日正在来赶路 / 探马回头报事端 / 前面就是西岐地 / 因此不敢再向前 / 晁田听报忙传令 / 吩咐就地扎营盘

白 晁田听报，忙令三军放炮，摇旗呐喊。子牙正在相府闲坐，忽听有喊杀之声，正说之间，只见探马跑进相府，双膝跪下："启禀丞相在上，今有朝歌人马驻扎城外，不知所为何事，请令定夺。"子牙听报，自思：成汤何故起兵来犯？忙升帐传令，擂鼓聚将不提。且表晁田弟兄。

诗曰："头戴金冠凤翅飘，身披铠甲现红袍。弟兄一心扶纣主，只望世代保龙朝。"

白 "吾姓晁名田，在纣王驾前为臣，官居将军之职。奉太师军令，与弟晁雷，领兵前来西岐打探军情，至今已有数日，未见西土动静，不如晁雷前去探视一番，看其情况，方可转回朝歌。"

唱 次日晁田来升帐 / 叫声贤弟听我云 / 你我奉了太师令 / 前来探视西岐城 / 西岐原来无准备 / 你可前去讨战争 / 晁雷听了兄长令 / 全身披挂不留停 / 翻身跳上能行战① / 一直冲至西岐城 / 开言便把小军叫 / 快叫子牙把话云 / 军士听言不怠慢 / 跑进相府报事因 / 城外有贼来讨战 / 大骂如雷不绝声 / 子牙听报开言问 / 哪位前去把他擒 / 言还未尽人答应 / 闪出一员大将军 / 宫适应声某愿往 / 辞别丞相上马行 / 带领三千人和马 / 来到战场喝一声 / 一看乃是晁雷将 / 开言叫声晁将军 / 无故兴兵到我地 / 来我西岐为何情 / 晁雷马上大喝道 / 吾奉太师军令行 / 闻你姬发立王位 / 不尊天子是反臣 / 又收反臣黄飞虎 / 罪上加罪实非轻 / 你快去向姬发讲 / 献出黄家一满门 / 等我解上朝歌去 / 免你一郡之灾星 / 倘若迟延不依允 / 那时叫你悔不赢

---

① 能行战：指战马。

白 南宫适大笑曰："你说话如小儿一般。那纣王罪恶深重，贬大臣，不思功绩；造炮烙，不容谏言；设虿盆，难及深宫；杀叔父，挖心剖腹；造鹿台，万民遭殃；宠小人，大坏纲常；君戏臣妻，五伦尽绝；荒淫无道，人神共愤。吾主坐守西岐，奉法行仁，君尊臣敬，子孝父慈，三分天下，二分归周，民乐安康，军心顺悦。你今日敢领人马侵犯西岐，是自取杀身之祸。"晁雷听言，心中大怒，纵马提刀，直取宫适，宫适用刀相迎，一场大战。

唱 话不投机就交兵／两下举手逞英豪／宫适说吾主有道天心顺／四海黎民乐逍遥／纣王无道乱国政／杀妻诛子罪恶滔／痴迷不悟来犯界／只怕眼前项 ① 吃刀／晁雷听言心大怒／瞎眼狗贼少兴高／战场之上分高下／各凭本事逞英豪／看看战上三十合／晁雷力怯实难招／骨软筋酥难交战／汗透衣甲像水淘／南爷卖了一破绽／一把抓住勒甲条／大喝一声掷下马／犹如老鹰把鸡叼／吩咐军士用绳绑／得胜鼓儿咚咚敲／催马忙把城来进／宫适喜气上眉梢／相府门前下了马／进帐施礼说根苗／即把晁雷推上帐／你看他立而不跪怒气高

白 子牙一见大骂道："匹夫！既然被擒，何不下跪求生？"晁雷大喝曰："汝不过编篱卖面小人，吾乃天朝命官，不幸被擒，有死而已，岂肯屈膝于汝？"

唱 子牙听言心恼恨／信口胡言把人轻／喝令两旁刀斧手／推出辕门问斩刑／一声令下无人阻／左右答应似雷鸣／绳捆索绑推出去／晁雷一时掉了魂／今日杀场身被斩／要会吾主万不能

---

① 项：指头颈。

白　子牙谓诸将曰："晁雷那贼说我编篱卖面，非辱我也。想昔伊尹乃莘野匹夫，后扶成汤，乃商之股肱，只在运之早迟耳。"传令快将晁雷斩首报来。只见武成王黄飞虎上帐曰："晁雷只知有纣，不知有周，不才愿说此人来降，日后丞相伐纣，也可助一臂之力。"子牙听言，心中大喜。

唱　飞虎已知丞相意／即时告别出府来／只见晁雷跪阶下／只等午时把刀开／飞虎上前把话讲／尊声将军听开怀／将军本是忠义汉／不管成败与兴衰／古语云天时不如地利好／武王人和万事开／将军读书明道理／无道当亡有道来／纣王无道纲常败／宠信奸佞惹祸灾／江山不久要败坏／因此上干戈不息年年来／将军若是来归顺／世代簪缨拜金阶／晁雷听了飞虎言／还望大王把恩开

白　飞虎听言，心中大喜，急忙入府来见子牙，备言晁雷归降之事。子牙曰："杀降诛服，是为不义。"传令放了晁雷。晁雷走至滴水檐前，倒身下拜曰："末将一时冒犯尊颜，理当正法，蒙宠信赦威，感恩不尽。"子牙曰："将军真心归顺，你我即是一殿之臣，同为股肱之佐，何罪之有？"晁雷叩头谢恩。

唱　晁雷当时开言道／尊声丞相听我言／城外营中还有将／末将兄长叫晁田／情愿说他来归顺／不用丞相挂心间／子牙听言心大喜／你可速去速回还／晁雷辞别出相府／翻身跳上马雕鞍／不说晁雷途中事／又把晁田表一番／正在营中来探望／败兵跑来报事端／老爷被贼擒去了／生死存亡待打探／晁田听言心胆战／不料弟弟死在先／正愁之间人来报／二老爷独自转回还／晁田出营来接住／伸手拉住喊声天／你既被贼擒去了／然何又能到此间

白 晁雷对兄长曰："弟被南宫适擒去，见了子牙，我当面辱他，将我推出斩首，幸有武成王黄飞虎，亲赴杀场说我归周，并叫我前来请兄长去见武王。"晁田听言大骂道："你听黄飞虎巧言，降了西周，还来说我？"

唱 晁田当时开言道／贤弟你好不聪明／你我归周是小事／父母妻子靠何人／倘若纣王知此事／定将满门遭惨刑／晁雷听了这番话／此事为难却怎生／万望兄长来策划／指示小弟怎样行／晁田说你快上马把城进／只需如此这般行／晁雷领了长兄令／急忙转回西岐城／一直来到丞相府／来见丞相说事因／末将奉命回营去／便将此事对兄云／吾兄情愿来归顺／只是愧疚不便行／倘蒙丞相来应允／差将去请他进城／那时方可服众口／伏望丞相来详情

白 子牙听言，问曰："谁人可同晁雷前往？"飞虎上前答曰："不才愿往。"子牙喜之。二人辞别丞相出府，上马径往汤营而去不提。且说，子牙突然心惊肉跳，掐指一算，大喝曰："匹夫之机，怎能瞒过老夫？"忙令辛甲弟兄二人前往龙潭口埋伏，又令南宫适去岐山脚下，不得有误。三人得令，前去不提。

唱 不表三人埋伏事／又表那飞虎进了汤营盘／晁田出营来接住／尊声王爷请在前／前面走的黄飞虎／后面晁雷与晁田／尚未走进中军帐／晁田大喝并开言／老贼中了吾的计／要想脱身难上难／喝令两旁刀斧手／挠钩抓下用绳缠／吩咐一声拔营寨／收旗悬鼓奔阳关／飞虎即便开言骂／无知贼子听我言／我倒好意来救你／恩将仇报为哪端／晁田说我等奉令来拿你／事有凑巧中机关／传令解起快快走／解上朝歌见金銮／人马急急往前走／快快到了龙潭口／辛甲一马来挡

住／大喝贼子听我言／我今奉了丞相令／久候多时在此间／晁田说我不侵犯西岐将／焉敢中途把路拦／辛甲说快把武成王留下／留你性命活几年／若是半字言不肯／叫你钻进鬼门关／晁田闻言心大怒／两手抡刀砍上前／辛甲大斧来架住／斧架钢刀响连天／一个确是英雄汉／一个武艺甚周全／来来往往数十合／恼了辛免冲上前／晁雷接住来交战／胆怯之间勉强还／晁田知道中了计／拍马落荒顾眼前／当下救了黄飞虎／飞虎谢恩便开言／指着晁田高声骂／看你逃到哪一边／随身跳上能行战／哪肯轻轻放过关／即将晁田擒下马／犹如猫捉耗子玩／晁雷一见心胆战／拍马就是一溜烟／这里也不去追赶／得胜收兵转回还／不说晁田被擒事／又把晁雷表一番

白 晁雷败下阵来，东跑西奔，行至三更时分，方才上了大路。只见前面有一个灯笼，晁雷一见有亮，忙催马上前，左窜右窜还在岐山之内。抬头一看，只见当头一员大将，认得是南宫适，便拱手说道："望南将军放条生路，大恩日后定当重报。"宫适大喝道："匹夫！你这反复小人，快快下马受绑，免得南爷动手。"

唱 晁雷听言心大怒／奋不顾身把刀摇／宫适将刀来架住／两将举手逞英豪／看看战上数十合／杀得晁雷实难招／宫适把刀隔开去／一把抓过马鞍鞒／吩咐军士快捆绑／解进西岐报功劳／此时天色微明了／文武百官贺早朝／齐到辕门来等候／只等擒贼好事报／说着只见辛甲到／南宫适解着晁雷喜眉梢／一直来到丞相府／深施一礼说根苗／末将奉令龙潭口／贼将果从那里逃／弟兄二人全擒到／丞相神算真正高

白 子牙听言，心中大喜，传令推上帐来。军士得令，将二人推至帐中。子牙大骂道："匹夫！你二人用此诡计，怎能瞒得老夫？"便叫左右推出斩首。军士将二人推出，晁雷大叫一声："冤枉！冤枉！我等尚有内情。"子牙曰："你弟兄二人谋害忠良，只望功高归国，获取奖赏，今被擒来，理当处斩，何为冤枉？"

唱 晁雷听言悲声放／丞相在上听言章／我今不为别的事／家母年高还在堂／今年已是八十岁／并无一子在身旁／子牙说你等既然有老母／共议接来免受殃／可把晁田留在此／你去接来共一堂

白 晁雷听言，哭诉曰："万望丞相施一妙计，方可去得。"子牙曰："只需如此如此，搬起家眷，不可有误，速去速来。"传令松绑。

唱 晁雷领了丞相令／翻身上马出了城／归心似箭急如火／哪管戴月与披星／行一里来又一里／走了一程来一程／不觉行程来得快／进了朝歌铁锁门／一直来到太师府／正遇太师坐大厅／太师坐在大堂上／门官进了报事因／今有晁雷回程转／不分昼夜到京城／太师听报忙传令／进来晁雷跪在尘／礼毕便把话来讲／太师在上你且听／末将奉令西岐去／西岐城下扎下营／次日末将去出阵／南宫适前来与我大交兵／与他大战数十合／不分胜败无输赢／汜水关去借粮草／韩荣不发粮与兵／一日无粮千兵散／因此末将转回程／太师听了晁雷话／沉吟半晌又沉吟／前日火牌星夜去／韩荣为何不发兵／韩荣不发粮和草／其中必定有别情／开言便把晁雷叫／可点三千御林军／快往西岐去接应／我统大兵随后临／晁雷领了太师令／忙点三千精壮兵／又搬家眷出城去／炮响三声便登程／看看过了

四五日 / 太师忽然着一惊 / 三个金钱求八卦 / 袖中一课知事因 / 吾被反贼来证哄 / 搬起家眷投西城 / 本可领兵去追赶 / 贼子去远却怎生 / 开言便叫众徒弟 / 谁个领兵去追擒

白　吉立上前说道："启禀老师在上，征伐西岐，非青龙关张桂芳不可。"太师立即修书前去，一面又差神威大将邱引看守关隘，不可有误。这且不表。再说晁雷人马出了五关，来至西岐。

唱　不表太师安排事 / 且把晁雷表一巡 / 晁雷来把子牙见 / 施礼磕头拜在尘 / 礼毕便把话来讲 / 从头一二说分明 / 丞相妙计无人比 / 神机妙算果真灵 / 父母妻子齐来了 / 一齐进了西岐城 / 今蒙丞相天地德 / 世代不忘丞相恩 / 又把那太师情由说一遍 / 子牙听了心欢喜 / 如若太师来征讨 / 须要提防加小心 / 不说西岐城内事 / 又把差官表一巡 / 自从奉了太师令 / 不分昼夜赶路程 / 到了青龙关一座 / 来见总兵张大人 / 即将令箭来呈上 / 桂芳接来看分明 / 从头至尾看一遍 / 尊声神威大将军 / 我今奉令西岐去 / 镇守关隘要小心 / 张桂芳点了十万人和马 / 谁人前部做先行 / 一言未尽人答应 / 闪出一人叫风林 / 末将不才为前部 / 愿把西岐一扫平 / 膀阔腰圆雄似虎 / 身高一丈有余零 / 喝令一声起兵走 / 大兵径往西岐行 / 桂芳执掌元帅印 / 前部先锋是风林 / 兵马滔滔如流水 / 旌旗荡荡遮日昏 / 大兵正在往前进 / 探马回头报事因 / 前面就是西岐地 / 故此不敢往前行 / 桂芳听报忙传令 / 就在此地扎下营 / 中军挂上红绒帐 / 坐下桂芳张总兵 / 风林先行来参拜 / 参拜元帅张大人 / 埋锅造饭天色晚 / 待等来日再战争 / 不说桂芳兵到此 / 又表探马跑进城 / 打听桂芳人马到 / 跑进相府报事因

白　子牙正在相府闲坐，探马跑进府来报："启禀相爷在上，今有张桂芳带领十万人马，在城外安下营寨，请令定夺。"子牙听报，即升殿议退兵之策，众将进内，参拜已毕，分别站定。子牙问道："黄将军，张桂芳用兵如何？"

唱　飞虎听言回言道／丞相在上请听言／张桂芳他乃左道旁门士／幼学法术武艺全／但凡有将与他战／必须通名在阵前／比如末将叫飞虎／临阵通名理当然／二人正在大交战／假意败阵转回还／他就把你姓名喊／一听就落马雕鞍／丞相告知与众将／不拘大小众将官／凡与桂芳去交战／不可通名在阵先／子牙听了飞虎讲／面带忧愁心内烦／两旁众将齐不服／你言我语闹声喧／明日我等去出阵／看看虚实知端的／不说这里来议论／又把桂芳表一番／次日桂芳升宝帐／便叫风林先行官／可往西岐见头阵／风林得令不迟延／手提狼牙跳上马／一直来到城下边／来到城下高声喊／快叫子牙来会俺／小军听得忙不住／跑进相府报事端／城外有贼来讨战／快派能将战贼蛮

白　子牙听报，便问众将："哪位去见头阵？"言还未了，只见班中闪出一人，姓姬名书全，听了黄飞虎说张桂芳一番言词，心中很是不服，要见首阵。说罢提枪上马，冲出城来，只见翠兰幡下一员大将，面如蓝靛，须似朱砂，巨口獠牙。怎见得？有诗为证。

诗曰："花冠分五角，蓝面映日红。金甲袍如火，丝带扣玲珑。手提狼牙棒，乌骓猛似熊。胸中藏锦绣，到处定成功。封神内吊客，先锋志不同。大红幡上写，首将本姓风。"

白　姬书全看罢，一马冲至军前问曰："来将是张桂芳么？"风林答曰："非也，吾乃张总兵先行官风林是也。"姬书全曰："你非张桂芳，饶你不死，快叫张桂芳出来会我。"风林大骂道："反贼欺吾!"纵马使棒,来取书全。书全提枪架过,一场大战。

唱 这才是二将阵前怒满腮／各将本事显出来／风林说普天之下皆王土／你胆敢自立政位礼不该／又收反臣黄飞虎／因此当今大怒发兵来／你该投降来归顺／焉敢战场逞英才／顷刻把你来拿住／叫你这贼尽够挨／书全闻言心冒火／双手抡枪刺胸怀／你这逆贼来犯界／只怕眼前就遭灾／吾主武王多有道／名正言顺爱将才／堪堪战上数十合／书全一计上心怀／幼习神枪真妙用／今日何不使一台／大喊一声枪来了／风林左腿把枪挨／风林勒马便败走／书全后面紧追来

白 风林左腿受伤,拍马逃走。姬书全在后面赶来。风林虽然左腿带伤,法术犹在,见贼既赶来,不施展法术,更待何时?

唱 风林见贼来追赶／口中不住念真言／真言咒语念一遍／口中即时吐黑烟／黑烟化为一罗网／有颗红珠在里边／大有碗口霞光现／劈面来打姬书全／不偏不倚打中脸／翻身落马丧黄泉／风林忙把首级取／掌鼓回营闹喧天／走进营来双膝跪／元帅在上请听言／姬书全首级挂在营门外／桂芳一听心欢喜／吩咐记上功劳簿／满营三军发赏钱／不表桂芳得胜事／残兵进城报事端／跑进殿前双膝跪／主公在上请听言／今日将军去出阵／被贼打死在阵前／武王听得兄弟死／放声大哭真惨然／父王命我居大位／统领文武掌兵权／只说灭纣成一统／弟兄同享太平年／谁知阵前把命丧／孤王心痛似油煎／武王哭到伤心处／文官武将也泪涟／按下周营伤心事／又把桂芳表一番／次日桂芳升宝帐／便令风林先行官／你

我披挂去出阵／风林得令不迟延／炮响三声惊天地／二人跳上马雕鞍／人马纷纷如蜂拥／来到西岐城外边／快叫子牙来答话／若是迟延命不全／小军听得忙不住／跑进相府报事端／张桂芳亲自来讨战／而今就在城外边／子牙听报聚众将／传令大小众将官／大家排班去出阵／看看虚实再安排／不入虎穴焉得虎／擒龙也要下龙潭／将令一出排队伍／人马出了西岐山／众将出城抬头看／幡下坐着将一员／银盔素铠骑白马／丈二银枪两手端／浑身上下梨花样／连人带马似雪山／不言众将暗夸奖／张桂芳抬头看见旌旗翻

诗曰："顶上银盔双凤扬，连环素铠似雪霜。白袍暗现团龙转，腰系鸾带八宝镶。护心镜如秋月样，劈抡铜挂马鞍旁。银鬃马走龙出海，手提安邦白银枪。胸中炼就玄妙术，密授玄功腹内藏。青龙关上名气大，纣王驾下紫金梁。素白旗上书大字，奉诏征西张桂芳。"

白　张桂芳一见子牙人马出城，队伍齐整，左右有雄壮之威，前后有进退之术，金盔者英风赳赳，银盔者气概昂昂。一对对出来，英俊骁勇，一双双排开，好不威风。又见子牙坐在骑上，身穿道服，络腮银须，手提宝剑，怎见得？有诗为证。

诗曰："鱼尾金冠，鹤氅丝绳。雌雄宝剑，双结乾坤。手抡八卦，仙衣内衬。善能移山倒海，惯会撒豆成兵。仙风道骨神态，极乐神仙临阵。"

白　张桂芳看罢，又见武成王黄飞虎坐骑提枪，心中大怒，一马冲至军前，大叫："姜尚！你原为纣臣，受享荣禄，为何反叛朝廷，而助姬发？又收反臣黄飞虎，复使奸计，说晁田弟兄归周，罪恶大矣。吾今奉诏问罪于你，你还不下马受绑，以正欺君叛国之罪？"子牙笑曰："公言差矣！贤臣择主而事，良

051

禽择木而栖。而今天下尽皆反叛，不只是我西岐，料公一忠臣也不能治平天下。吾君臣奉公守法，谨修节度，你今起兵来犯西岐，是公来欺我，非我欺公，倘若失利，贻笑他人。不如依我相劝，请公回兵，此为上策。"桂芳曰："你在昆仑学道，岂不知天地有无穷的变化？你说此言，如同婴儿学语，不识轻重。"说罢便令先行官："与我拿下姜尚。"

　　唱　风林得令忙催马／一心要把子牙擒／刚刚纵马杀过去／又只见对方旗下闪出人／连人带马如映日／威风杀气令人惊／南宫适提刀当头砍／风林举棒忙相迎／南宫英雄甚威武／纵马舞刀战风林／这一个周王开基有功将／那一个纣王驾下保国臣／这一个刀去鬼神怕／那一个棒起似寒冰／这一个棒如长虹生紫雾／那一个刀挑狼牙起愁云／只杀得征尘起满地／只战得紫雾遮空日不明／桂芳马上心大怒／催马来助将风林／战马将到战场上／飞虎一见怒生嗔／宝纛旗下一声喊／大骂贼子休逞能／牛马相交双枪举／恶战龙潭虎穴坑／飞虎抵住桂芳战／宫适抵住将风林／四将战场显本领／杀得天昏地不明／看看战上十五合／张桂芳施展法术要拿人／幼学左道真玄妙／一心要把飞虎擒／大叫一声黄飞虎／还不下马受绑绳／要待何时才下马／飞虎听到吃一惊／顿时不觉浑身软／自己倒下地挨尘／军士上前才要绑／周纪纵马杀出营／抵住桂芳来交战／飞彪把兄救回城／桂芳便与周纪战／虚晃一枪败阵行／周纪不知其中故／拍马追赶不住停／桂芳一见心大喜／忙把周纪喊一声／周纪听了浑身软／不觉掉下马能行／众将才要去搭救／众军士生擒周纪进营门／不说周纪被擒事／又表南爷战风林／二人大战数十合／不分胜负与输赢／风林想不如诈败让他赶／施展法术将他擒／想罢拨马便败走／南爷拍马随后跟／风林张口来喷出／一股黑烟往上升／一颗红珠如碗大／照着南爷打面门／南爷大叫不好了／翻身落马被他擒／桂芳一见全得胜／一棒鸣锣收转兵／子牙感到无可奈／收兵转回西岐城

白　子牙收兵回城，失了二将，心中甚是不乐，这且不提。且说张桂芳回营，升帐坐定，见南周二人均未下跪，乃大怒喝曰："尔等为何立而不跪？"南爷大喝曰："匹夫！今被你妖术所擒，无非一死。"桂芳传令："且监后营，待我破了西岐，然后解进朝歌发落。"

唱　次日桂芳升宝帐／便令风林先行官／你我西岐去出阵／不擒姜尚心不甘／风林得令忙上马／二人来到城外边／来到城下高声骂／大叫子牙来会俺／小军听得忙不住／跑进相府报事端／桂芳城外来讨战／辱骂语言太不堪／子牙听报叫左右／免战牌挂出城外边／桂芳一见哈哈笑／人说姜尚是神仙／这一阵才擒了他人两个／杀得他免战高挂城楼前／便令收转人和马／明日才来破岐山／不说桂芳回营转／话分两头说乾元

白　乾元山金光洞太乙真人忽然心血来潮，早知其意，忙命金霞童儿："请你师兄出来！"童儿领令，来至桃园叫道："师兄，师父叫你。"哪吒听得，急忙走至师父面前，倒身下拜。

唱　哪吒倒身来下拜／师父唤我为哪行／真人听言叫徒弟／洗耳听我说端详／此处非你久居地／吾今命你往下方／我现赐你八件宝／混天绫与火尖枪／乾坤圈下无人挡／风火二轮放豪光／还有九龙神火罩／兴周灭纣保武王／前去辅佐姜元帅／一路功名处处扬／哪吒听言心欢喜／辞别师父下山冈／风火轮两足来踏定／手提一杆火尖枪／耳边只听风声响／即兴吟出诗一章

诗曰："风火二轮起在空，遍游天下任西东。乾坤之间顷刻至，妙术玄功法无穷。"

唱 哪吒火轮如风快／不时到了西岐城／一直来至府门外／便对门官说事因／烦你去把丞相禀／你就说道童求见在府门／子牙正在相府坐／门官进来报事因／外面来一道童子／要见丞相有话云／子牙听报说声请／请他进来见我身／门官出外一声请／进来哪吒拜在尘／拜毕起身旁边站／子牙开言问一声／哪座名山何洞府／令师究是哪一尊／哪吒说乾元山上金光洞／我师名叫太乙真人／我名哪吒姓是李／特来周城立功勋／吾师令我把山下／来助师叔把纣平／子牙听言心大喜／抗敌重任你担承／飞虎出班来拜谢／拜谢当年哪吒救命恩／哪吒当时开言问／便问来战是何人／飞虎言恩人你且听／张桂芳前来讨战争／仗着法术显威武／连擒二将令人惊／丞相无奈挂免战／故此不敢出去征／哪吒听言心火冒／师叔在上请听云／弟子奉令把山下／愿往战场把贼擒／快把免战来取了／等他前来讨战争／子牙听言叫左右／取下免战不挂城／不说西岐取免战／再把汤营来表明／小军奉令去打探／来报元帅知贼情／桂芳听报忙传令／便叫风林官先行／姜尚今日取免战／不知何处来救兵／你往城下去出阵／风林得令不敢停／手提狼牙跳上马／来到战场叫战争／小军听得忙去报／跑进相府报事因／城外有贼来讨战／启禀相爷得知闻／子牙正想来传令／闪出哪吒跪在尘／弟子不才情愿往／擒拿贼将立功勋／子牙当时忙吩咐／上阵之时要小心／哪吒答应无妨事／师叔何必细叮咛／风火轮上来踏定／手提尖枪如飞腾／来到战场观仔细／风林看见着一惊

白 风林问曰："蹬轮者你是何人？"哪吒答曰："吾乃姜丞相师侄李哪吒是也。你可是张桂芳么？说你会呼名落马，吾特来取你首级。"风林答曰："非也。吾乃张总兵先行官风林是也。"哪吒曰："你非张桂芳，饶你不死，快叫张桂芳出来会我。"风林大怒，纵马使棒来取哪吒，哪吒用火尖枪挑开，一场大战。

唱　这才是话不投机把脸变／怒恼修行李道仙／火尖枪往当心刺／风林举棒来相还／一个是封神榜上吊客星／一个修道乾元山／这一个狼牙棒如闪电快／那一个火尖枪法非等闲／这一个棒如长虹生紫雾／那一个火尖枪舞如蟒翻／看看战上二十合／风林思考在心间／我把哪吒当孩子／谁知可恶又讨嫌／我若不把法术使／怎能赢得这狗男／虚打一棒拨马走／哪吒蹬轮追得严／好似狂风吹败叶／雨打残花似一般／风林回转头来看／哪吒追赶在后边／风林张口来喷出／一股黑烟起半天／红珠一颗如碗大／只在哪吒头上旋／哪吒一见哈哈笑／口中不住念真言／用手一指烟自散／风林一见魂飞天／破吾法术真可恶／勒回战马又相还／要知二人胜败事／且看下章表端的

第三章　姜子牙一上昆仑　魔家四将伐西岐

唱　风林抵住哪吒战／只听兵器响连天／看看战了多一会／哪吒祭起乾坤圈／祭在空中天地暗／风林一见心胆寒／落来正中左肩上／打得筋断骨节酸／几乎落下能行战／拍马落荒败阵还／哪吒蹬轮随后赶／喊杀连天骂声喧／一直追至汤营外／风林败阵进营盘

白　风林败阵回营来见元帅，说被乾坤圈打中左肩，而今哪吒还在营外叫战。张桂芳听了，急忙提枪上马冲出营来，只见哪吒耀武扬威。桂芳曰："蹬轮者可是哪吒么？"哪吒答曰："然也。匹夫！人说你会呼名落马，吾特来取你首级。"把枪一摆，来取桂芳。桂芳急架相还，一场大战。

唱　说着说着怒生嗔／两下举手就交兵／一个是莲花化身灵珠子／一个是封神榜上丧门星／哪吒火尖枪极快／桂芳银枪实在精／杀得征云迷宇宙／战得杀气绕乾坤／这一个银枪安社稷／那一个脚踏风火轮／这一个为主江山舍命战／那一个争夺世界岂肯轻／这一个枪似蛟龙翻海浪／那一个枪如猛虎来翻身／哪吒说几时才罢干戈事／桂芳说老少安康见太平／看看战上三十合／张桂芳施展法术要拿人／口内连把哪吒叫／与我快下风火轮／哪吒听得桂芳叫／心中着忙也吃惊／脚蹬火轮全不动／桂芳一见掉了魂／往日法术多灵验／今日为何使不灵／哪吒哪吒连叫数声全不理／急得头上冒火星／勒马抢枪紧紧刺／如龙翻浪一般形／桂芳使尽全身力／遍体筋酥汗淋淋／哪吒把圈来祭起／起在半空似雷鸣／落来正中桂芳臂／只打得筋断骨折好伤心／马上晃了二三晃／几乎落下战能行／打马三鞭逃命走／哪吒得胜转回程／入府来把师叔见／子牙一见心欢喜

白 子牙问道："今日出阵败胜如何？"哪吒曰："风林、桂芳被弟子打伤，逃进营去了。"子牙又问曰："张桂芳可曾呼你名字？"哪吒曰："那贼连喊几次，弟子不曾理他。弟子不说，师叔不知，凡精血成胎者有三魂七魄，因此他叫一声，自然落马。弟子乃莲花化身，没有魂魄，因此不会下轮。今日那贼带伤，明日擒之。"子牙吩咐设宴贺功不提。又说，张桂芳败阵回营，来见风林，左臂也带伤，不能出阵，只得修告急文书往朝歌见闻太师，搬起救兵。差官领令，不分昼夜而去。

唱 不说桂芳求救事／又把子牙表一番／次日坐在相府内／心中甚是不安然／哪吒虽是得了胜／桂芳必定把兵搬／犹恐朝歌发人马／那时西岐作了难／倒不如沐浴身体昆仑去／问问吾师才下山／想罢忙把衣来换／周身道装甚适然／子牙收拾打扮好／只等武王设朝班／次日武王升金殿／文武朝罢站两边／班中闪出姜丞相／口称我主听臣言／臣辞主公昆仑去／求问师父就回还／武王说兵临城下要交战／相父何必去高山／子牙说臣暂离开不打紧／一两日内就回还／说罢即辞武王驾／又辞文武众两班／吩咐哪吒守相府／武吉巡城莫偷闲／桂芳若是来讨战／不可与他去争先／等我回来再打算／你们切切记心间／吩咐已毕离西土／随借遁光上仙山／如风似箭来得快／按下遁光抬头观

诗曰："玄里玄法玄内空，妙中妙法妙无穷。五行道术非凡品，一阵清风至玉宫。"

白 子牙借遁光来至麒麟岩，落下遁光，一见昆仑景致，叹羡不已。自思一离此山，不觉十年有余，如今又是一番新景。子牙离了麒麟岩，来至玉虚宫外，不敢擅入，在宫外等候多时，见白鹤童子出来，子牙说道："请童子与我通报一声，说姜尚在宫外等候。"童子进宫禀报："今有师叔姜尚在宫外等候，无旨不敢擅入。"元始曰："宣他进来。"白鹤童子出来说道："师父叫你进去。"子牙走至台前，倒身下拜："弟子姜尚，愿老师圣寿无疆！"元始曰："你今上山正好。"忙令南极仙翁取封神榜与他，并嘱咐曰："你可往西岐山造一封神台，将封神榜挂出，后自有用。"子牙跪而告曰："今有张桂芳兵伐西岐，弟子道力微末，难以抵御，伏望老师大发慈悲，有以教诲。"

唱 元始当时开言道／姜尚你且听分明／你为王朝官宰相／受享富贵与国恩／西岐坐的二圣主／何惧左道与旁门／武王称你为相父／凡间之事我不明／但凡你到危急处／自有高人助你身／凡事不必来问我／快快下山莫留停／子牙不敢再多问／只得拜辞出宫门／刚才走到宫门口／耳听得白鹤童子叫一声／口称师叔不忙走／老师请你进内庭／子牙一听忙回转／双膝跪下问师尊／弟子才要出宫外／不知唤我为何情／元始说此去有人叫喊你／不可应他记在心／你若把他来应了／恐惹三十六路兵／你若行往东海过／那里还有一个人／他在那里等候你／你要小心加小心／子牙回言我谨记／拜辞师尊出宫门／南极仙翁来相送／二人出宫把话云／子牙说我今上山见师父／来求老师发慈心／老师不肯来指教／还望师兄指迷津／仙翁说上天定数不能改／凡事总须要小心

白 仙翁说："此是上天定数，不能改变。只是你这一去，有人叫你，切不可应他，着实谨记，我不远送了。"子牙捧定封神榜，与仙翁作别，往前而行。才要借土遁，耳听有人叫声："姜子牙！"子牙想，真的有人叫我？师父吩咐不可应他，只管走路。忽听又叫一声："姜子牙！姜丞相！"子牙仍是不应。又听大叫一声："姜子牙！你薄情而忘旧也，你今才做一个丞相，位极人臣，不思在玉虚宫与你学道一场，今日连叫数声，你都不应！"子牙一听如此之言，只得回头一看，原来是申公豹。

赞曰："头上青巾一字飘，迎风大袖衬道袍。麻鞋足下生云雾，宝剑光华透九霄。葫芦里面藏法术，胸内玄机隐六韬。跨虎登山随地走，三山五岳任逍遥。"

唱　子牙一见申公豹／口称贤弟听我言／未曾答应多得罪／还望贤弟肚量宽／公豹回言称不敢／师兄你且听详端／背上背的是何物／而今要往哪里玩／子牙说背上背的封神榜／师父命我下仙山／如今要往西岐去／兴周灭纣不虚言／斩将封神功圆满／那时才好上仙山／公豹即便开言道／师兄听我说详端／你说成汤气数尽／如今我要保他全／你保武王我保纣／看看哪个本事全／子牙回言公差矣／贤弟要去我不拦

白　申公豹大怒说道："姜子牙！你保姬发，你有多大本领？你不过四十年的道行而已。"子牙曰："学道全凭心诚意坚，岂在年之多寡？"公豹曰："你不过五行之术，移山倒海而已。不如依我相劝，同我保纣灭周，一来你我弟兄同心合意，二来免伤兄弟之情，岂不美哉？"子牙正色曰："兄弟之言差矣！如听你之言，违背师尊之命，况系天命，人岂敢违？绝无此理。你有本领，愚兄知道。"公豹曰："我能自将首级取下，抛在空中，遍游千里，仍能返本还源。有此道术，不枉学道一场。你有何能，敢保周灭纣？"

唱　公豹复又开言讲／师兄你且听言章／倒不如依我烧了封神榜／同我朝歌见纣王／仍然不失丞相位／不枉学道这一场／一些话说得子牙心疑惑／暗想公

豹道法强 / 头乃人身之主体 / 岂能割下返还阳 / 这种法术真稀罕 / 叫声师弟听衷肠 / 你若把头来割下 / 抛在空中你不慌 / 果然依旧来生起 / 同你朝歌见纣王 / 公豹摇头说不信 / 哄我割下变心肠 / 子牙说大丈夫一言为定准 / 驷马难追古言常

白 公豹曰:"不可失信!"子牙曰:"当真是实。大丈夫一言既出,重若泰山,岂有失信之理?"申公豹去了头巾,执剑在手,左手提住青丝,右手将剑一刲,把头割下,其身不倒,将头往空一抛,那头只管上去。子牙乃忠厚君子,仰面呆着,口中说道:"好高妙法!好高妙法!"

唱 不说子牙受感动 / 回书又表南极翁 / 自从送了子牙后 / 还未转回玉虚宫 / 远远看见申公豹 / 跨虎去赶姜太公 / 麒麟岩前才赶上 / 看见他二人正在论雌雄 / 言来语去谈武艺 / 突然见公豹头游在半空 / 仙翁一见说不好 / 子牙为人厚道忠 / 险些被这孽障害 / 我不搭救枉费功 / 仙翁当时忙不住 / 开言叫声白鹤童 / 你快变一仙鹤去 / 衔住他头不放松 / 一直飞往南海去 / 看他如何论雌雄 / 童子得令不急慢 / 摇身一变飞在空 / 便把公豹头衔起 / 飞往南海影无踪 / 仙鹤把头衔去了 / 仙翁吟诗显神通

诗曰:"左道旁门弄子牙,仙翁妙算更无差。邀仙全在申公豹,四九兵来乱如麻。"

白 子牙仰面观看,只见一只白鹤将头衔去,子牙蹬足大叫曰:"孽障!为何将头衔去?"子牙只顾仰面大喊,不防南极仙翁在后拍一巴掌,把子牙吓了一跳。仙翁大喝曰:"姜子牙!你真是个呆子。申公豹乃左道旁门之人,他施些小术,你就如此认真。现只在一时三刻,头不回来,即冒血而死。师父盼咐你不要应他，你应他不打紧，恐有三十六路兵来征伐西岐。"

唱　子牙此时明白了／眼望仙翁把话言／师兄你既已知道／宽饶孽障把命还／好容易九转玄功法／可惜了千年学艺得道仙／仙翁说我在玉虚宫门站／他将妖术把你缠／我且依你饶了他／到时候四九兵来实非凡／日后莫把我来怨／怕的是师父一怨得罪天／子牙说只要师兄将他恕／千难万险我承担／不说子牙来求告／又把申公表一番／只说将他来哄骗／谁知人容天不宽／子牙再三来求免／南极仙左也难来右也难／再过一时冒血死／无奈何把手一指叫鹤仙／鹤童听说张开口／公豹头落半空悬／轻轻落在颈子上／脸朝背来后朝前／申公豹扯着左耳只一错／睁眼看见南极仙

白　申公豹只说哄着子牙，谁知鹤童把头落将下来却斗反了。睁眼看时，见是南极仙翁，甚是羞愧。仙翁大骂道："你将妖术迷惑子牙，要烧了封神榜去保纣灭周，这是何说？该拿你到玉虚宫去见掌教老师。"申公豹羞愧满面，只得跨虎恨恨往东而去，临行手指姜尚曰："我叫你西岐顷刻成为血海！"仙翁与子牙作别回山不表。

唱　子牙忙把土遁驾／驾着遁光就起身／行程必往东海过／飘飘落在一山林／又只见峰高崎岖多古怪／岩旁松柏翠氤氲／山头风吼声如虎／古树穿梭藤连藤／异草奇花香馥土／轻松翠竹色色新／灵芝结就清华池／喜鹊蓬莱不同群／何时脱了红尘世／静坐蒲团诵黄庭／那时方遂吾心愿／不枉当初苦修行／子牙正观山中景／又只见海水翻波几千层／现出一人多古怪／赤身露体不像人／只听他口

中不住大仙叫 / 我埋没千载未曾得脱身 / 吾奉真人清符命 / 原是清虚道德君 / 叫我在此来等候 / 今日法师过海滨 / 望法师指引一福地 / 结草衔环报大恩 / 子牙大着胆子问 / 你姓甚名谁遭灾星 / 游魂见问将言说 / 我是轩辕一总兵 / 我的名字叫柏鉴 / 只因征蛮受灾星 / 火器打我入大海 / 千年不能转回程

白 子牙叫道："既然如此，听吾玉虚法牒随往西岐山待用。"子牙把手一张，五雷震发，柏鉴现身拜师。子牙随借遁光径往岐山而来。霎时狂风大作，子牙定睛一看，原来是五路神来迎接。子牙问曰："你们同柏鉴往西岐山去，吾择日起造封神台，完毕自有妙用。"柏鉴领命往西岐山造台不表。

唱 不说西岐造台事 / 单表子牙转回程 / 来至西岐进相府 / 武吉哪吒忙相迎 / 迎至相府来坐下 / 子牙开言问事因 / 这几日桂芳可曾来讨战 / 相府还有啥事情 / 武吉回言说没有 / 子牙听了心欢喜 / 次日武王升金殿 / 文武朝罢两边分 / 武王说相父你往昆仑去 / 事体如何说我听 / 子牙见问回言答 / 心问口来口问心 / 天机不可来泄露 / 只得含混乱应承 / 武王说相父为孤多辛苦 / 子牙说为臣理当报主恩 / 武王吩咐摆酒宴 / 孤王相父饮杯巡 / 饮酒只见天色晚 / 子牙辞驾出朝门 / 来至相府忙传令 / 便叫飞虎黄将军 / 一支令箭交与你 / 必须如此这般行 / 哪吒也领一支令 / 今晚三更去劫营 / 又令辛甲与辛免 / 三更杀出把贼擒 / 子牙一切安排定 / 只等夜半好发兵 / 不说这里来准备 / 又表桂芳张总兵 / 只望朝歌救兵到 / 才与子牙去战争 / 不知还须等多久 / 未料子牙来劫营 / 看看二更快过去 / 一声炮响似雷鸣 / 耳听人嘶马又吼 / 震得山摇地也崩 / 桂芳披挂忙上马 / 只见阻住正辕门 / 桂芳抬头四处看 / 只见周兵四面临 / 风林上马来杀出 / 正遇飞虎黄将军 / 飞虎提枪当胸刺 / 风林举棒就相迎 / 风林大怒把贼骂 / 焉敢今晚来劫营 / 五

色牛对青鬃马／杀得天昏地不明／灯笼火把飞光焰／上下通红喊杀声／辛甲辛免后营进／无人抵挡任意横／一直杀进后营去／放出南爷周纪身／宫适周纪杀来了／纣兵散乱闹纷纷／自相践踏无其数／鬼哭狼嚎令人惊／只杀得尸横遍满地／只战得鲜血流成渠／哪吒蹬轮前营进／桂芳一见吓掉魂／不敢上前去交战／自带伤痕去逃生／风林一见难取胜／拨马落荒保自身／这里也不去追赶／得胜收兵转回城／入府来把丞相见／子牙一见心欢喜／吩咐记上功劳簿／犒赏满营众三军／不说周城得胜事／又表失机败阵人／聚齐残兵与众将／损折一万有余零／便与风林来商议／损兵折将好忧心／风林说必须快写告急本／纣王驾前赶救兵／桂芳听言忙不住／急忙修本不留停／告急文书修好了／交给差官就起身／差官接书不怠慢／出营上马赶路程／搬兵是件紧急事／三日拿来两日行／路途行程赶得紧／抬头看见朝歌城／心急哪看城外景／闯进三重铁锁门／一直来到太师府／正遇太师坐大厅／太师坐在大堂上／门官进来报事因／今有桂芳差来使／现时等示在府门／太师听报叫他进／进来差使跪在尘／双膝跪在尘埃地／怀内取书往上呈／太师接得书在手／拆开从头看分明／闻太师拆开书从头细看／一字字一行行写得分明／上写着张桂芳申文奉上／多拜上太师爷开国元勋／有末将青龙关成为总镇／承圣眷来宠爱世代沾恩／因姬发来造反不守本分／太师爷举荐我去把西征／那一日到西岐安营扎寨／姜子牙不纳降出了大兵／二人去出马连擒二将／姜子牙挂免战紧闭城门／我只说平西土大功成就／又谁知李哪吒下了山林／他本是玉虚宫道德之士／乾坤圈风火轮好不惊人／谁知道姜子牙多端诡计／那一日三更时前来劫营／因末将连得胜未曾防备／身带伤丢粮草损将折兵／望太师开天恩把我来恕／我就死在沙场当报主恩／不得已才修书据实禀告／诉不尽衷肠话冒犯天庭／太师看完书中话／急得心内似火燃／不料当今失国政／世乱纷纷起狼烟／吾当领兵去征讨／怎奈东南还未安／吾掌朝廷内外事／先帝托孤恩如天／太师想到愁烦处／叫声吉立听我言

白　吉立上前说道："老师在上，要平西土，老师何不往那三山五岳之中，邀一二位道友，往西岐协助张桂芳，则大事可成矣。"

唱　这正是龙困深潭内／一句话提醒梦中人／只因事烦糊涂了／忘却海岛众师尊／想起三山众道友／要平西土不费心／吩咐吉立传众将／这三日不来参拜吾的身／余庆好好守相府／吾去三日就回程／太师吩咐安排定／全身打扮有精神／雌雄鞭儿拿在手／翻身跳上墨麒麟／麒麟顶上拍一拍／只见四足起风云／不消半杯茶时候／九龙岛在面前存／又只见海浪滔滔如滚水／奇花异草色色新／不言太师观景致／且表海岛众师尊

诗曰："王道从来先施仁，提起红尘心不宁。不如闭目深山坐，乐守天真养心身。"

白　"吾乃九龙岛炼气士姓王名魔。""吾姓杨名森。""贫道姓高名友干。""我姓李名兴霸是也。"王魔曰："吾等四人，身居九龙岛，紧闭洞门，静诵黄庭，望有日位列仙班，也不枉我等学道一场。"

唱　不言四友洞中坐／又把太师表一巡／此是仙家来往处／哪有凡人到此行／太师正观洞外景／见一童儿出洞门／请问你师在洞否／烦你进去禀一声／你就说商朝闻仲来相访／要见师尊有话云／童子进洞来禀告／四位师尊在上听／朝歌闻仲来相访／他说有事见师尊／四人当时忙不住／急忙出洞来相迎／太师一见四人出／满面带笑喜盈盈／迎至洞中来坐下／王魔开言问事因／哪阵大风吹到此／有何贵干请开声／闻仲见问回言答／四位仙长听我云／道长们身在海岛多清

静／胜过当朝一品臣／吾受朝廷君恩重／先帝托孤有大恩／只因西土不安分／特来此处请你们／众道友若能去相助／我闻仲世代沾恩不忘情／四人说你我同师同学道／患难相扶不必云

白　王魔说道："闻兄，你可先回去，俺随后便至。"闻太师辞别四位道友，上了墨麒麟，回朝歌不表。且说王魔四人，一齐驾水遁前往朝歌而来。

诗曰："五行之内水为先，不用舟来不用船。天涯海角顷刻到，碧游宫内圣人传。"

唱　四人行程来得快／不觉到了朝歌城／按落遁光把城进／军民一见吓掉魂／这一个身高一丈五尺外／那一个豹头虎眼不像人／这一个身穿水火衣一领／那一个巨口獠牙上下生／王魔上前开言问／哪处太师府衙门／军民见问用手指／二龙桥边是衙门／四人朝着相府走／太师出府来接迎／迎接相府来坐下／摆上酒宴饮杯巡／饮酒之间天色晚／过了一宿天又明／次日纣王升金殿／文武朝罢两边分／班中闪出闻太师／口称万岁听臣云／为臣请得九龙岛／四位道友在午门／前去协助张桂芳／共破西土得太平／纣王听报龙心喜／宣他进来见寡人／门官出外一声请／进来修行四道人／金阶之下把首稽／纣王一见心内惊／吩咐传旨快备宴／太师代朕陪他们／说罢辞朝转内殿／群臣退出午朝门／太师说圣上吩咐摆酒宴／四位道长饮杯巡／王魔说待吾大功告成了／那时才来贺功勋／四人当即来作别／忙驾遁光就起身／云里起来云里落／行程不过半时辰／按下遁光落在地／到了桂芳大营门／开言便把小军叫／烦你快报张总兵／太师请我来帮助／破了西土好回程

白　吓得小军慌张，浑身好似筛糠，二人进帐跪倒，只是把嘴大张，半天才缓过气来："老爷请听端的，太师请来四将，好似五殿阎王。"

桂芳听报，忙出营接到帐中，叙礼分宾主坐下。王魔曰："闻太师请俺等前来助你，好擒姜尚。"桂芳听了，遂把被哪吒不知用何物打伤一事说了一遍。王魔曰："待吾看看。"王魔一看便知是乾坤圈打伤，忙在葫芦中取出丹药，用口嚼碎，擦在二人伤口之上，即刻痊愈。

唱　王魔即便开言问／西岐还有多路程／桂芳说西岐离此七十里／兵败在此暂留停／王魔说将军催动人和马／进往西岐去交兵／将令一下如山倒／三声大炮响似雷／一直来到西城外／东门外面扎下营／子牙正在相府坐／探马进来报事因／桂芳现今又来到／东门外面扎下营／子牙说他定搬得救兵到／巡城必要加小心／不说这里来准备／又说王魔把令行／今日披挂去出阵／坐名子牙来交兵／杨森说送你符贴鞍桥上／只管与他去战争／我们躲在旗角下／必要之时才露身／我们所骑是异兽／管叫他惊吓落马乱军心／吩咐已毕催兵走／炮响跳上马鞍心／一直来到西城下／快叫子牙把话云／小军进城来禀告／姜子牙未把桂芳放在心／传令五方排队伍／炮响出了西岐城／中军战将如猛虎／两边排开众豪英／子牙骑上青鬃马／一马当先把阵临／来至阵前高声骂／大骂桂芳与风林／有何面目再来战／顷刻叫你活不成／桂芳大怒提枪刺／子牙接住两相争／桂芳说败胜兵家是常事／谁不输来谁不赢／一来一往无胜败／三回四合一般平／看看战上六七合／四个妖道齐逞能／放出四个奇异兽／吓坏周营众三军

白　四位道人各骑异兽，王魔骑的是狴犴，杨森骑的是狻猊，高友干骑的花斑豹，李兴霸骑的是猙狞。放出四怪异兽，周营众将吓得落马，连子牙也掉下鞍桥。只有哪吒风火轮不动，黄飞虎五色神牛不动。四位道人大笑曰："姜子牙，你慢慢起来，王魔不再吓你。"子牙起来，整好衣冠，定睛一看，只见四个道人，生得异常凶恶，面分青白黑红色，各骑古怪奇异兽。子牙打稽首曰："四位道兄，哪座名山，何处洞府，进到此间，有何见教？"王魔曰："我等乃九龙岛炼气士也。"

唱　王魔当时开言论／姜尚你且听我云／人称王魔便是我／高友干是姓和名／这位名叫李兴霸／那位道友叫杨森／太师请我来到此／剿灭西岐享太平／若依贫道三件事／我们即便转回程／子牙说你我道门是朋友／道友吩咐敢不遵／王魔说第一武王称臣守本分／子牙说我主做的商朝臣／王魔说第二开仓济百姓／子牙说应该赈济军和民／第三件交出黄飞虎／解上朝歌见纣君／子牙件件都依允／三日之后便回音／说罢二人各拱手／两边鸣锣收了兵／子牙升殿来坐下／只见飞虎跪在尘／将我父子来捆绑／也免连累丞相身／子牙双手来扶起／将军你且放宽心／方才议的三件事／暂且应允一时辰／你看他各人骑的是异兽／众将落马难战争／故此将计来就计／才得脱身返回城／子牙当时忙吩咐／武吉哪吒巡好城／即将香汤来沐浴／净身恭敬上昆仑／子牙忙把土遁借／一驾遁光就起身

诗曰："道术传来按五行，不登云雾最轻盈。须臾飞过扶桑径，咫尺行来至玉京。"

白　子牙来至玉虚宫外，不敢擅入。只见白鹤童子出来，子牙曰："童子，与我通报一声。"白鹤童子走至碧游床前跪禀曰："启禀老师在上，今有师叔姜尚来在宫外，无旨不敢擅入。"元始曰："宣他进来。"童子出外说道："老师有请。"子牙走进宫来，倒身下拜。元始曰："王魔四人征伐西岐，各骑古怪异兽。"便叫白鹤童子："你去桃园把吾的坐骑牵来。"童儿便进园把四不像牵出来。

诗曰："麟头豸尾体如虎，足踏祥光至九重。四海九州随意走，三山五岳霎时逢。"

白 元始曰："姜尚，也是你修行四十年之初，又与吾代理封神。吾今把此兽与你，好会三山五岳门人，不怕奇异之物。"又命南极仙翁取来一支木鞭，长三尺六寸五分，有二十一节，每一节有四道符印，共八十四道，名曰打神鞭，子牙跪地接受。元始曰："你去往北海过，还有一人等你。吾今将杏黄旗与你，此旗乃中央戊己之旗，旗内有简，临急之时，看此便知。"子牙叩首拜别出宫，上了四不像，把顶上角一拍，只见那四不像飘飘落在一座山上，那山连接海岛，景致极美。子牙看罢山景，忽见山脚下一朵怪云卷起，见一怪物，甚是凶恶。

诗曰："头似骆驼颈似鹅，须分上下大耳朵。两眼好似金闪电，浑身龙鳞万层多。双手好似铜钩样，一足似虎站山坡。发手运石多玄妙，口吐人言把话说。"

唱 子牙一见魂不在／大叫一声阿弥陀／半晌无言痴呆站／见那物口吐人言把话说／怪物说要吃子牙一块肉／延寿千年果是确／子牙听了怪物话／眼望旗子心琢磨／将旗插在尘埃地／叫声孽障你听着／将我旗子来拔起／就吃十块不嫌多／那物伸手拔旗子／只望单手就拔脱／谁知两手来抱住／用尽力气拔不脱／颈子伸长七八寸／两只眼睛鼓如锅／子牙把手往空撒／五雷响亮震山坡／吓得那物把手放／又谁知旗杆沾手不能脱／子牙提剑才要砍／那怪物倒身跪地把话说

白　那物曰："上仙饶命，此乃是申公豹害我的，尊声大仙，我错了。"子牙听得申公豹的名字，叫道："孽障！你要吃我，与申公豹何干？"那物答曰："前日申公豹路过此地，说今日上仙要过此地，若吃您一块肉，就会延寿万载。是我一时失错，冒犯上仙，万望上仙饶命。"子牙曰："你要我饶你，须拜我为师。"那物听了，急忙倒身下拜："愿拜上仙为师，我乃龙须虎是也。"

唱　子牙开言把话讲／龙须虎你把眼睛来闭着／子牙把手只一放／一声雷响两手脱／当时又问龙须虎／你在此山把道学／有何道术对我讲／须虎回言有一着／手发石头磨盘大／百发百中回回着／子牙听了心大喜／带着他赶往西岐快如梭／来至西岐进相府／众将一见喊妖魔／人人紧张觉怪异／姜丞相带这怪物做什么／子牙当即开言道／你们众将请听着／这是我新收徒弟龙须虎／众将方才把心落／不说西岐城内事／回文又把汤营说／这几日不见子牙来回信／杨森旁边呼王魔／子牙行事多奸诈／有何阴谋实难说／不如出阵把城破／你我班师回朝歌／便叫桂芳传下令／风林马上先行着／一直来到西城下／便对小军把话说／快叫子牙来会我／若是迟延命难活／小军一听忙不住／跑进相府把头磕／城外有贼来讨战／启禀相爷来定夺／子牙听报在考虑／闪出哪吒把话说／大家排班去出阵／看看虚实再斟酌／一直来到战场上／王魔便对子牙说／你这两天到昆仑去／借这坐骑来会我／好好稳坐四不像／冲杀过来见定夺／这王魔提剑照定子牙砍／旁有金吒枪接着／风火二轮来蹬起／口口声声叫王魔／胆敢伤我师叔父／接着二人动干戈／二人大战十合上／杨森旁边暗算着／吾有开天球一颗／伸手便往皮囊摸／开天珠子来祭起／向哪吒劈面打来正中着／哪吒双轮蹬不稳／翻身便往轮下落／王魔要把首级取／飞虎抵住无法割／二人又战十合上／杨森宝珠又发作／飞虎虽是英雄将／宝珠打中没奈何／旁边闪出龙须虎／妖道休伤吾大哥／友干骑着花斑豹／看见须虎来得恶／混元宝珠劈面打／打中须虎脖颈窝／扭转头来只是

跳／便用双手来抱着／一连伤了三员将／众将救回命能活／子牙拍动四不像／起在空中不会落／王魔也把狴犴拍／起在空中紧跟着／三人围住子牙战／兴霸珠子来得恶／杨森开天珠子也随后打／子牙受伤从空往下落／脸朝天来背朝地／两眼紧闭如睡着／王魔正要取首级／忽听半山人作歌

歌曰："野水清风拂柳，池中水面飘花。借问安居何处，白云深处为家。"

白　王魔听完歌，看时，认得是五龙山云霄洞文殊广法天尊。王魔曰："兄来此何事？"天尊曰："王道友，姜子牙是害不得的。吾奉玉虚符令，等候多时。一则成汤气数已尽，二则西土已出圣人，三则阐教犯了杀戒，四则子牙该享西地福禄。你把子牙打死，还有回生之时。王道友，你截教门中，逍遥自在，无拘无束，不如依我所劝，月圆不缺；若不听我言，到时悔之晚矣！"王魔曰："文殊广法天尊，你好大话，难道你有名师，我无教主？"说罢，提剑砍来。天尊用拂尘抵住，口称善哉善哉。

唱　王魔动了无名火／举剑要把天尊伤／后面闪出道童子／头绾双髻脸金黄／提剑照着王魔砍／王魔举剑来遮搪／来往交锋二十合／天尊心内自思量／取出一物拿在手／此宝名为遁龙桩／久后释门可运用／七宝金莲在上方／半空轻轻来落下／缚着王魔靠着桩／金吒将剑只一举／首级落地吐红光

白　金吒斩了王魔，天尊收了法宝，望着昆仑山下拜："弟子犯了杀戒。"即命金吒扶起子牙，将丹药灌入子牙口中，不一时子牙眼睁看着天尊道："道兄为何在此？"天尊曰："子牙，你有七死三星之厄，此是头一死。"转向金吒曰："你同师叔前往西岐建功立业，不久我到西岐相会。"金吒扶子牙上了四不像，径往西岐而来不表。天尊掩了王魔尸骸，也往五龙山而去。

　　唱　不表天尊回山去／回文又表西岐城／至晚不见丞相转／众将大惊不安宁／武王亲自来相府／差人城外去访寻／正议之间人来报／我主在上请听云／丞相现已回城转／后面跟随有一小道人／武王出府来接住／口称相父听分明／相父败阵往何处／使孤心下不安宁／子牙说若非金吒来相救／老臣不能再回城／金吒忙把武王拜／又会哪吒兄弟身／子牙进府去调养／武王起驾回宫廷／西岐之事且不表／又表汤营将杨森／见尊人救了子牙去／师兄与尊人起纷争／他们争战渐去远／暂时收兵转回营／至晚不见兄回转／忙在袖中定旨凭／大叫一声不好了／兴霸在旁问原因／杨森垂泪开言道／二位贤弟听我云／王道兄千年修炼才如此／五龙岗上见阎君／不幸死于文殊手／要与兄长把仇伸／友干兴霸齐痛哭／三人痛哭到天明／次日天明点人马／点齐人马就起身／一直来到西城下／大骂子牙造反臣／小军一见忙去报／跑进相府报事因／城外有贼来讨战／禀明相爷好出兵／子牙听得小军禀／沉吟半晌又沉吟／身带重伤未全好／今日如何去出征／金吒上前把话讲／师叔在上听分明／弟子既已来到此／今日一定把功成／子牙听了心大喜／传令开城上马行／子牙骑上四不像／金吒哪吒随后跟／众将保着子牙走／到战场上见输赢

　　白　三位道人一见子牙人马出城，咬牙切齿骂道："姜尚！你杀吾道兄，吾与你势不两立。"说罢高举宝剑，三骑冲杀过来，要擒子牙。旁有金吒、哪吒接住，一场大战。

唱 杨森催骑冲上阵／哪吒蹬轮把他拦／高友干催动花斑豹／金吒抵住战一番／李兴霸催开狰狞来助战／五人大战西岐山／各使能耐显本领／战在虎穴与龙潭／你来我往分高下／剑砍枪迎响连天／只杀得朵朵红云笼宇宙／只战得紫雾朦胧罩满山／子牙一旁暗思想／老师赐我打神鞭／今日阵前来观阵／何不将它用一番／想罢神鞭来祭起／好似那雷鸣闪电般／落下来正中友干顶门上／脑浆迸出丧黄泉／杨森一见道兄死／杀奔子牙火一般／哪吒忙把圈子祭／金吒龙桩还在先／桩把杨森来遁住／一剑两段尸不全／灵魂不往别处去／封神台上走一番／忽听城内炮声响／城中冲出将一员／银盔素铠骑白马／丈二银枪两手端／他是飞虎第四子／天祥走马到阵前／猛勇冲到战场上／枪挑风林丧黄泉／桂芳一见难取胜／拨转马头回营盘

白 张桂芳进营坐下，李兴霸上帐曰："我们四人来助你，不料已死三将，你可快修告急文书，到闻太师处搬取救兵，以泄此恨。"桂芳听言，即修告急文书，差人往朝歌送去不提。且说子牙得胜回城，赞天祥走马枪挑风林。金吒上前曰："师叔，今日得胜，不可停兵，明日会战，一定成功，张桂芳可破也。"子牙听言，心中大喜。次日传令众将，一齐披挂出城，三军呐喊，坐名要张桂芳答话。

忽听大炮响，两脚走忙忙，跑进营来报，老爷听端详。今日周营人马无其数，只叫老爷去抵挡。

唱 桂芳听报心大怒／自从提兵未损伤／今日反被小人来欺辱／气得脑疼心发慌／说罢急忙来披挂／一马冲出到战场／指着子牙高声骂／认得老爷张桂芳／周营闪出少年将／你认少爷黄天祥／提枪抵住桂芳战／各显本事逞豪强／枪刺枪迎叮当响／枪挑枪架放豪光／这一个天罡星官保周主／那一个丧门星宿扶

纣王 / 这一个舍命安社稷 / 那一个忠心定家邦 / 这个怒声如雷吼 / 那个火冒更刚强 / 二人大战三十合 / 子牙心中细思量 / 传令中军快击鼓 / 众将冲杀上战场

白　周营中鼓响连天，冲出数十骑将士，伯达、伯适、仲突、仲忽、叔夜、叔夏、季随、季弱、毛公遂、周公旦、召公奭、吕公望、南宫适、辛甲、辛免、太颠、闳夭、黄明、周纪等围拢上来，把张桂芳围在垓心。

唱　众将上前来围住 / 围住桂芳在当中 / 左拨右架难回手 / 前挑后迎难逞雄 / 好似斑豹驾云雾 / 犹如猛虎弄狂风 / 姜子牙又令金吒战兴霸 / 打神鞭助你成大功 / 金吒得令不怠慢 / 迈开大步逞英雄 / 兴霸坐在狰狞上 / 见一道童来得凶 / 提铜照着金吒打 / 金吒接住就交锋 / 二人战到十合上 / 哪吒蹬轮来补充 / 兴霸举铜来架住 / 三人战场争雌雄 / 子牙欲把神鞭祭 / 兴霸一见把铜松 / 随手把狰狞只一拍 / 四足腾云起半空 / 不说兴霸逃走了 / 哪吒冲杀在阵中 / 也把桂芳来围住 / 一心只望立大功

白　晁雷弟兄在马上大呼曰："张桂芳！你还不下马归降，与吾等共享太平，更待何时？"张桂芳大骂道："匹夫！你瞎了眼，我岂是如你等样，贪生怕死，不顾名节哉？"张桂芳从辰时杀到午时，已筋疲力尽，料到不能取胜，乃大叫一声："纣主！臣已竭尽心力，未能克制顽敌，只有一死以全臣节也！"说罢，将枪转刺于胸，一命而亡，灵魂往封神台上去了。英雄半世有何用？留得芳名万古传。

唱　不说桂芳丧命事／又表子牙进城中／来至相府升宝帐／众将各自来报功／子牙见今得全胜／夸奖一干众英雄／西岐城内且不表／再表那兴霸逃命走如风／正行之间来得快／飘飘落在一山中／倚松靠石来坐下／思前想后泪落胸／我想转回九龙岛／难见同道众师朋／不如且回朝歌去／太师府内见闻兄／去与闻兄来商议／借兵报仇才成功／兴霸想罢主意定／耳听有人在山中／一路作歌来到此／原来是个小道童

　　歌曰："天使还玄得做仙，做仙随处睹青天。此言勿谓吾狂妄，得意回时各自然。"

　　白　道童歌罢，行至兴霸面前打稽首曰："道长请了。"兴霸答礼相还。道童问曰："道友哪处名山，何处洞府？"兴霸答曰："吾乃九龙岛炼气士李兴霸是也，因张桂芳征伐西岐，不料失机，在此稍坐片时。道童，你往哪里去？"道童暗暗发笑，心想，这正是踏破铁鞋无觅处，得来全不费工夫。道童曰："我非别人，乃九宫山白鹤洞普贤真人徒弟木吒是也，奉师令下山，往西岐姜丞相门下立功。吾师叫吾中途遇着李兴霸，捉去西岐报功。"兴霸大怒骂道："好孽障！欺吾太甚。"提铜劈头来取木吒。木吒执剑相迎，一场大战。

　　唱　这才是一仙一神怒满腔／九宫山上摆战场／铜来剑去叮当响／剑去铜迎放豪光／这一个轻移道步往上撞／那一个多耳麻鞋走得忙／这一个脑后一块寒冰滚／那一个目前一团花飞扬／这一个肉身成圣多威武／那一个灵霄宝殿神金刚／木吒说叫你一剑成两段／兴霸说野道不要逞豪强／二人战了数十合／木吒不想时间太拖长／忙把吴钩剑儿来祭起／祭在空中闪金光／一剑正中兴霸顶／可怜一剑见阎王／灵魂不往别处去／封神台上走一场／等到太公封神时／那时才得享安康／清福神将引进去／千年得受一炉香

白　木吒斩了李兴霸，掩埋了尸首，借土遁往西岐而来。来至相府，便叫门官通报，有一道童求见。门官进内禀道："启禀相爷在上，外有一道童求见。"子牙传令，请他进来。木吒走至殿前，倒身下拜。子牙问曰："哪座名山，何处洞府？"金吒在旁曰："他乃是弟子兄弟木吒，在九宫山白鹤洞普贤真人门下为徒学艺。"子牙曰："你弟兄三人同事明主，定将名垂青史。"木吒便将斩了李兴霸一事说了，各自欢喜。只见红日落西，暂且不提。

唱　西岐之事且慢表／又把太师表一番／太师坐在银安殿／门官进来报事端／今有韩荣文书到／太师接来仔细观／从头至尾看一遍／神目抬头仰望天／三位道兄将命丧／叫我心下实难安／吾想领兵难离府／我受国恩如泰山／吩咐快打聚将鼓／来了满朝文武官／众将参见两边站／太师开口把话言／四位道兄死三个／风林阵亡丧黄泉／谁人可领人和马／前往西岐走一番／旁边闪出老年将／鲁雄威武甚昂然／说道是如果老夫去出阵／一定得胜凯歌还／太师听了心大喜／忙叫费尤二文官／你们同鲁雄西岐去／定能得胜转回还／费尤二人忙启禀／太师在上请听言／文臣不能干武事／恐误国家事不全／太师即刻叫左右／参军印交二文官／沾过花红饮过宴／落了圈套不敢言／次日天明点人马／五万人马就出关／行兵正好逢夏季／天气炎热行路难／三军铁甲难行路／马上将军汗不干／万里乾坤一轮火／四野无云三伏天／晒得砖红如锅底／人马一身汗涟涟／高山顶上生烈焰／大海江中波浪翻／一路行兵如骤雨／探马回头报事端／桂芳失机把身丧／首级号令东门前／鲁雄听报大惊道／传令在此把营安／忙修告急文书本／太师面前把兵搬／不言鲁雄搬兵事／周营探马表一番／跑进相府双膝跪／丞相在上请听言／来了一支人和马／西岐山下扎营盘

白 子牙听报，已知其详。前日清福神来报，封神台已造完，张挂封神榜，如今正要祭台。传令命南宫适、武吉领五千人马，往西岐山安营，阻塞路口，不放他人马过来。二将领命，随点人马出城，一声炮响，七十里路对面安下营寨。天气炎热，三军站立不住，人人埋怨。

唱 武吉当时开言道／望着南爷叫将军／吾师令我把兵领／天气炎热乱军心／说着又见辛甲到／二人出营来接迎／辛甲说丞相如今又下令／岐山顶上去扎营／山后土台筑一座／丞相上台好施行／二将听罢甚惊讶／上山有死定无生／将令一下如山倒／谁也不敢稍迟停／三军张口把气喘／人人叹息气不平／还要取水来造饭／酷热极累死无疑／不说三军来埋怨／又把鲁雄表一巡／猛然抬起头来看／岐山顶上扎周兵／人说子牙多智谋／依我看来是虚名／此时屯兵在山顶／不过三日死无存／不说成汤营内事／又把子牙表分明／带领三千人和马／也往岐山顶上行／走至帐中来坐下／赤日炎炎把诗吟

诗曰："太阳真火炼尘埃，烈石煎湖实可哀。绿柳青松催艳色，飞禽走兽尽落灾。凉亭上面如烟燎，水阁之中似火来。万里乾坤只一照，行商旅客苦相挨。"

白 子牙吟诗毕，武吉进营禀曰："台已完工。"子牙命推车辆进营，每人一个斗笠，一件棉袄，即时发完，众人大笑不止，说我等穿将起来，死得快些。且说，子牙上台，披发仗剑，望昆仑下拜，布罡斗，行玄术，书符念咒，有诗为证。

诗曰："念动玉虚玄妙诀，灵符密授更无差。驱邪伏魅随时应，唤雨呼风似滚沙。"

唱 子牙踏罡来布斗／手执符策念灵文／望着昆仑山上拜／霎时狂风到来临／刮得尘土迷世界／刮得三军眼难睁／鲁雄营中人人喜／反说纣王洪福深／故有凉风来助我／三军正好赌输赢／不说鲁雄无谋智／又表子牙把法行／霎时风云来合会／遮得太阳无影形／狂风大刮透骨冷／空中大雪飘纷纷／大雪飘了一日整／天地一色白如银／矮处不知多少厚／坡坎倒有三尺深／冻得纣营人抖战／咬紧牙关只是哼／忽又红日当空现／晒化雪水往下行／雪水淌往鲁雄寨／兵丁淹死一二成／一时间阴云布合遮日影／岐山冻成一块冰／有的说国运不祥才如此／七月然何雪降临／费仲尤浑无主意／鲁雄无言不做声／南爷武吉把营进／吓得三军战兢兢／先把鲁雄来捆起／又捆费仲与尤浑／三人解往周营去／子牙丞相坐大厅／便叫三人来跪下／鲁雄不跪把话云／你原本是商臣子／背主求荣作叛臣／今日被你来捉住／唯有一死报君恩

白 子牙命将三人且监后营，又令南宫适进城把武王请来。宫适进城来见武王，礼毕，武王问曰："相父在岐山，天气炎热，三军劳苦，卿来此何事？"宫适曰："奉丞相令，请主驾往岐山。"武王便随众文武往岐山而来。

唱 王排銮驾出金殿／文武左右分两班／前有四贤来保驾／八俊跟随在后边／前有金瓜并钺斧／龙凤旌旗遮半天／出了西岐城一座／家家户户焚香烟／君臣行了七十里／很快到了西岐山／子牙出营来迎接／迎进中军把礼参／武王说相父邀孤为何事／子牙说特请大王祭岐山／武王说山川享祭是正礼／姜子牙忙排香案在台前／文武两班排好队／武王当中把香拈

白　子牙传令，将三贼斩首报来。少时献上三个首级，武王大惊曰："相父祭山，为何斩人？"子牙曰："此三人乃征伐我西岐之费仲、尤浑、鲁雄也。"武王曰："奸臣理当斩之。"子牙与武王回兵西岐不表。

唱　不说武王回城去／又把残兵表一番／即往朝歌去报信／三日拿来两天完／一直来至太师府／正遇太师把本观／今有三山邓九公／大败鄂顺转回还／九公奏本才看完／又报韩荣氾水关／门官将本来呈上／太师拆开仔细观／桂芳已把身来丧／费尤鲁已丧黄泉／三人首级岐山祭／太师顿足咬牙关／不料西岐有姜尚／这等凶恶真讨嫌／吾想亲自领兵去／怎奈东南还未安／吉立即便开言道／老师在上请听言／快发火牌与令箭／去调魔家将四员／太师听了吉立话／即点胡雷去守关／胡雷胡升不怠慢／连忙上马紧加鞭

诗曰："头顶帅冠一字明，弟兄立功保龙廷。忠心舍命保纣王，要与吾主定乾坤。"

白　"吾乃佳梦关主帅魔礼青是也，同弟魔礼红、魔礼海、魔礼寿弟兄四人，在纣王驾前为臣，官封元帅之职，镇守此关。"今日正坐帅府，忽见门官来报。

唱　礼青正在帅府坐／门官进来报事端／今有朝歌圣旨到／快接圣旨莫迟延／礼青当时忙不住／弟兄出府把礼参／胡雷胡升也到此／将书交与四将观／礼青看完书中语／哈哈大笑声连天／太师用兵多年整／如今为何颠到颠／西岐不过一姜尚／杀鸡牛刀讨麻烦／便与胡雷来交印／点起人马就出关／三军呐喊排队伍／锣鸣鼓响奔前边／逢州过县来得快／桃花岭冈在眼前／过了岭冈探马报／西

岐北门在前边／弟兄听报忙传令／扎下大寨把营安／不表弟兄安营寨／再表那周营探军报事端／跑进相府双膝跪／丞相在上请听言／今有纣王人和马／魔家四将扎营盘／子牙听报聚众将／共将退兵来商谈／闪出成王黄飞虎／丞相在上听我言／说起魔家这四将／弟兄镇守佳梦关／皆系异人来传授／奇术变幻非等闲／魔礼青身长二丈四／面如活蟹须粗蛮／用根长枪惯步战／有一宝剑逼人寒／此剑名为青云剑／四字符印在上边／地水火风真稀罕／杀人斩将不费难／烈火空中金蛇绕／遍地四处起黑烟／一时之间黑风起／风内戈矛有万千／若逢此刃成齑粉／好汉也难过此关／魔礼红有把混元伞／也是异人把他传

白　"这伞内有夜明珠、碧尘珠、碧火珠、碧水珠、消凉珠、九曲珠、定颜珠、定凤珠，还有珍珠穿成的四字'转载乾坤'。这把伞开时天昏地暗，日月无光，转一转，乾坤晃动。魔礼海用一枪，背有一面琵琶，上有四根弦，也按地、水、火、风安放，拨动琴弦，风火齐至，如青云剑一般。魔礼寿使两根鞭，囊里有一物，形如白鼠，名曰花狐貂。放起空中，现身似白象，肋生双翅，吞食生人。四将来伐西岐，吾兵恐难取胜。"子牙曰："将军何以知之？"飞虎曰："四人昔日在末将麾下，征伐东海，故此晓得。"子牙听罢，郁郁不乐，这且不提。

唱　次日礼青升宝帐／三位兄弟听我云／兵至此地三日整／去会姜尚把话云／传令三军列好队／炮响三声出营门／周营探马来看见／跑进相府报事因／魔家四将来讨战／启禀相爷得知闻／子牙听罢传将令／传令排队出西城／风火跨牛为前队／哪吒弟兄随后跟／一直来到战场上／子牙开口把话云

白　子牙在四不像上欠身曰："来者乃魔元帅么？"礼青答曰："然也。姜尚！你不守本分，背叛朝廷，大逆不道，今天兵到此，尚不投诚授首，更待何时？"子牙曰："元帅之言差矣！吾等受封西土，守法奉公，何言反叛？今朝廷听信谗言，屡伐西岐，兵败自取其辱，我等并无一兵一卒冒犯五关，汝等尚欲加罪于我，宁有此理？"礼青大怒，放开大步，提枪来取子牙。欲知后事，请阅下章。

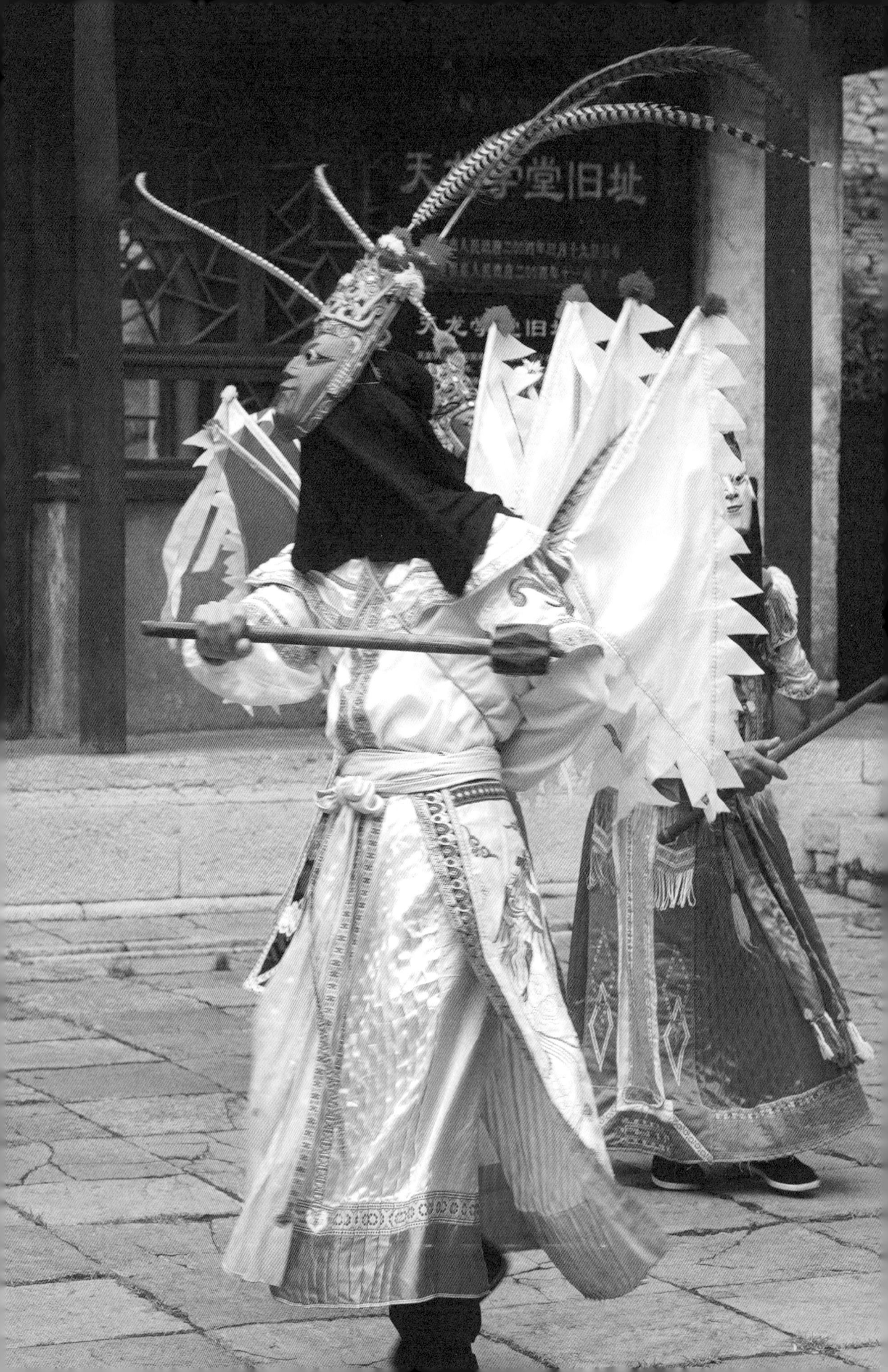
天
堂旧址

第四章　闻太师征伐西岐　十天君摆十绝阵

唱 魔礼青纵马舞枪冲敌阵／南宫适钢刀一摆两相争／一个枪来如游水／一个刀去虎奔林／礼红提戟来助阵／辛甲大斧来相迎／画戟好似鸡啄米／大斧狂风卷残云／礼海提枪冲上阵／哪吒蹬开风火轮／一个忠心保纣王／一个西周任先行／礼寿舞动银装锏／武吉枪架不沾身／锏打顶门差半寸／枪刺咽喉欠几分／八将战场施威武／杀得天昏地不明／两边战鼓如雷震／儿郎个个喊杀声／辰时杀到午时候／午时战到未时辰／四面只听刀枪声／未见输赢杀手平／哪吒敌住魔礼海／二人战得汗淋淋／若不施宝难取胜／与他战到几时辰／乾坤圈子来祭起／金光万道晃眼睛／礼红一旁来看见／混元伞儿手内撑／圈子落进混元伞／哪吒一见吃一惊／金吒祭起遁龙柱／照着礼红下无情／礼红又把伞来祭／收去龙柱无影形／子牙神鞭来祭起／要打魔家四将军／礼红又开混元伞／神鞭落在伞中心／子牙吓得魂不在／礼红大笑两三声／昆仑还有啥宝贝／吾伞照收不容情／说罢将伞晃几晃／日月无光土地昏／礼寿放出花狐貂／张牙舞爪来吃人／周营兵将人人怕／寻子觅爷去逃生／子牙催动四不像／起到空中转回城／金木二吒借土遁／哪吒蹬轮败回城／周营人马死无数／武王殿下死六人／不说西岐兵败事／又表得胜魔家军

白 魔家四将大败西岐人马，杀得血流成河，尸骨堆山，魔礼青命军士鸣金收兵。弟兄四人回到营中坐下，魔礼红将混元一抖，把收来的宝贝放到后营。四人商议，待明日点齐人马，一战可擒武王、姜尚，破了西岐，早日奏凯班师。一宿已过，次日天明，弟兄四人点齐人马，各带宝物，杀奔西岐而来。

唱 弟兄领兵到战场／大喝巡城小儿郎／快快报与老姜尚／叫他开城来投降／倘若迟延说不字／定叫西岐遭灾殃／武士闻言不怠慢／跑进相府说端详／魔

家四将来讨战／耀武扬威在战场／子牙吩咐挂免战／挨过一时再商量／军士把免战牌挂上／四将一见笑昂昂／姜尚不过一渔叟／何德何能反朝纲／让他多活一日夜／明日叫他见阎王／礼青传令收兵转／弟兄勒马转营房／回到帐中来坐下／礼寿坐下便开腔／开言叫声三兄长／弟有一言听端详／看来西岐无能将／今晚就把西岐亡／今夜我们放宝贝／一定能杀死姜尚与武王／礼青点头称好计／只等天黑日无光

白　魔家四将等到三更夜静，弟兄们悄悄出营，来到西岐城外。魔礼红摇动混元伞，霎时间月色无光，狂风大作；魔礼海弹动玉琵琶，天旋地转，人立足不住；魔礼寿放出花狐貂，张牙舞爪，往西岐城中飞去。弟兄们得意洋洋，只等胜利喜讯。

唱　不说魔家放宝事／又表子牙坐府台／魔家四将真厉害／宝物精奇算英才／杀我周兵血成海／不敢与他把兵开／闷坐相府实无奈／忽见狂风刮起来／风折旗杆为两段／子牙大惊把香排／三个金钱求八卦／金钱落地脸发呆／朝着昆仑拜几拜／求老师开恩消祸灾／元始玉虚已知晓／琉璃瓶儿来打开／琉璃瓶中净水洒／西岐城内变石岩／一块青石来覆盖／无丝无缝像棺材／弟兄放宝空欢喜／未曾损害一婴孩／次日天明来察看／见西岐人欢马叫未受灾／礼青一见心大怒／吩咐把城围起来／西岐四门来围住／兵无粮草起祸胎／不表四将围城事／又表那西岐粮库一官差

白　管粮官见存粮只够数日开销，急忙向丞相禀报："启禀丞相，敌兵围城，无粮可进，粮食只够数日吃用了。"子牙闻报，心内着急：自古兵无粮则乱，如何是好？正在忧闷，忽见两个道童自空中飘飘而下，一见姜尚，倒身下拜。子牙问："道童到此则甚？"道童答曰："师叔，吾师兄弟乃金庭山玉屋洞道行天尊韩毒龙、薛恶虎是也，现奉师令送粮前来。"子牙曰："粮在何处？"韩毒龙曰："弟子随身带来。"说罢取出一个土碗，只见碗内有米数颗。众将笑曰："几粒米儿，怎够几十万人马食用？"韩毒龙曰："将此米放在粮仓之中，粮食自满。"子牙便令粮官将米放在粮仓之中，不一时，所有粮仓尽皆装满粮米。众将一见，喜之不尽。

唱 不说西岐得粮事／回文又表玉泉山／玉鼎真人正修炼／心血来潮扰心烦／忙在袖中掐指算／原来是魔家四将围岐山／急忙开口叫杨戬／你上前来听我言／西岐正在危难处／吾想令你下仙山／传你八九玄功妙／西岐城去解困难／兴周灭纣把功建／功德圆满列仙班／杨戬听罢心内喜／倒身下拜跪蒲团／拜跪已毕出洞府／借遁前往西岐山／凡人行程数月整／仙家妙用一时间／见汤营兵马把城围／西岐免战挂城前／忙将遁光来落下／飘飘落在相府前／开言便把门官叫／烦你进去把言传／门官闻言不怠慢／跑进相府报事端／子牙闻言令来见／进来杨戬把礼参／子牙一见开言问／姓甚名谁说端的／玉泉山上金霞洞／玉鼎真人把法传／弟子名字叫杨戬／来助师叔破敌顽／子牙说魔家四将道术狠／杨戬说弟子看来只等闲／今日弟子来到此／明日出战把敌歼

白 子牙令军士将免战牌取下。汤营军士一见西岐摘下免战牌，立即报与老爷知道。两个巡逻兵，跑进大中军："西岐取免战，我们亲眼见，来对老爷说，请令早定夺。"魔礼青听罢，传令弟兄赶快披挂，同到战场看个明白。三将得令，急忙穿戴整齐，有赞为证。

赞曰：“魔礼青打扮是仙家，丈八长枪手内拿。魔礼红打扮似天神，混元伞儿手中撑。魔礼海打扮似菩萨，背上背起玉琵琶。魔礼寿打扮似山魈，腰间带着花狐貂。”

唱　四人打扮多齐整／威风凛凛出营门／一直来到战场上／大骂子牙造反臣／军士一见忙去禀／报与丞相得知闻／子牙听得军士禀／便令杨戬去出征／又叫哪吒去掠阵／我统人马随后临／杨戬得令不怠慢／提刀上马出城门／一直来到战场上／看见魔家弟兄们／杨戬说你们有何真本领／辅助纣王无道君／魔礼青闻言哈哈笑／道童你是什么人／杨戬说吾乃昆仑道德士／杨戬就是我的名／我劝你们收兵转／免在西岐丧残生／礼青闻言心大怒／举手抡枪刺当心／杨戬提刀来架住／两马相交大战争／魔家弟兄一声喊／围住杨戬在中心／杨戬尖刀如飞舞／挡住魔家四将军／前架枪来后挡铜／好似元宵走马灯／杨戬本是神仙体／不把四人放在心／五人正在大交战／马成龙解粮到来临／只见交兵把路阻／魔家四将战一人／马成龙一见火星冒／手舞大刀来帮争／礼寿提枪来接住／刀枪并举争输赢／马成龙本是楚州一战将／魔礼寿佳梦关里上将军／看看斗有数合整／魔礼寿豹皮囊内取宝珍／花狐貂儿来放起／巨口一张似血盆／一口把马成龙吞下肚／三军一见掉了魂／杨戬抬起头来看／花狐貂又把杨戬吞／哪吒一见心害怕／脚蹬火轮飞进城／相府来对子牙讲／杨戬被吃无影形／子牙一听点头叹／枉自他玉泉山上去修行／不说子牙心纳闷／又表得胜魔家军／弟兄得胜回营转／不把西岐放在心

白　不说四将得胜，且表杨戬有八九玄功之妙，在花狐貂肚内用力把狐貂心肝一捏，将心肝摘下，花狐貂遍地打滚，一命呜呼。杨戬出了狐貂肚腹，径往西岐而来，来到相府见子牙，哪吒还在议论。杨戬现身曰："师叔在上，弟子已将花狐貂弄死，回城来了。"子牙、哪吒一见，心中惊悸，开言问曰："你是鬼是人？"杨戬曰："师叔，弟子有七十二变化，故不曾被吃掉，不信请师叔看来。"杨戬摇身一变，变个花狐貂。子牙看罢，心中大喜，有此等异人辅佐，实乃我主洪福。

唱 杨戬便对师叔讲／吾去汤营走一番／待我盗了混元伞／要破汤营有何难／子牙听罢将头点／见杨戬化阵清风一溜烟／来到汤营用目看／见众人还在庆功饮杯盘／杨戬来到后营里／但只见几样宝贝放里面／急忙忙一拿混元珍珠伞／二拿师叔打神鞭／三拿金吒遁龙柱／四拿哪吒乾坤圈／四件宝贝拿在手／摇身一变出营盘／收住遁光来落下／飘飘落在相府前／杨戬走进相府内／上前来把师叔参／四样宝贝来呈上／子牙一见心欢喜／杨戬说弟子还转汤营去／里应外合把敌歼／子牙满口来夸赞／全仗你灵机应变把功全／杨戬拜辞出相府／仍回汤营把身安／将身仍把花狐貂变／藏在魔礼寿腰间／不表杨戬藏身定／又把魔家表一番／四人起来忙梳洗／扫平西岐在今天／魔礼青白玉镯儿揣怀内／魔礼寿花狐貂儿放腰间／魔礼海玉石琵琶背身上／魔礼红混元伞不知在哪边／左找右找不曾见／四将一见喊皇天／平西全靠混元伞／无此伞怎敌昆仑宝无边／魔礼青传令今天不出战／弟兄找伞到处翻／不说魔家找宝事／回文又表青峰山／青峰山上紫阳洞／道德真君保天元／正在洞中来修炼／忽有一事上心间／只因神仙犯杀戒／这时天化好下山／开言叫声黄天化／你上前来听我言／天化听得师父唤／急忙双膝跪蒲团／真君说此处非你久居地／吾今命你下仙山／西岐相助姜丞相／父子兄弟得团圆／一来兴周把功建／二来得报你母冤／赐你八棱锤两柄／火龙镖儿带身边／玉麒麟天下任游转／记住你上山修炼二十年／天化应声全牢记／拜辞恩师出

洞前／翻身跳上麒麟背／一拍麒麟上云端／耳边只听风声响／顷刻到了西城边／开言便把军士叫／烦你进去把话传／就说黄天化求见／武成王是我老家严①／军士听得不怠慢／跑进相府把话传／外有黄天化求见／他说道武成王是他老高年／子牙便把飞虎问／飞虎说那是我儿下了山／子牙闻言说请进／进来天化把礼参／子牙说适才听得你父讲／你三岁之时就上了山／青峰山上去修炼／道德真君把法传／今日你父子得团聚／推翻昏君得申冤／天化叩头来拜谢／黄飞虎带领天化回府前／黄家一门重相见／排筵宴庆贺祖孙弟兄得团圆

白　黄家祖孙、父子、叔侄、弟兄团聚，在武成王府大排筵宴庆贺。黄天化脱了道装，身穿红绫，头插雉尾，好一个年少将军，黄氏一门欢喜异常。次日天明，黄天化身披战袍，一身王侯公子打扮，来见丞相，要求讨令退敌。子牙一见黄天化弃了道装，心中大为不悦，耐心劝曰："你昨日方下高山，就俗家打扮，非修道之人所为。"

唱　子牙耐心来相劝／叫声天化听我云／吾今下山四十载／尚且不敢忘昆仑／仍穿道服居相位／从来吃素不吃荤／天化说吾奉师令把山下／如此方好退贼兵／子牙不好再言语／叫声哪吒可同行／二人领了丞相令／带领三军出城门／一直来到战场上／吼声如雷叫交兵／训营军士来看见／跑进中军报军情／营外有贼来讨战／请示元帅怎施行／魔礼青丢伞心头恨／无名怒火冲顶门／听说贼兵来讨战／手提长枪冲出营／三人领兵跟在后／来到战场看得清／见一少年多英俊／手提银锤跨麒麟／礼青一见开言问／来者何人快通名／天化说我名叫作黄天化／武成王是我父亲／礼青听是反臣子／长枪一摆刺当心／天化银锤来架住／恶战龙潭

---

① 老家严：指父亲。

虎穴坑 / 天化英勇多英俊 / 双锤鲤鱼跳龙门 / 礼青长枪也不赖 / 前遮后挡有精神 / 往来斗有三十合 / 魔礼青豹皮囊内取宝珍 / 白玉镯子拿在手 / 用力一抛似流星 / 一镯打中黄天化 / 翻身跌下玉麒麟 / 哪吒一见吓一跳 / 尖枪一摆来相争 / 军士救起黄天化 / 可怜一命赴幽冥 / 军士背起进城来 / 哪吒大战魔礼青 / 李哪吒尖枪白蛇来吐信 / 魔礼青长枪怪蟒大翻身 / 这一个莲花化身灵珠子 / 这一个佳梦关上当总兵 / 只因纣王行无道 / 西岐城下动刀兵 / 看看斗有十几合 / 魔礼青白玉镯子往空升 / 哪吒忙把圈子祭 / 圈子白玉两相迎 / 镯子原是一块玉 / 圈子本是金打成 / 玉撞金来金撞玉 / 圈子撞玉碎纷纷 / 魔礼青见破了宝 / 勒转战马又来争 / 魔氏兄弟一声喊 / 一齐走马到来临 / 哪吒不敢来迎战 / 火轮升空转回城 / 魔家弟兄收兵转 / 失去宝贝闷沉沉 / 不说汤营心痛事 / 又表飞虎姓黄人 / 一见天化被打死 / 号啕痛哭放悲声 / 只说灭纣把仇报 / 父子团圆享太平 / 我儿才到西岐地 / 人未安枕赴幽冥 / 飞虎哭到伤情处 / 周营将士放悲声 / 众将正在来解劝 / 有一童子进府门 / 我今奉了老师令 / 来背师兄转山林 / 子牙闻言心欢喜 / 童子背起如飞腾 / 霎时来到紫阳洞 / 真人一见怒生嗔 / 畜生不听我的话 / 脱了道装换罗绫 / 不看成王飞虎面 / 就不搭救你残生 / 怀中取出药一颗 / 用水化开和均匀 / 掰开嘴唇送下肚 / 只听天化叫一声 / 大叫一声痛杀我 / 揉揉二目把眼睁 / 一眼看见是师父 / 双膝跪在地挨尘 / 真君说你下山一日就忘本 / 有何脸面见师尊 / 天化叩头来认错 / 以后不敢再开荤 / 真人袖中取一物 / 此宝名叫穿心钉 / 去把魔家四将会 / 如此如此把功成 / 天化接宝装怀内 / 拜辞老师就起身 / 凡人行程数月整 / 仙家妙用一时辰 / 不消半盏茶时候 / 到了西岐帝王城 / 忙将遁光来收住 / 轻轻落在相府门 / 子牙飞虎齐看见 / 笑在眉头喜在心 / 天化说来日弟子去出阵 / 不杀四将不算能 / 说着说着天色晚 / 一夜无词天又明

白　次日天化起来，上帐参见丞相禀曰："今日弟子前去出阵，务要建立功勋，方才来见丞相。"子牙曰："魔家四将，久经战阵，不可轻敌，上阵务要小心。"仍令哪吒随同前往，天化领令，提锤上了玉麒麟，与哪吒带领三军冲出城来。

唱　天化催骑上战场／手提银锤耀武扬／巡营军士听吾讲／快叫魔家四天王／小爷等他来纳命／迟延片刻踏营房／小军听得不敢慢／跑进营中报端详／昨天打死黄天化／今日阵上又还阳／要叫老爷去会战／迟延他要踏营房／魔家四将说不信／哪有死人来争强／弟兄四人忙披挂／放炮出营到战场／来到战场用目望／果是天化小儿郎／礼青说这次打死取首级／看你还能再还阳／说罢提枪分心刺／天化锤架在一旁／玉麒麟对青鬃马／亮银锤战丈八枪／二人战场拼生死／枪锤相碰响叮当／天化本是英雄将／银锤舞动生霞光／魔礼青久经战阵经验广／枪似雪花洒海棠／看看斗有三十合／天化心内暗思量／不如用宝来取胜／与他战到几时光／左手提锤来抵住／右手去摸豹皮囊／钻心钉子拿在手／用力一钉中胸膛／前心进去后心出／魔礼青滚下鞍桥一命亡／礼红一见兄长死／大喝小儿少逞狂／手提画戟当心刺／天化银锤招架忙／一个为兄把仇报／一个立功争荣光／来往战有三五合／黄天化钻心钉子手中藏／用力一钉喊声中／钉子进肚断了肠／魔礼红一跤摔地上／悠悠一命见阎王／礼海礼寿一声喊／枪刺铜打似虎狼／天化银锤战二将／哪把二人放心旁／礼寿长枪当心刺／礼海双铜打顶梁／天化双锤上下舞／拨开双铜又挡枪／自古英雄出少年／天化越战越刚强／钻心钉子拿在手／寻找机会下无常／对着礼海一钉去／钉中胸口穿脊梁／礼海一跤倒在地／七窍流血一命亡／礼寿见死三兄长／伸手去摸豹皮囊／花狐貂儿拿在手／放去要把天化伤／谁知狐貂不听话／反咬一口痛断肠／狐貂咬住手不放／天化一钉中心房／当场死去魔礼寿／钻心钉收四天王／可怜一世英雄将／千年得受一炉香

白　黄天化连发钻心钉钉死魔家四将。只见咬住魔礼寿的花狐貂就地一滚，现出一个人来，天化一见心中害怕。哪吒上前曰："此是玉鼎真人徒弟杨戬师兄，他有七十二变之能，适才变成花狐貂，咬住魔礼寿，助你成功。"天化上前谢过杨戬。师兄三人，喜气洋洋，收兵回城。上帐来见丞相交令，将打死魔家四将经过说了一遍，子牙闻言，心中大喜，功劳簿上记了天化、杨戬之功。

唱　不表西岐得胜事／回文又表汜水关／韩荣正在府中坐／探马进来报事端／魔家四将伐西土／昨日被斩命归天／韩荣闻报吓一跳／四将英雄天下传／不想今日死得惨／忙写边报报上边／即时修好告急本／便令手下将一员／赶快送往朝歌去／太师府上把书传／差官接得书在手／出门上马紧加鞭／逢山不看打柴汉／遇水不看打鱼船／晓行夜往来得快／太师府衙在前边／进衙来把太师见／倒身下拜跪面前／怀中取书来呈上／太师接来用目观

白　闻太师接书在手，从头至尾，细看一遍，只气得三尸神暴跳，七窍内生烟，手指西岐骂曰："姜尚匹夫！仗昆仑道术，斩我大将，吾与汝势不两立。"

唱　看罢韩荣告急本／激起心中火一盆／魔家四将多英勇／西岐城下丧了生／可恨武王与姜尚／接纳反叛杀朝臣／且喜东南已平定／待吾亲自去西征／不擒姬发与姜尚／誓不回朝见当今／太师想罢主意定／闭目养神到天明／次日纣王升金殿／酒色迷雾二目昏／班中闪出闻太师／三呼万岁口称臣／西岐姬发不安分／起兵造反杀大臣／吾今亲领大兵去／誓把西岐一扫平／纣王说太师为孤多劳累／东征西讨费精神／太师说我受朝廷君恩重／先帝托孤实非轻／愿主从此修德

政／爱护江山爱黎民／太师辞朝出殿外／校场里面点雄兵／点齐雄兵三十万／随带战将数十名／门人吉立与余庆／太师翻身上麒麟／谁知麒麟人立起／将太师翻落地挨尘／众将上前来扶起／下大夫王变把话云

白 闻太师被黑麒麟掀落尘埃，下大夫王变上前曰："太师，今日出征，就落马下，此不祥之兆也！另派一将征讨如何？"太师笑曰："此骑久未乘坐，故此劣性。吾已将身许国，但愿马革裹尸还为幸，何计较太多？"遂不听劝告，重上黑麒麟，领大兵而去。

唱 这才是商朝可算一忠良／赤胆忠心扶纣王／去年领兵平北海／东海擒过平灵王／今日领兵三十万／旌旗蔽日排刀枪／太师行程来得快／不觉到了黄花冈／只见山势多险峻／悬崖峭壁野花黄／太师扎下人和马／独自催骑上高冈／只见溪流淙淙淌／遍地黄花分外香／倘若能得太平享／愿来此处炼岐黄／太师正在发奇想／忽听得人喊马叫响刀枪／太师催骑来观望／见一将手持大斧来得忙／但见他面如蓝靛一个样／膀阔腰圆赛金刚／此人真是一战将／待吾收他做栋梁／太师假装看不见／故意掉头望别方／邓忠看见一野道／大喝声野道到此为哪桩／太师说吾见此地多幽静／想在此处建村庄／邓忠闻言哈哈笑／此处是吾练兵场／快快与我下山去／不听叫你斧下亡／太师说四海之内皆王土／为什么依仗势力霸一方／邓忠闻言心大怒／你敢与吾道短长／提斧照着太师砍／太师金鞭往上搪／邓忠一连几板斧／斧法精熟武艺强／太师一见微微笑／米粒之珠也放光／左手金鞭只一指／邓忠周围变金墙／直把邓忠来围住／太师依旧看山冈／只听左面銮铃响／马上来了二大王／人高马大多雄壮／一个黑来一个黄／粗眉环眼凶恶像／一个铜来一个枪／太师正在暗夸奖／二人打马到身旁／骂声妖道好大胆／将吾大哥

困何方／太师说蓝脸贼子不讲理／被吾打死喂豺狼／二人闻言心大怒／何方妖道逞豪强／枪铜并举照顶打／太师招架不慌张／闻太师身经大小千百战／哪把二人放心旁／见他二人本事好／不如收服有用场／想罢雌雄双鞭举／二人周围是铜墙／喽兵看见吓一跳／回头报与四大王

白　喽兵看见三只眼道人收了三位大王，还有一位大王，正在北面操演人马，即忙跑到四大王面前倒身下拜，口称："大王不好了！前面三位大王被一老道困住，不知死活，请大王前去解救。"

唱　辛环闻报冒火烟／何方妖道敢逞蛮／紫金锤钻拿在手／展翅腾空飞半天／见一老道三只眼／黑麒麟上甚悠闲／辛环一见高声问／何方妖道争地盘／太师说吾乃四方云游道／想在此间搭茅庵／三个强徒瞎了眼／被我打死丢深渊／辛环闻听重重怒／临空一锤如泰山／太师金鞭往空架／暗想此人非等闲／收此四人西岐去／胜过雄兵万万千／想罢念动移山咒／辛环压在山下边／太师举鞭才要打／辛环高声喊大仙／怪我弟兄瞎了眼／冒犯之处望海涵／太师说吾乃当朝老闻仲／带兵平西过此间

白　辛环听得是当朝太师驾临，泣而告曰："太师！恕我弟兄之罪，我弟兄情愿跟随太师征西，建功立业，胜在此间为盗。"太师闻言，心中大喜，用手往空一举，一阵雷声，铜墙铁壁不见。邓忠三人如梦方醒，见四弟辛环拜在老道面前，即忙问曰："四弟呀，此人是谁？"

唱 辛环见问回言道／几位仁兄请听言／此乃当朝太师到／赶快过来把礼参／三人听得倒身拜／我等冒犯太师颜／太师即便开言问／姓甚名谁说端的／邓忠说我叫邓忠他张节／这是陶荣那辛环／我四人占山为草寇／性情相投结金兰／寨中人马两三万／粮草千担堆如山／愿随太师征西土／立功回朝做个官／太师闻言心欢喜／叫四人带领人马同下山／四人合兵做一路／大兵启程奔前关／行了一里又一里／翻过一山又一山／在路行程非一日／一座高山把路拦／太师抬头往上看／又只见绝龙岭三字映眼帘／太师长叹一口气／邓忠说太师叹气为哪般／太师说吾在碧游宫修炼／金灵圣母把法传／吾师将我手相看／她说我身居高位一品官／平生忌讳逢绝字／遇着绝字尸不全／邓忠说太师吉人有天相／早平西土班师还／众人正在往前走／三军停住马不前／探马说前面就是西岐地／太师传令扎营盘／军士埋锅来造饭／修养三日开战端

白 次日天明，太师升帐，门人余庆曰："老师何不写下战书，送给姜尚，指责其逆天反叛之罪，说明我兴的是问罪之师，既出师有名，又示我天朝风范。"太师言道："正合我意。"于是，手提羊毫，写下战书，便令邓忠送往西岐。

唱 邓忠接书揣怀内／出营上马往西岐／来到城下高声叫／守城军士听明白／快快报与你丞相／吾下战书快传递／军士听完忙回报／跑进相府报信息／城外来了一员将／他说来下战书的／子牙闻报说请进／进来邓忠傲兮兮／也不参来也不跪／大步流星快如飞／走进相府把书递／子牙接书看端的／从头到尾看仔细／手拿羊毫写回批／三日之后战场见／到时战场领教益／邓忠接得书在手／手打一拱出西岐／来到营门下战马／进帐参见回文批／怀中取书来呈上／太师接来看端的／只见后批一句话／三日之后见高低／太师无名烈火起／手指西岐

骂贼人／吾下书规劝是讲理／姜尚焉敢把我欺／三日之后战场会／抽你筋来剥你皮／晃晃三日就过去／东方太阳放光辉／太师起来升军帐／众将阶下站得齐／太师说今日首战务必胜／大小三军齐努力／众将回言说遵令／太师传令就起兵／大炮三声惊天地／大队人马奔西岐／一直来到战场上／邓忠大喝守城的／今有当朝太师到／快叫姜尚来接迎／军士听得不怠慢／跑进相府报信息／太师亲领人马到／兵多将广队整齐／要叫相爷去相会／迟时攻城架云梯／子牙闻报令左右／今日出战讲威仪／放炮开城排成队／人有精神马昂立

白　闻太师看见姜子牙人马出城，雄赳赳，气昂昂，盔甲鲜明，旗分五色，前有进攻之机，后有退让之法，太师叹曰："姜尚真将才也！"见五色神牛上，黄飞虎与子牙同时出来，众门人跟随其后。太师按不住心头怒火，大喝曰："姜尚匹夫！依仗昆仑道术，接纳反叛，杀问罪大臣，罪不容诛！今吾亲领大兵前来，尚敢抗拒乎？"子牙在四不像上欠身曰："老太师，姜尚甲胄在身，不能全礼。纣王无道，荒淫酒色，杀妻灭子，残害黎庶。贤臣择主而事，良禽择木而栖，古之常理。八百诸侯尽反朝歌，岂独我西岐乎？"太师闻言，大喝曰："渭水渔翁，竟敢妖言惑众，谁为我拿下姜尚？"邓忠大喝一声，纵马摇斧，直取姜尚。旁有黄飞虎举枪架住，一场恶战。

唱　邓忠摇斧往前冲／飞虎接住大交锋／宣花斧砍泰山重／丈八枪摇快如风／这个占山为王多骁勇／这个家传枪法甚英雄／五色牛对乌骓马／武成王大战猛邓忠／张节拍马来助阵／南宫适大喝贼子少威风／提刀照着张节砍／张节银枪刺当胸／各为其主显能耐／战场水火不相容／长枪摆动龙戏凤／大刀犹如虎跳冲／陶荣提铜冲出阵／武吉枪摆似蛟龙／铜打枪架震天响／枪刺铜架天地崩／杀

得汗水如泉涌 / 战得将军两眼红 / 两边儿郎齐呐喊 / 战鼓擂得响咚咚 / 辛环展动
风云翅 / 锤钻来打姜太公 / 天化双锤来舞动 / 银锤一举照天空 / 两将舞锤一相
碰 / 声如雷吼震耳聋 / 天化麒麟来拍动 / 异兽腾空上九重 / 二人空中来交战 / 锤
来锤去显英雄 / 太师提鞭取姜尚 / 子牙剑架两交锋 / 黑麒麟对四不像 / 雌雄双鞭
带劲风 / 恨不得一鞭打死老姜尚 / 扫平西岐立大功 / 恨不得一剑砍倒老闻仲 / 早
日登台把神封 / 看看斗有三十合 / 闻太师雌雄双鞭似蛟龙 / 雄鞭起动叫声中 / 子
牙一个倒栽葱 / 太师才要取首级 / 哪吒尖枪刺当胸 / 太师连忙用鞭架 / 众军士
救起子牙转城中 / 太师心中重重怒 / 鞭打哪吒落地中 / 金木兄弟双出战 / 太师
发威显英雄

白　闻太师连发雌雄二鞭，如蛟龙戏水，霎时，连打周营将官十多人，金
木兄弟、韩毒龙、薛恶虎等昆仑门下众弟子俱挨鞭打。多亏杨戬敌住闻太师，
众军士才将众人救回城去。

唱　杨戬敌住太师战 / 马对麒麟刀对鞭 / 太师金鞭彩蝶舞 / 杨戬尖刀更连
环 / 太师雄鞭来闪动 / 打中杨戬双眉间 / 打得金光四处冒 / 杨戬无事人一般 / 尖
刀对着太师砍 / 太师心内暗详参 / 有此异人助姜尚 / 难怪得魔家四将丧黄泉 / 想
罢念动真言咒 / 天昏地暗石沙翻 / 空中几炸雷声吼 / 周营将士睁眼难 / 太师催动
人和马 / 乱杀周营众儿男 / 众将一见心害怕 / 丢盔卸甲跑如烟 / 太师也不去追
赶 / 鸣锣收兵转营盘 / 不表太师得胜事 / 且表子牙败阵还

白　子牙败回城中，人马损失三千，众门人除杨戬、黄天化外，皆被太师

金鞭打伤。子牙叫取丹药给伤者服用，不一时痊愈。子牙对杨戬曰："闻太师乃截教门下，道法精奇，用兵如神，吾等以后会阵，务要小心。"杨戬曰："闻仲虽善能用兵，久经战阵，但他若不先用法宝，也难胜我周兵。待众人休养数日，吾等再与闻仲会战，就要先使宝物了。"

唱　西岐养兵三日整／子牙传令去出征／炮响三声惊天地／众将一齐出了城／来到战场高声叫／闻仲引领来受刑／军士听得忙去禀／报与太师得知闻／姜尚营外来讨战／恶言相骂不好听／太师闻报心恼恨／带领众将出了营／来到战场观仔细／见周营儿郎个个添精神／太师也不来搭话／催开麒麟就来争／子牙催动四不像／宝剑架鞭响沉沉／太师说金鞭未将你打死／好了伤疤忘了疼／子牙说胜败兵家乃常事／谁不输来谁不赢／杨戬催马来相助／哪吒蹬轮也来争／金木兄弟齐上阵／围住太师在中心／邓忠催马杀来到／飞虎催开五色神／长枪截住邓忠战／二人战场各逞能／辛环展翅飞来到／天化催开玉麒麟／棋逢对手争高下／将遇良才杀手平／太师金鞭上下舞／下护麒麟上护人／看看斗有十合整／太师雌鞭往空升／子牙也把神鞭祭／两鞭空中各显能／神鞭乃是元始赐／专打天罡八部神／只听空中一声响／雌鞭落地碎纷纷／太师一见破了宝／手提雄鞭又来争／子牙二次把鞭祭／太师难逃此灾星／一鞭落来打中背／太师摔下黑麒麟／急急忙忙借土遁／一道青烟转回营／邓忠辛环无心战／急忙掉头败进营／子牙也不去追赶／一棒鸣锣收转兵

白　子牙得胜回城，在相府坐下，杨戬上前曰："闻仲初败，军心未定，今夜前去劫营，必获全胜。"子牙曰："此言正合我意。"即拿一支令箭在手，叫声："武成王听令！"飞虎应曰："末将在此。"子牙曰："你领本部人马冲闻仲左营。"子牙又取第二支令箭在手，叫声黄天化听令："你带辛甲、辛免冲闻仲右营。"飞虎、天化领令退下。子牙取第三支令箭,令杨戬杀进后营,烧其粮草。杨戬领令退出府外。子牙令众人跟随,齐闯闻仲中军大营。

唱　不表子牙安排定／又表太师败阵人／师传双鞭一支断／仔细想来好痛心／沙场征战数十载／靠此二鞭定乾坤／今日一支已折断／莫非闻仲不久存／太师正感心不定／一阵狂风好惊人／太师金钱求八卦／金钱落地知其情／开言便把众将令／今夜姜尚来劫营／邓忠陶荣守左寨／辛环张节守右营／吉立余庆护粮草／太师亲守大本营／说着说着天色晚／铜壶滴漏转三更／只听营外号炮响／黄家兵将进左营／邓忠敌住飞虎战／陶荣敌住将黄明／夜晚交兵如白昼／灯球火把晃眼睛／邓忠斧劈天灵盖／飞虎长枪刺当心／陶荣铜来泰山重／黄明刀去力千斤／四人酣战且不表／天化辛甲进右营／辛环一见黄天化／锤钻一举打顶门／天化双锤来护顶／锤来锤去似流星／辛甲纵马冲上阵／张节摆枪来相迎／刀劈天灵差半寸／枪刺咽喉欠三分／马上二将多英勇／杀得遍地起灰尘／不表右营在拼命／杨戬单骑进后营／吉立余庆来看见／迈步仗剑到来临／杨戬尖刀龙摆尾／战住太师二门人／吉立余庆护粮草／哪敢松懈半毫分／杨戬奉令烧粮草／哪能迟延一时辰／三人拼命来鏖战／杨戬低头巧计生／故意手脚变迟慢／吉立余庆喜在心／双剑直向杨戬砍／杨戬伸头把剑迎／双剑砍在杨戬顶／金星冒出丈余零／吉立余庆魂不在／忙借遁光去逃生／杨戬便令烧粮草／火光冲上半天云／杨戬杀到中军去／正遇哪吒杀来临／太师提鞭来挡住／挡住哪吒大交兵／金木兄弟也来到／围住太师在中心／子牙旁边来观战／又只见太师奋勇战几人／一支金鞭上下舞／不愧当朝老元勋／子牙神鞭来祭起／半空之中有雷声／太师眼看鞭来到／不由心下吃一惊／跳下麒麟就借遁／化阵清风走无形／子牙催动人和马／乱杀儿郎马共兵／汤营众将无心战／各自打马去逃生／子牙一见得全胜／收兵转回西岐

城／不说西岐得胜事／又表太师领兵人／收聚失散人和马／十停人马损五停／从来征战未曾败／现做逃灾躲难人／越思越想越恼恨／不由两眼泪湿襟

白 太师收集残兵人马，清点下来，损失过半。垂泪对众人曰："吾驰骋疆场一生，未尝有此大败，有何面目再见朝歌父老？"门人吉立曰："胜败乃兵家常事。老师何不往三山五岳，请来师朋道友，共破西岐，有何难哉？"太师答曰："看来只好如此，方能报仇雪恨。"

唱 太师想罢主意定／便令手下众将军／好好守住大营寨／吾去数日转回程／若是子牙来讨战／千万不可去交兵／太师诸事安排定／出营跳上黑麒麟／麒麟头上角一拍／只见四足起祥云／不消半盏茶时候／金鳌岛在面前存／只见洞门紧紧闭／附近无有一个人／太师看罢催骑走／白鹿岛儿把路横／太师举目往上看／只见有师朋道友正十人／众人一见太师到／一齐打拱来相迎／太师说众位道友乐清静／胜过当朝一品臣／秦完说闻兄领兵伐西土／有何贵干游山林／太师说姜尚凭着道术狠／欺我截教无能人／先杀王魔四道友／又杀魔家四将军／吾伐西岐数月整／雌鞭折断痛我心／又被姜尚神鞭打／人马折损十万零／无奈何海岛来把道友请／除去姜尚心才平／秦完说申公豹昨日来送信／邀请我等助汤营／我们炼好十绝阵／只等待金光圣母一个人／闻兄先回汤营去／等吾随后就来临／太师闻言心欢喜／平西全仗道友们／将手一拱离开岛／跨上麒麟转回营／不表太师营中事／只表摆阵十真人

白 金鳌岛炼气士秦完等十人炼完十绝阵，金光圣母也随后赶到，十人借遁往汤营而来。不一时到了汤营门外，叫军士传话："吾等应闻太师之请来到此间。"军士听得，急忙回报："太师在上，今有十位道长求见。"太师闻报，接出营来。接到帐中坐下，秦天君曰："吾等既然到此，请仍回西岐城外扎营。"

唱 太师传令催兵起／大队人马奔西岐／仍到原来驻兵地／放炮三响扎下营／不说太师扎营事／又把城中子牙提／正与杨戬来商议／耳听炮声响如雷／来到城楼观仔细／汤营遍插五色旗／只见营中杀气起／子牙看罢皱双眉／闻仲何处搬兵去／看起来沙场又要白骨堆／子牙暗暗叹口气／杨戬一旁把话提／老闻仲截教门下算弟子／定搬来左道旁门妖邪们／明日沙场将他会／细心观察知玄机／子牙说道言有理／今后巡城要警惕／不说这里来议论／又把汤营太师提／一夜晚景难言尽／东方发白露晨曦／秦完说今日去把子牙会／吾要看昆仑道术有多深／太师传令众门下／西岐讨战要尽力／翻身上了麒麟背／十位天君随后跟／一直来到战场上／喝一声军士快去报军机／军士一见忙不住／跑进相府报事因／城外太师来叫阵／凶恶老道一大堆／子牙听报点人马／众多门人紧跟随／来到战场观仔细／又只见十个道人有高低

白 秦完一见子牙人马出城，上前曰："胯下四不像者是姜子牙么？"子牙在四不像上打稽首曰："道友请了，不才就是姜尚。请问道友，哪座名山修炼，到此有何指教？"秦完曰："吾乃金鳌岛炼气士秦完是也。姜尚！你乃昆仑有道之士，为何乱杀我截教同门？岂不闻，莲花、白藕、青荷叶，三教原来是一家。"子牙答曰："秦道友，王魔四人，乱杀我西岐无辜军士，吾奉玉虚符令除之，不为过矣。道友不在金鳌岛上修炼，投身西土，违反教主教导，必将受到惩罚，到那时悔之晚矣！"秦完笑曰："姜尚，吾不与你斗舌，我等在岐山摆上一阵，你能破否？"子牙曰："道友既要斗阵，待贫道看来。"秦完用手一指，十绝阵依次排开，但见阴风惨惨，杀气腾腾。子牙带着杨戬进阵观看。

唱 子牙催骑走在前／杨戬紧随在后边／阵门上书十绝阵／阵阵杀气冲上天／子牙依次来观看／阵名阵主写上边／第一名为天绝阵／守阵之人叫秦完／第二名为地裂阵／守阵赵江写得全／第三名为风吼阵／守阵天君是董全／第四名为寒冰阵／袁角把守法无边／第五阵是金光阵／金光圣母非等闲／第六阵是落魂阵／姚斌守阵写上边／第七阵名化血阵／阵主孙良实非凡／第八阵叫烈焰阵／王奕守阵火冲天／第九阵叫洪水阵／白礼守阵起波澜／第十阵叫红沙阵／张绍红沙人胆寒／子牙看完十绝阵／勒转坐骑到阵前／秦完说姜尚你何时来破阵／子牙说你十阵尚未摆完全／待你摆完吾来破／君子一言重泰山／秦完闻言将头点／让你君臣多活几天／说罢两边打一拱／各自收兵转回还

白 子牙回到相府坐下，愁眉紧锁，闷闷不乐。杨戬上前曰："师叔放宽愁肠，诸位师尊定会前来相助。"子牙曰："须得诸位师兄前来，方能解得眼前危难。"

唱 不说子牙心忧闷／回文又表十天君／众人回转营中坐／姚斌开言把话云／今日我见子牙面／心内思量八九分／扎一草人子牙样／写上他八字与辰庚／泥丸宫上用符镇／吾在阵中拜草人／拜完七日并七夜／姜子牙三魂七魄离了身／不用张弓与搭箭／管叫子牙命归阴／太师闻言心高兴／全仗道友把功成／姚斌告辞出营去／落魂阵内扎草人／草人身上写姜尚／出生年月写得清／泥丸宫中贴符

105

印／草人头上三盏灯／草人脚下灯七盏／姚斌上台把法行／披发仗剑来下拜／口中不住念咒文／晨昏二次把法使／子牙城中不安宁／耳烧面热心烦闷／一天到晚昏沉沉／子牙昏睡六天整／三魂七魄离了身／喉中只有三分气／人软如棉面如金／武王来到相府内／只见相父似死人／武王号啕悲声痛／相父为孤累坏身／只说伐纣成一统／谁知半途命归阴／不说武王哭相父／又表子牙离身魂

白　子牙只剩一魂一魄飘飘荡荡，往封神台而来。清福神柏鉴一见是子牙魂魄，急忙推出封神台去。子牙魂魄不忘根本，往昆仑玉虚宫而来。

唱　子牙魂离封神台／径往昆仑山上来／飘飘荡荡随风摆／不觉到了麒麟岩／南极仙翁把药采／忽见到子牙一魂一魄来／仙翁一把来抓住／感到奇哉又怪哉／急忙打开葫芦盖／装起魂魄要离开／仙翁起步才要走／忽听得有人喊声道兄台／仙翁扭转头来看／又只见赤精子脚蹬祥云来／南极说子牙二魂六魄已不在／赤精说为此贫道才赶来／姚斌在把草人拜／姜子牙二魂六魄已离开／快把葫芦交给我／吾把草人抢出来／南极仙葫芦交给赤精子／赤精子急忙离开麒麟岩／两朵金莲脚下踩／落魂阵上看明白／姚斌正把草人拜／叫姜尚一魂一魄快离开／草人头灯灭两盏／只剩下一盏脚灯暗下来／姚斌气急又败坏／为什么两灯灯花还在开

白　姚斌手拿令牌，喝令姜尚一魂一魄快离开身体。姚斌正低头下拜，赤精子降下莲花，一把将草人抓在手中，正要升空离开，正好姚斌抬头看见，大喝曰：“赤精子！敢抢吾草人，实实可恶！”随将二斗神沙向空抛来，只见千条黑气向赤精子袭来。赤精子叫声不好，将手一松，草人落回阵中，两朵莲花也被打落在阵内。赤精子升空逃去。

唱　赤精子大叫一声事不好／莲花落地升空逃／驾云前往昆仑去／去向老师说根苗／昆仑千里顷刻到／按落云头在山腰／玉虚宫外来等候／不敢擅入往内瞧／南极仙翁出宫外／赤精子喊声道兄把手招／南极说子牙草人可拿到／赤精说险些连我也难逃／烦请师兄去禀告／好帮子牙把灾消／仙翁回言我知晓／进宫去把老师朝／赤精子宫外来求见／元始说他的来意我明了／叫他速往玄都洞／师伯自然有解招／南极急忙出洞外／老师说你快往玄都走一遭／师伯定会有指教／要救子牙在今朝／赤精子闻言不怠慢／足踏祥光上云霄／耳边只听风声响／救人哪管路途遥／万里玄都顷刻到／八景宫外候旨召

白　赤精子来到八景宫，不敢擅入。只见玄都法师出来，赤精子上前打稽首曰："道兄，请禀告老师，说弟子赤精子求见。"玄都转进宫中，禀告老君曰："外有赤精子求见。"老君曰："宣他进来。"赤精子进内，蒲团跪拜口称："老师！圣寿无疆！"

唱　太上老君开言道／吾已知晓其中情／子牙魂掉落魂阵／取吾宝贝救他身／太极图你带进阵／如此如此抓草人／虽然图掉落魂阵／此是天意来注成／精子接得图在手／拜辞老师出洞门／脚蹬彩云来得快／霎时到了西岐城／要知以后事如何／且听下章说分明

第五章　燃灯议破十绝阵　公明辅佐闻太师

唱 杨戬一见师伯到 / 问声师伯何处行 / 精子见问回言答 / 从头一二说分明 / 如今可以救姜尚 / 众将闻言喜十分 / 杨戬说师伯何时才进阵 / 赤精说仍然等到夜三更 / 众人默默来相等 / 日落西山玉兔升 / 谯楼更鼓三下响 / 赤精腾空驾祥云 / 依然来到落魂阵 / 姚斌还在拜草人 / 精子太极图一抖 / 开天辟地混沌分 / 化座天桥通天界 / 五色霞光照乾坤 / 赤精站在金桥上 / 团团彩云护住身 / 随将草人抓到手 / 急忙收图驾祥云 / 姚斌看见赤精子 / 抢了草人往空腾 / 一抖黑沙往上撒 / 赤精子一见着一惊 / 右手草人来抱紧 / 左手一松掉宝珍 / 太极图掉落魂阵 / 赤精子急驾祥云转回城 / 来到相府身坐定 / 放下草人才落心 / 忙把葫芦盖揭去 / 又撕草人符印形 / 葫芦口对子牙顶 / 魂魄入窍身安宁 / 赤精说等时不久还阳转 / 你们退下莫高声 / 杨戬说师叔之事办完了 / 众师伯几时到来临 / 赤精说虽是救活子牙转 / 太极图失落阵内罪不轻 / 二人正在来议论 / 床上子牙转还魂 / 大叫一声好瞌睡 / 揉揉二目把眼睁 / 看见赤精旁边坐 / 道兄几时到西城 / 杨戬说师叔死去十日整 / 师伯救你费尽心

白 赤精子便将落魂阵主姚斌拜魂之事说了一遍。子牙听罢忙下床谢恩。赤精子曰:"子牙公,你身体尚虚,还要调养数日方可。"正说之间,忽有哪吒来报,二仙山麻姑洞黄龙真人师伯驾到。赤精子迎接进来坐下。

唱 姜子牙才要起来拿礼见 / 真人说你的身体还欠安 / 好好调养且莫管 / 众位道友已下山 / 只因犯戒还未满 / 要开完杀戒列仙班 / 众道友来破十绝阵 / 请你心肠要放宽 / 此处凡俗不方便 / 可造芦篷在岐山 / 吾等前往芦篷住 / 只留下黄滚老将守地盘 / 子牙闻言不怠慢 / 立刻就把军令传 / 叫声武吉南宫适 / 修造芦篷

在岐山／二将领令出城去／砍树伐木不迟延／不过两天篷造好／回城交令说一番／众仙陆续齐来到／子牙一见心喜欢／来了惧留孙与广成子／灵宝法师玉鼎仙／太乙清虚道行等／文殊慈航与普贤／子牙一一来接见／感到身体已复原／一同来到芦篷上／黄龙真人便开言／吾等众人齐来到／谁人主持来领班／成子说吾等都把杀戒犯／犹恐自身难保全／子牙说姜尚才疏道行浅／要靠众位多支援／众人正在疑难处／来了燃灯得道仙

诗曰："堂堂道貌双抓髻，身披八卦紫仙衣。灵鹫山上悟玄妙，元觉洞内修禅机。只因曾把杀戒犯，得道之人赴西岐。"

白　燃灯歌罢，打稽首曰："众道友请了！"众人答曰："道友此来，解了我等烦恼。"燃灯曰："吾知众位疑难，特来解释，代众位执兵符令箭，破此十绝大阵，以便子牙东进五关，不负封神之期。"

唱　燃灯执掌兵符印／众仙依次两边分／燃灯随即来传令／众位道友听令行／广成子去击玉磬／赤精子把金钟鸣／金钟一响要前进／玉磬声响是收兵／众仙闻言说遵令／燃灯说上阵之时要小心／不言西岐安排事／又把汤营明一明／太师对十天君讲／看来等了一月零／只说姚兄制姜尚／谁知被他抢草人／诸位阵势可齐备／秦完说早已齐备多时辰／吾看他把芦篷建／来了玉虚诸门人／明日可与他对阵／看看阐教有多能／太师听罢称众位／不可疏忽要小心／说着说着天色晚／次日东方天又明／太师传令排队位／炮响冲出大老营／一直来到战场上／大叫子牙快交兵／燃灯芦篷来看见／传令众仙下篷迎／燃灯道人为首领／十二金仙随后跟／一齐来到十绝阵／忽听得天绝阵内响一声／两杆旗幡双展动／秦完作歌到来临

111

歌曰："莲子黄绳头上着，绛绡衣上绣白鹤。手提四棱黄金锏，不在金鳌炼丹药。"

白 秦完歌罢，跨鹿上前曰："燃灯道友，你不在灵鹫修炼，到此惹红尘烦恼则甚？"燃灯曰："秦天君，你乃逍遥之客，知兴衰胜败，为何逆天行事，违背教主之言？"秦完大怒，大喝曰："你何德何能，敢妄谈天命？"

唱 秦完大怒把锏扬／耀武扬威在战场／大喝阐教众道友／谁敢进天绝阵内算他强／燃灯举目四下望／并无在劫一儿郎／忽听空中一声响／落下一人道家装／邓华上前打拱手／吾奉师命破成汤／待吾去破天绝阵／燃灯一听心暗伤／邓华昆仑二十载／在劫之人命难长／天命注定难违抗／师弟上阵要提防／邓华回言说知道／画戟一摆到中央／大喝秦完休无礼／咱与你分个高低与短长／秦完闻言心冒火／四棱铜锏打顶梁／邓华画戟来架住／劈面相还就几枪／一个千年来修炼／一个学道非寻常／战有几个回合上／秦完催骑进阵忙／一步跳在板台上／手制旗幡空中扬／邓华不知赶进阵／秦完发雷响四方／邓华昏迷站不住／倒在地上见阎王／秦完下台取首级／可怜他二十年道行付汪洋／燃灯一见忙传令／文殊可去走一场／文殊领了燃灯旨／随口作歌走进场

歌曰："五龙山上白云飞，云霄洞内念须弥。日诵黄庭三两卷，晨昏叩首朝玉虚。"

唱 文殊歌罢移步上／叫声秦完少猖狂／教主宫中曾演讲／身投西土要惹祸殃／秦完大怒开言骂／文殊休要来逞强／今日与你分高下／少要多言道短长／提

铜照着文殊打／文殊剑夹冒火光／一个是金鳌岛上炼气士／一个是慈悲大士在西方／文殊说你飞蛾扑火身自丧／秦完说你鳌鱼吞钩命必亡／文殊说天数注定开杀戒／秦完说必将斩你凑成双／看看战上六七合／秦完进阵走忙忙／文殊停步不追赶／耳听金钟响当当／轻移道步把阵进／只见寒气透骨凉／把口一张金莲涌／遍地莲花把身防／又把左手晃一晃／五指间上放豪光／络缨垂珠顶头上／天绝阵内亮堂堂／秦完把旗摇几下／发手雷鸣震四方／文殊丝毫不摇动／秦完一见心发慌／才要下台去逃走／文殊取出遁龙桩／三个金钱抛上去／落来就把秦完装／文殊朝着昆仑拜／弟子开了杀戒要把人伤／用剑朝着秦完指／秦完头落地中央／文殊破了天绝阵／移步出阵离战场／太师见破天绝阵／提鞭追来似虎狼／黄龙真人来阻挡／闻仲发怒为哪桩／十阵方才破一阵／还有九阵未知详／太师无奈催骑转／地裂阵走出一人叫赵江／提剑催动花斑豹／只作一歌气昂昂

歌曰："混沌初开盘古开，太极两仪四象齐。天塌一角为天绝，地陷千丈叫地裂。"

白　赵江歌罢，对着芦篷大喝曰："你等破了天绝，谁敢来会吾地裂大阵？"燃灯一看，见韩毒龙在旁边。遂令韩毒龙去破地裂阵。韩毒龙领旨，提剑下台而去。

唱　道行天尊在旁叹／吾弟子根基浅薄要丧生／毒龙提剑到篷下／大骂赵江少逞能／赵江一见开言问／你姓甚名谁叫啥名／毒龙说韩毒龙就是我／吾师道行老天尊／赵江一听哈哈笑／毫末道行枉丧生／毒龙闻言心冒火／手提宝剑刺面门／赵江将剑来架住／一来一往定输赢／剑来剑去叮当响／剑去剑迎火光生／方才战有三五合／赵江抽身进阵门／法台之上来站定／五色旗幡手内擎／毒龙跟着

赶进阵／赵江台上把法行／旗幡空中摇几下／地皮裂开万丈深／毒龙一跤摔下去／身为齑粉命归阴／赵江又把旗招展／黑洞不见地又平／提剑复又冲出阵／大呼阐教老燃灯／快派能者来会阵／道行浅薄枉丧生／燃灯即便传旨令／开言叫声惧留孙／此阵合当你去破／擒拿赵江吊篷庭／留孙领旨把篷下／道步悠然作歌声

歌曰："夹龙山上有精英，飞龙洞内诵黄庭。杀戒圆满归正果，紫鸾朱鹤自来迎。"

唱　留孙歌罢打稽首／道兄何苦染红尘／吾劝道兄回岛去／席地盘腿念经文／赵江说你教屡屡欺吾甚／定要高低两下分／说罢提剑飞来取／留孙剑架两相迎／这个是长生不老成圣仙／这个是封神榜上本有名／这一个夹龙山上苦修炼／这一个金鳌岛内学圣经／留孙说好言相劝你不听／赵江说不到黄河不甘心／看看斗有六七合／赵江拨骑进阵门／来至法台身站定／地裂旗幡手内擎／留孙本想不追赶／耳听后面金钟鸣／只得赶进地裂阵／赵江摇旗把法行／黑雾茫茫四处起／平地陷坑万丈深／留孙忙把头一拍／庆云护顶开天门／手指两朵金莲现／脚踏金莲任意行／赵江一见法不应／未曾陷下惧留孙／刚想下台去逃走／留孙祭起捆仙绳／忙令黄巾并力士／拿往芦篷听令行／黄巾力士领法旨／凭空拿去赵天君／对着芦篷来摔下／跌得三昧神火喷／燃灯吩咐吊篷上／破了十绝阵斩刑／留孙破了地裂阵／从容缓步出阵门／太师一见破了阵／大喝一声惧留孙／提鞭催骑来追赶／玉鼎真人把路横／大叫闻兄休如此／胜负兵家古常情／十阵方才破两阵／还有八阵未分明／太师无奈回营转／战情说与八位听／为我害了两条命／叫我怎样不痛心／董全当场开言道／闻兄不必泪满襟／生死从来有分定／无须过分责自身／明日摆开风吼阵／管叫他大罗神仙也难存／不言汤营来谈论／又表芦篷

老燃灯 / 明日要会第三阵 / 离了定风珠不成 / 此风吹起有万刃 / 人着一点化灰尘 / 众仙闻言说厉害 / 个个摇头把舌伸 / 灵宝法师开言道 / 定风珠子我知情 / 有一人坐在八宝灵光洞 / 名字叫作杜厄尊 / 他与贫道交情厚 / 常在一起谈经文 / 他有定风珠一颗 / 盘古初开稀奇珍 / 贫道修书前去借 / 杜厄见书会应承 / 子牙在旁忙答应 / 可差晁田散宜生 / 灵宝法师把书写 / 封好交与他二人 / 子牙说事情紧急要抓紧 / 速去速回莫迟停 / 二人领了丞相令 / 上马加鞭赶路程 / 渡过渭水往南去 / 又渡黄河过孟津 / 在路行程非一日 / 九顶铁叉面前存 / 行到八宝灵光洞 / 见一童子立洞门 / 宜生下马来拱手 / 师兄不住口内称 / 烦你去把老师禀 / 你就说西周派来散宜生 / 童子听言进洞内 / 启禀老师得知闻 / 西岐差人来求见 / 要见老师有书呈 / 杜厄真人说声请 / 进来宜生把礼行 / 怀内取书来呈上 / 真人接来看分明 / 为了要破风吼阵 / 借吾定风珠宝珍 / 想来也是天数定 / 吾宝今日惹红尘

白　杜厄真人对散宜生曰："此宝乃混沌之初，恶风四起，女娲炼石补天，才炼成此珠定风。贫道幸得此宝，乃镇山奇珍，望大夫妥善收捡，破此阵以后，速还贫道。"散宜生接珠在手，连声应诺，拜辞真人，出洞而去。

唱　宜生拜辞出洞外 / 开口急忙叫晁田 / 感谢真人多慷慨 / 借得宝珠在此间 / 你我不辞劳和苦 / 星夜赶到西岐山 / 说罢二人跳上马 / 阳关大道紧加鞭 / 野草闲花无心看 / 过了一山又一山 / 行程不觉来得快 / 看看来到黄河边 / 人说黄河多凶猛 / 九曲河面浪滔天 / 来时曾有船过渡 / 今日为何不见船 / 二人顺着河岸赶 / 赶了一夜零一天 / 四处寻找船不见 / 烟波江上使人烦 / 二人正感心慌乱 / 见一老叟坐岸边 / 晁田走上前去问 / 然何不见过河船 / 老翁说今日来了两大汉 / 抢了船只又使蛮 / 他们霸了黄河岸 / 勒诈客商多要钱 / 宜生说只要渡我到对岸 / 情愿

多拿几文钱 / 说罢二人催马走 / 果见渡口两奇男 / 你看他虎眼金睛如黑炭 / 身高两丈力无边 / 他二人渡船真稀罕 / 不用篙子与毫杆① / 只用绳子两头串 / 木筏扯得如风帆 / 晁田催马上前看 / 认得是方弼方相在此间 / 昔日他弟兄保着太子反 / 然何在此撑渡船 / 二人抬起头来看 / 弟兄认得是晁田 / 你要过渡快点上 / 保你平安到那边 / 宜生也把船上了 / 四人边渡边摆谈 / 方相说将军朝歌把官做 / 因为何事到此间 / 晁田说纣王无道天下反 / 吾已归周好几年 / 我二人奉令去借定风珠 / 而今借到要回还 / 方相朝着方弼看 / 比个手势打算盘 / 看眼便把晁田叫 / 定风珠子借一观 / 宜生把珠来递上 / 方相连连说好玩 / 此珠既能把风定 / 拿来当做过河钱 / 说罢将珠揣怀内 / 纵身一跳上岸边 / 晁田不敢去追赶 / 知道他兄弟力大非等闲 / 宜生顿时傻了眼 / 捶胸顿足喊皇天 / 此珠关系极重大 / 丢了它无法交差无脸面 / 没珠难把阵来破 / 事到此只好投河奔黄泉 / 晁田一把来抱住 / 大夫你不可自尽赴阴间 / 快到西岐去报信 / 就是斩首也心甘 / 二人急忙把岸上 / 跨上雕鞍紧加鞭 / 方才走了几里路 / 抬头看见旌旗幡 / 现出斗大黄金字 / 武成王催粮到此间 / 二人滚鞍跳下马 / 飞虎拱手问事端 / 你二人为何来到此 / 脸带怒容泪不干 / 宜生说我二人去借定风珠 / 回转来到黄河边 / 遇着方弼与方相 / 抢去珠子不送还 / 飞虎闻言不怠慢 / 催牛追去快如烟 / 只见二人在前面 / 飞虎大喝狗贼蛮 / 快把定风珠留下 / 饶你性命活几天 / 二人扭转头来看 / 认得是武成王千岁到此间 / 二人双膝跪在地 / 千岁到此为哪端 / 飞虎说为何抢去定风珠 / 方相说他拿开我过河钱 / 飞虎说你休放屁 / 你兄弟听我说事端 / 纣王无道酒色乱 / 武王仁德是明贤 / 吾已投奔西岐地 / 兴周灭纣理当然 / 你们兄弟无处去 / 不如同我去这边 / 西岐去把丞相见 / 凌烟阁上把名添 / 弟兄回言说情愿 / 愿随大王去岐山 / 说罢一同回身转 / 来追宜生与晁田

---

① 毫杆：撑船的篙杆。

白　飞虎带着二人，走到囤粮地点，见散宜生、晁田还在路旁相等，乃叫方相把定风珠还给大夫。散宜生谢过飞虎，与晁田上马，一齐往西岐而去。

唱　散宜生得了定风珠／欢天喜地上路程／一直到了芦篷上／将珠交与燃灯佛／被劫之事说一遍／多亏飞虎运粮谷／燃灯说今日定风珠到手／可以前去破阵图／正说之间炮声响／董全作歌把阵出

歌曰：“得到清平乐无忧，丹炉干马配坤牛。从来看透纷纷乱，一点云台任自由。”

唱　董全歌罢一声吼／芦篷道友听从头／谁人敢会风吼阵／凡夫俗子把命丢／燃灯举目四下看／并无一人在劫头／飞虎催粮来交令／又带来那方氏兄弟说根由／燃灯一见二大汉／连连点头泪暗流／天数注定该如此／此乃人留天不留／开言便把方弼叫／你去破阵把贼收／方弼领令迈步走／手提画戟下篷楼／一直来到战场上／大喝妖道快献头／随手就是一戟刺／震得董全手上鲜血流／方弼力大如猛虎／董全力小似小猴／仅仅一合就抽身走／忙上法台把幡抽／方弼大喝哪里走／吾不擒你不回头／大步赶进风吼阵／董全摇幡不停留／阵中忽然狂风起／拔树扬尘鬼见愁／方弼身上直发抖／万刀齐剁把命丢／可叹才上西岐土／灵魂就往封神游／董全复又走出阵／大喝燃灯老狗头／高强之人来会阵／道行浅薄一命休／燃灯便把慈航令／你随带定风宝珠进阵游／慈航领令不怠慢／移道步作歌一首甚清幽

歌曰："自从修道拜玄都，白莲台上读经书。无意再把红尘染，董全逼我破阵图。"

白　董全听罢大怒曰："慈航！你好大话。难道你有名师，我无教主不成？"慈航答曰："董全道友！你违背教主之言，身投西土，必将有来无回。"董全大怒，仗剑来取慈航，慈航将剑架住，口称："善哉，善哉。"

唱　这才是话不投机半句多／西岐山下动干戈／剑来剑去金光闪／杀去杀来似穿梭／一个是金鳌岛上炼气士／一个是吃斋拜佛在普陀／一个是位列仙班成正果／一个是金鳌岛上把道学／这一个白莲台上盘禅坐／这一个面对大海炼丹药／这一个道步轻盈如花朵／这一个多年麻鞋在奔波／看看战有三五合／董全催骑便抽脚／进阵便把法台上／聚风旗幡手拿着／慈航止步不追赶／耳听后面金钟磕／忙把头上拍一拍／千朵金莲像绫罗／脚蹬莲花缓缓进／定风宝珠手中握／董全一见慈航到／手摇旗幡十次多／只听四处风声起／狂风夹刀起漩涡／慈航宝珠只一绕／止住狂风天暖和／董全见风被破了／跳下法台想要梭①／慈航抬头来看见／伸手便把皮囊摸／琉璃瓶子拿在手／董全今日难逃脱／只见青气往上裹／吸进董全老道魔／一时三刻化血水／这慈航面朝昆仑把头磕／弟子今天开杀戒／愿百姓早唱太平歌／慈航破了风吼阵／轻移道步出阵脚／太师一见破了阵／大吼如雷骂道婆／提鞭催骑随后赶／黄龙真人忙挡着／叫声闻兄休发火／七阵尚未见定夺／闻仲听言无话讲／低头不语莫奈何／忽听后面一声响／冲出了寒冰阵主叫袁角／大叫闻兄请退后／待吾与他分强弱／太师闻言拨骑转／袁角口内作一歌

歌曰："玄中奥妙人不知，随机变化不计时。九转功成炉内宝，一座寒冰令人痴。"

---

①　梭：作逃路之意。

白　袁天君歌罢，走至阵前大喝曰："阐教门人！谁敢进吾寒冰阵来？"燃灯便令薛恶虎："你去破阵走一遭。"薛恶虎领令，提剑下篷而去。

唱　恶虎提剑下篷去／道行天尊心内悲／贫道只有两徒弟／不想前后命归西／不说天尊暗流泪／又表恶虎小豪杰／仗剑来到战场内／大骂袁角老妖精／西岐何事得罪你／摆此恶阵惹是非／袁角闻言心火起／无名小辈把人欺／迈步仗剑刺胸脯／恶虎架剑两相争／恶虎说战场不分老少辈／袁角说你乳臭未干敢欺谁／少年之人多力气／袁角年老血气微／仅仅战上三两合／袁角拖剑走如飞／进阵便把法台上／恶虎不舍紧相随／袁角把旗绕几绕／阵内寒冰起堆堆／平地忽然冰雹起／恶虎眼花步难移／百斤冰雹打头顶／可怜恶虎命归西／灵魂不往别处去／封神台上走一回／袁角心喜复出阵／喝叫会战声如雷／燃灯便把普贤令／破此阵轮流到你且莫推／普贤真人领法旨／随口作歌下篷帷

歌曰："白云生处是我家，早观云雾夜观霞。为满杀戒把山下，身列仙班看琼花。"

唱　普贤歌罢把手拱／道兄为何太执迷／金鳌本是清净地／静坐蒲团念慈悲／西岐之事不好惹／身投西岐生命危／袁角怒由心上起／骂声普贤老僧尼／吾也不是两三岁／少说大话吓唬人／说罢提剑就来取／普贤剑架喊慈悲／二人翻脸动兵刃／西岐山下各逞威／一个金鳌炼元气／一个修炼在洛伽／一个是修成仙道蟠桃会／一个是封神榜上把名题／一个是轻移道步神仙体／一个是多耳麻鞋步步移／看看战上三五合／袁角抽身进阵门／普贤本想不追赶／耳听钟声频频催／普贤打开天门髓／络缨垂珠放光辉／手上莲花金灯亮／白光冲出三丈七／普贤慢步

把阵进／袁角台上看端的／连把旗幡晃几晃／寒冰四起冰雹垂／一座冰山压头顶／遇着白光化雪粒／冰雹不沾普贤体／化为水汽四分离／普贤肩膀摇两下／吴钩宝剑空中飞／围着袁角头一转／人头落在地埃尘／普贤朝着昆仑拜／弟子初开杀戒规／随把吴钩剑收了／大袖飘然回篷帷／太师气得双脚跳／金光阵内旗幡移／金光圣母走出阵／催开五点斑豹驹

歌曰："学成大道不虚言，应用之时极自然。放开二目青天见，金光起处是神仙。"

白　金光圣母歌罢，催驹来至战场，对着芦篷叫曰："燃灯道友，速派高明道德之士，来会吾金光大阵。"燃灯听罢，举目四望，并无在劫之人，心下疑难。忽见空中落下一人，对众人稽首言道："吾乃玉虚门下肖臻是也，今奉师命来破金光阵。"说罢提剑迈步，下芦篷而去。

唱　肖臻来到战场上／金光圣母看分明／头绾双髻扎道箍／多耳麻鞋足下蹬／身穿银色袍一领／气宇轩昂小后生／圣母不识开言问／何方小道快通名／肖臻说吾今奉令来破阵／玉虚门下是肖臻／说罢提剑劈面砍／圣母剑架不沾身／一个雪花来盖顶／一个古树来盘根／战场只听兵器响／只见剑光不见人／你来我往三五合／圣母催驹进阵门／抬步就把法台上／手拿宝镜等肖臻／肖臻随后赶进阵／金光圣母把法行／宝镜对着肖臻晃／金光万道射眼睛／肖臻头昏站不住／一跤摔在地埃尘／圣母下台把首级取／一道灵魂进封神／金光圣母又出阵／大呼阐教道友们／谁敢来会金光阵／莫拿凡夫当替身／燃灯听罢忙传令／广成子去走一巡／成子领了燃灯令／信口作歌到阵门

歌曰："得道桃园本来真，曾在终南遇圣人。承指红尘多烦恼，洞口紧闭念黄庭。"

唱　成子歌罢飘然到／金光圣母大喝声／你今敢来会吾阵／管叫你千年学道枉费心／成子听言微微笑／吾观此阵小事情／金光圣母心大怒／太阿宝剑砍顶门／成子将剑来架住／一来一往定输赢／金光说你是阐教第一人／成子说话不虚传果是真／圣母说今天定要你的命／成子说你毫末道行有甚能／圣母说吾炼金光多玄妙／成子说无非是射人眼睛／仙道争战非凡比／或时雾来或时云／来来往往三五合／圣母催骑进阵门／急忙便把法台上／手拿宝镜等来人／成子随着也进阵／圣母台上把法行／一片金光来扫射／随手发雷空中鸣／成子不慌也不乱／扫霞仙衣手中撑／抖开仙衣将头盖／从头盖到脚后跟／金光纵有天本事／仙衣扫得无影形／成子暗祭翻天印／扫霞衣下往上升／打碎镜子十几面／金光圣母大吃惊／又拿两面镜在手／左右照射忙不匀／成子二祭翻天印／圣母难逃这灾星／天崩地裂一声响／打中圣母脑眉心／只见脑浆往外迸／金光圣母赴幽冥／灵魂封神台上等／闪电娘娘一尊神／成子破了金光阵／慢步缓缓出阵门／太师见破金光阵／两个太阳冒火星／大叫一声广成子／老夫与你把命拼／提鞭催骑随后赶／黄龙真人把路横／原说两家是斗阵／太师为何动无名／十阵方才破五阵／我方也死五个人／看来还未分高下／何必大怒发雷霆／说得太师无言对／又听化血开阵门／太师扭转头来看／孙良作歌到来临

歌曰："日月玄黄天地长，混沌初开有九江。炼就黑沙夺阳气，血流成水一命亡。"

白　孙良歌罢，催动黄斑豹，出到阵前大喝曰："阐教门下休要逞强，敢

121

会我化血阵否？"燃灯一见，举目一望，无人上前。忽见一道者从空而降，身站芦篷，对燃灯稽首曰："吾乃武夷山散人乔坤是也。今日路过此地，见孙良逞强，特来会他一会。"乔坤说罢，提剑下篷而去。

唱　乔坤飞步到战场／大骂左道老孙良／摆此恶阵良心丧／亏你学道千年长／孙良留神仔细望／见一童子道家装／年纪不过二十上／头绾双髻面皮黄／多耳麻鞋穿脚上／手提宝剑气昂昂／开言便把童子叫／姓甚名谁住何方／乔坤说武夷山上白云洞／散人乔坤炼丹忙／今日吾从此地过／你杀气挡住我祥光／因此特意来会你／劝你收阵转回乡／孙良闻言哈哈笑／无名小辈也猖狂／我倒劝你快赶路／你莫来做替死羊／乔坤闻言心冒火／双手提剑劈顶梁／孙良将剑来架过／一来一往分弱强／一个剑来生烈焰／一个剑去冒火光／乔坤说好言难劝蠢牛马／孙良说好管闲事要遭殃／这一个乃是散人心向善／这一个乃是恶人恶心肠／战场冲撞五六合／孙良进阵走得忙／乔坤追赶也进阵／孙良法台看得详／一把黑沙往下撒／乔坤立时化血浆／灵魂封神台上去／千年得受一炉香／孙良复又走出阵／耀武扬威在战场／大叫燃灯速决战／快派能士见弱强／燃灯便把太乙令／你去破阵斩孙良／太乙真人领法旨／移步作歌到战场

歌曰："何时学道记不清，修炼为了学长生。今日来破化血阵，满了杀戒得升平。"

唱　太乙真人徐步到／大叫孙良听根苗／教主曾经发布告／你身投西土惹唠叨／道友不听教主话／你来西岐为哪条／孙良闻言哈哈笑／太乙说话太横豪／你

们横强又霸道 / 我截教多少门人项吃刀 / 只准你教压我教 / 不准我们把恨消 / 化血阵儿摆定了 / 分个雌雄与低高 / 孙良闻言心冒火 / 当头一剑砍眉梢 / 太乙宝剑忙架住 / 说道是对牛弹琴实无聊 / 孙良二剑又来到 / 太乙架剑也不饶 / 孙良催动黄斑豹 / 太乙移步把剑挑 / 好比岩鹰对铁鹞 / 二人战得天地摇 / 孙良说今天为友把仇报 / 太乙说你飞蛾扑火命难逃 / 一个是千年修炼金鳌岛 / 一个是乾元山上把香烧 / 一个是常游五岳采仙草 / 一个是瑶池会上赴蟠桃 / 看看战上五六合 / 孙良拨骑阵里跑 / 太乙本想不追赶 / 耳听背后金钟敲 / 大步走进化血阵 / 孙良台上往下瞧 / 一斗黑沙拿在手 / 朝着真人头上抛 / 太乙左手晃一晃 / 白光升起几丈高 / 真人头上云盘绕 / 莲花朵朵透云霄 / 黑沙遇光全化了 / 变成青烟往空飘 / 孙良一见破了宝 / 吓得冷汗湿道袍 / 真人取出神火罩 / 灶内出现龙九条 / 九条蛟龙口喷火 / 团团围住孙良烧 / 霎时只听雷声吼 / 这孙良血肉成灰骨成焦 / 真人朝着昆仑拜 / 弟子今日开戒条 / 太乙破了化血阵 / 出阵上篷把令交 / 太师一见双脚跳 / 催骑提鞭恨难消 / 黄龙真人高声叫 / 闻仲何须怒气高 / 今日天色已晚了 / 明日再来把兵交 / 太师无奈拨骑走 / 心中好似滚油烧 / 忙请四位阵主到 / 太师开言泪双抛 / 六位天君把命丧 / 叫我闻仲怎开交 / 姚斌说生有地头死有处 / 闻兄何必泪滔滔 / 天大冤仇定要报 / 再想办法挽狂飙 / 太师低头心烦恼 / 茶饭不思皱眉梢 / 太师此时无计较 / 且看下章说根苗

第六章　燃灯获得定海珠　武王遇难红沙阵

白 太师六神无主，无计可施。门人吉立在旁曰："老师时常提起赵公明的神功道德，今在危难之时，何不亲往峨眉山，相请赵公明下山相助。"太师闻言，点头称是："你不提起，我几乎忘却。"

唱 这才是老龙正在沙滩困／一句话提醒梦中人／公明与我交情厚／吾去相请自来临／若得此人来相助／哪怕灵鹫老燃灯／开言叫声四道友／这几日暂且停战与罢兵／吾要亲往峨眉去／罗浮洞内请公明／吉立余庆守大寨／日夜提放要小心／吩咐已毕出帐外／翻身跳上墨麒麟／麒麟头上角一拍／四足腾空起祥云／一阵神风来得紧／四川峨眉看得清／丝绳一收下麒背／山中景致果爱人／苍松翠柏多雅静／异草奇花色色新／树上猿猴来戏果／洞门面前挂萝藤／此是仙家来往处／哪有凡人到此行／太师正观山中景／见一童子出洞门／太师说麻烦童子进洞禀／商都闻仲到来临／童子听得忙不住／跑进洞府禀师尊／商都太师来拜访／独自一人到洞门／公明听说闻仲到／撩衣大步出来迎／闻兄呀你享荣华与富贵／歌舞厅堂宴升平／何风吹你到此地／快进洞内叙寒温／二人携手进洞府／闻仲开言叫公明／只因西岐不安分／吾带大兵把西平／姜尚依靠道术狠／又有玉虚众门人／屡次失机无可奈／金鳌岛搬来十天君／岐山摆下十绝阵／指望把那姜尚擒／不料十阵破六阵／六位道友俱丧生／自思无处可求助／心怀愧疚请公明／想请道兄去助我／希望你不辞辛劳走一程／公明说闻兄何不早来此／定不会如此受他西岐欺／待吾下山走一走／看他阐教有多能／闻兄你请先回去／待吾收拾随后临／太师闻言心大喜／倒身下拜把礼行／公明伸手来扶起／太师辞别出洞门／翻身跳上麒麟背／扬鞭催骑转回营／不言太师回营去／又表罗浮赵公明／唤出门徒人两个／吩咐与吾取宝珍／定海神珠缚龙索／打将金鞭手内擎／陈九公与姚少司／两人随我一同行／童儿好好守洞府／吾去不久就回程／吩咐已毕出洞外／同借遁光

往西城 / 正行之间遁光稳 / 飘飘落在一山林 / 古树参天合抱大 / 崔鸟常在树间明 / 公明正观山中景 / 一阵狂风卷灰尘 / 忽听猛虎一声吼 / 黑虎扬爪要扑人 / 公明一见心欢喜 / 我正无坐骑去出征 / 随即用手一指定 / 那黑虎前脚跪地后脚伸 / 虎顶之上用符印 / 虎项只见套丝绳 / 翻身跳上黑虎背 / 虎头一拍起祥云 / 云里雾里来得快 / 一时三刻到汤营 / 营门外面下了虎 / 军士一见掉了魂 / 大叫大喊虎来了 / 公明说这是家虎不伤人 / 快去报与太师晓 / 你说赵爷到来临 / 军士听得忙去禀 / 太师闻报出来迎 / 二人携手入帐内 / 四位阵主也来临 / 行礼已毕分宾坐 / 公明开言问军情

白　赵公明问曰："今日交战胜负如何？"太师答曰："为等道兄前来，今日未曾交锋。"公明来时，见周营芦篷上吊着一人，问四道友曰："被吊着是谁？"董全答曰："是地裂阵主赵江。"公明大怒，手指芦篷骂道："昆仑门下！为何这等欺侮吾教，明日待吾出阵，也拿他一人来吊着。"

唱　次日公明忙打扮 / 八卦道袍身上穿 / 道箍扎住乌丝辫 / 多耳麻鞋用线拴 / 翻身跳上黑虎背 / 手提打将紫金鞭 / 随带门徒人两个 / 炮响冲出大营盘 / 来到战场高声叫 / 姜尚快快来会俺 / 哪吒篷下来看见 / 上篷通报不迟延 / 有一道人来讨战 / 黑虎黑鞭甚威严 / 坐名师叔去相见 / 燃灯便对子牙言 / 来者不是别一个 / 乃是公明赵玄坛 / 此人本性如烈火 / 修炼多年峨眉山 / 子牙听罢不怠慢 / 随带门人六七员 / 翻身跳上四不像 / 门人依次各排班 / 左有哪吒和杨戬 / 金木兄弟站右边 / 天化麒麟前引路 / 雷震子展翅飞半天 / 炮响便把芦篷下 / 众人簇拥到阵前 / 来到阵前抬头看 / 黑虎背上一道仙

诗曰："头缩双髻面皮黑，身穿八卦紫仙衣。手中金鞭豪光闪，坐下黑虎前脚立。峨眉山上罗浮洞，公明得道在须弥。"

唱 公明一见子牙到／把虎一拍冲上前／大喝一声好姜尚／胆敢造反在岐山／子牙见问回言答／你姓甚名谁说端的／那座名山何洞府／公明说你洗耳留神听我言

白 赵公明答曰："姜尚！吾乃峨眉山罗浮洞赵公明是也。只因你不守人臣之礼，扶姬发造反，乱杀朝廷命官，又请阐教门人，杀戮我截教道友，现特来向你问罪！"子牙曰："赵道友！你乃得道之人，为何不知天命？纣王无道，天下皆反，三分天下，我西岐已有二分。我劝道友速速回山，免遭红尘之厄。"公明闻言，心中大怒，提鞭纵虎，直取姜尚。子牙将剑架住，一场大战。

唱 这才是一仙一神怒生嗔／西岐城外大交兵／一个为友把仇报／一个为主立功勋／一个是千年修炼罗浮洞／一个是半路出家在昆仑／一个是闻仲相请把山下／一个是代理三教来封神／往来斗有六七合／公明大怒祭宝珍／手中金鞭只一摆／打中子牙后背心／一跤跌下四不像／急坏哪吒忙蹬轮／大叫一声休无礼／尖枪使开刺前心／金吒救回师叔去／二目紧闭命归阴／哪吒尖枪实猛勇／公明金鞭似飞腾／轮虎相交枪鞭举／两个都是性烈人／公明愤怒把鞭举／打中哪吒落火轮／木吒迈步来抢救／天化催开玉麒麟／两柄银锤雪盖顶／哪管你道行有多深／雷震子飞到空中去／黄金枪起不容情／杨戬催马也来到／围住公明在垓心／上三路是雷震子／中三路是天化身／杨戬神枪如雨点／公明招架忙不匀／年

少英雄齐奋勇 / 纵有道术使不成 / 杨戬放出哮天犬 / 咬住公明脖颈筋 / 连袍带服来扯碎 / 脖颈流血伤不轻 / 心慌意乱难招架 / 只得拨虎去逃生 / 太师一见未取胜 / 提鞭催骑来接迎 / 接回帐中来坐下 / 太师说无名小辈反伤人 / 公明连说不要紧 / 掏出丹药口内吞 / 一时三刻止住痛 / 大骂杨戬小畜生 / 来日阵上擒住你 / 剥你皮来抽你筋 / 不说公明心恼恨 / 又把西岐明一明

白　子牙被赵公明一鞭打死，抬进相府，武王闻知，随同文武百官前来看望。一见子牙双目紧闭，武王放声大哭。

唱　武王双目流痛泪 / 号啕大哭把胸捶 / 相父为孤把命废 / 未受皇封命归西 / 名利二字成画饼 / 千年只有土一堆 / 武王哭得如酒醉 / 文官武将各伤悲 / 广成子走进相府内 / 见此情景也惨凄 / 开言便把贤王叫 / 此是子牙有难星 / 元始老师有符令 / 吾特来救子牙回 / 取出那九转还魂丹在手 / 阴阳水化倒一杯 / 撬开牙关送腹内 / 仙家妙用世上稀 / 不消半盏茶时候 / 子牙苏醒睁眼皮 / 一见武王广成子 / 站在床前身不移 / 想起适才交战事 / 挨他一鞭落下骑 / 起身来谢广成子 / 成子说好好调养把神息 / 吾要转回芦篷去 / 提防公明暗偷袭 / 说罢起身回篷转 / 武王也把皇宫回 / 不说西岐城内事 / 又把汤营公明提 / 调整数日复元气 / 今日与他分高低 / 翻身跳上黑虎背 / 手提金鞭抖雄威 / 一骑冲来到阵上 / 大喝一声似响雷 / 快叫燃灯来会我 / 分个雌雄谁胜谁 / 杨戬一见报篷上 / 启禀老师得知悉 / 公明战场来讨战 / 厉声高叫要对敌 / 燃灯闻言将身起 / 传令众人下篷帷 / 今日吾等将他会 / 看事而行要见机 / 说罢跳上花鹿背 / 十二道友紧跟随 / 一直来到战场上 / 看见公明透身黑 / 黑虎黑鞭黑袍履 / 豹头环眼抖雄威 / 燃灯上前打稽首 / 公明呀今日到此为甚的 / 公明一见燃灯到 / 大喝燃灯不守规 / 你把赵江来吊起 / 分

129

明是把吾教欺／你师我师是一体／莲花白藕青荷叶／今日咱们评评理／看你做事亏不亏／燃灯说道友强词又夺理／明明是你违教规／三教签押封神榜／教主碧游数次提／紧闭洞门悟玄妙／谁投西土榜有谁／道兄不听教主语／身投西土惹是非／吾自天皇时得道／不敢逆天把命违／公明听罢重重怒／你说这大话来吓谁／二人阵前正讲理／黄龙一旁怒气生

白 黄龙真人乘鹤上前，大喝曰："赵公明！你不守教规，身投西土，封神榜上有名，还在此卖弄唇舌！"公明大怒，纵虎提鞭，直取黄龙。黄龙真人架住金鞭，用剑还击，一场大战。

唱 二人阵前气冲冲／玄坛黑虎对黄龙／一个是千年修炼罗浮洞／一个是夹龙山上食青松／真人说你为甚前来伐西土／也只有封神台上等太公／公明说你说的话不算数／未卜谁吉与谁凶／未曾战上三五合／赵公明缚龙绳索抛半空／只见索儿霞光闪／凭空拿去这黄龙／赤精子一见心大怒／骂声公明休逞凶／迈步仗剑劈面砍／公明鞭架不相容／一个是曾在碧游听传道／一个是跪拜蒲团玉虚宫／只因为纣王无道民受罪／才惹得二人西岐大交锋／又战三五回合上／赵公明伸手去摸宝囊中／定海神珠来祭起／只见满天现彩虹／紫气千条光闪动／落来正中赤精胸／一跤跌到尘埃地／广成子大喝一声往上冲／公明举目仔细看／见一道人来得凶／急忙提鞭来架住／二人阵前分雌雄／成子说纣王失政江山败／蚍蜉怎能撼大松／公明说殷纣江山如铁桶／你等反叛理不容／二人又战三五合／赵公明定海神珠起半空／哗啦一声来打下／打得成子跌个倒栽葱／道行天尊心大怒／灵宝法师气冲冲／玉鼎真人迈开步／围住公明在当中／公明神鞭多勇猛／挡了西来又挡东／耳边只听兵器响／犹如神鹰斗大鹏／公明又把宝珠使／连打玉虚三道

翁／燃灯一见齐败阵／忙令收兵转芦篷／公明一见哈哈笑／谁说阐教有神通／明日再把燃灯会／擒贼先要擒元戎／公明得胜回营转／闻太师满面带春风／太师说今日吾兄得全胜／明日定可成大功／公明说快把黄龙来吊起／也吊一个显威风／太师说此人五遁全都会／公明说有符镇住泥丸宫／说罢画符镇头上／绳捆索绑不放松／即时吊在旗杆上／犹如秋千一般同／太师吩咐摆酒宴／吾与公明来庆功／汤营饮酒且不表／又表燃灯回芦篷／坐在芦篷抬头看／又只见旗杆之上吊黄龙／众人点头直嗟叹／神仙也要受灾凶／可惜学了千年道／今日也被吊半空／玉鼎真人开言道／众位不必带愁容／今日晚间人静后／可救真人转芦篷

白　玉鼎真人曰："今夜三更，可叫杨戬如此如此，救真人转来。"众人闻言，默默无语，静坐养神。

唱　一天光阴容易过／巡更之人三棒锣／玉鼎真人唤杨戬／速到汤营割绳索／把你师伯救回转／犹恐夜长梦也多／杨戬领了师父令／摇身变个扑灯蛾／一翅飞到旗杆上／叮住真人右耳朵／弟子杨戬就是我／吾师命我把绳割／黄龙真人说不妥／撕了符印才走得脱／杨戬听罢将符扯／黄真人化阵清风飘然走／一直来到芦篷上／众人起身来接着／黄龙忙把玉鼎谢／感谢高徒救了我／不言众人心高兴／回文又把汤营说／邓忠巡营旗杆过／不见道人见绳索／慌忙跑到中军帐／太师呀旗杆上道人已走脱／公明袖中掐指算／知道是杨戬来救才走脱／你仗八九玄功妙／等到明日再斟酌／这回拿着不用吊／开膛破肚把皮剥／说罢各人回住所／耳听鸡唱五更歌／公明起来忙梳洗／带上定海神珠缚龙索／翻身跳上黑虎背／紫金钢鞭手拿着／一直来到战场上／大叫燃灯来会我／燃灯篷上来看见／手提宝剑名太阿／翻身跳上花鹿背／缰绳一抖把兽磕／来到战场打稽首／道友叫

我有何说／公明说你叫杨戬来会我／咱要试他八九玄功究如何／燃灯说不是杨戬玄功妙／而是武王洪福多／我劝道友回山转／免得在此惹啰嗦／公明闻言心冒火／燃灯你想干什么／手提金鞭当头打／老燃灯宝剑架住念弥陀／这才是纣王无道动干戈／害得神仙受折磨／太阿宝剑金光闪／钢鞭舞动起旋涡／二人骑上使威武／梅花鹿抵着虎脑壳／来往七八回合上／公明伸手皮囊摸／神珠祭起二十四／犹如蛟龙戏水波／红光灿灿像烈火／燃灯慧眼往上睃／瑞气盘旋个挨个／看不清楚是什么／急忙拨鹿跳出阵／加鞭败往东南角／公明也把黑虎拍／一抖丝绳紧跟着／大叫燃灯哪里走／你就是大罗仙也逃不脱／正追正赶来得快／前面就是松林坡／树下坐着人两个／黑红二人下棋乐／忽听鹿鸣抬头看／又只见燃灯败阵走如梭／燃灯催骑树下过／二人站起把话说／老师为何慌张样／燃灯说公明追赶甚凶恶／去劝二位赶快躲／此人厉害宝贝多／二人回言不妨事／老师你请上高坡／正说之间公明到／肖升把路来拦着／大叫休赶吾道友／有甚话儿好好说／公明一见心大怒／小毛童你是想死是想活／肖升说今天偏不让你过／看你要想干什么／公明愤怒提鞭打／肖升举剑来迎着／咱本是路见不平拔刀助／公明说杀你犹如杀鸡鹅／待老子打死你这小家伙／肖升说你是龙也要扳只角／看看斗有三五合／公明祭起缚龙索／好像巨龙空中过／肖升也把皮囊摸／取出那落宝金钱上有刺／金钱下面吊蛋窝／只听空中一声响／收去公明缚龙索／曹宝将索拿在手／气得公明蹬双脚／又把定海神珠祭／落宝金钱又迎着／定海神珠落窝内／曹宝捡起笑呵呵／赵公明五脏肝肠都气破／手举金鞭打脑壳／肖升也把金钱起／惊天一响震耳朵／金鞭本来不是宝／相生相克本不合／鞭打金钱如粉碎／鞭落下来脑袋着／肖升跌到尘埃地／脑浆迸裂见阎罗／曹宝一见道友死／恶生胆边一声喝／提剑照着公明砍／公明招架本不弱／这曹宝使个王母当堂坐／赵公明饿虎扑狼把食夺／二人正在平地战／燃灯高坡看得确／他二人为的是救我／一个着鞭命不活／待吾帮他助一阵／看你公明再凶恶／乾坤尺子来祭起／燃灯大叫一声

着／一尺打中公明背／只打得骨断筋折血流脚／黑虎背上晃两晃／加虎一鞭去逃脱／一直逃到营门口／太师一见急如火／看见公明伤情重／鲜血从背淌到脚／连忙上前扶下虎／扶进帐中问如何／公明说吾赶燃灯到一地／遇着两个小道魔／将吾宝贝全收去／他一人着鞭一人活／误中燃灯一家伙／不报此仇心不乐／忙把丹药吞口内／又取金丹涂背脖／不言汤营营中事／又把燃灯曹宝说／燃灯说二位道友住何处／曹宝说武夷山上炼丹药／今日肖升来约我／清闲无事下棋乐

白　曹宝对燃灯言道："赵公明所用之宝不知何物，祭在空中，观之不明，呼呼有风。"遂将取出来，递给燃灯观看。燃灯一见定海神珠，抚掌大笑曰："吾道成矣！"曹宝曰："物各有主，老师既知此宝，就赠给老师罢了。"燃灯听言，连连称谢。

唱　燃灯便对曹宝论／此宝名叫定海珠／天皇时候曾出现／光辉夺目照玄都／后来不知落谁手／江河泛滥难制服／今日幸得珠到手／了却红尘长寿图／二人闲谈论天数／一同赶路往芦篷／一路行程来得快／来到芦篷进茅屋／众人一见燃灯到／焦急心情一扫除／燃灯从头讲一遍／公明失宝难认输／定要别处去求救／你我大要费踌躇／不言众人来议论／又表公明一段书／仙丹吞涂伤不痛／便对太师说清楚／吾自天皇时修炼／得道全靠定海珠／今日落在小儿手／千年道行一旦无／吾往三仙岛上去／与我妹子借宝物／金蛟剪与混元斗／稀奇宝贝世间无／那时与他再交手／定把燃灯一扫除／太师说道兄速去速回转／公明说此去全不费工夫／说罢辞别跳上虎／缰绳抖开上路途／过山不问打柴汉／遇水哪管钓鱼夫／霎时千里来得快／看见了洞府仙景图／虎到洞口自停步／公明下虎来擅入／喉中无痰假咳痰／但只见洞内有一道姑出／见是大老爷来到／连忙回禀三

133

仙姑／大老爷已经到洞府／三位道姑迎出屋／迎进洞中来坐下／云霄便把长兄呼／长兄到此为何事／公明闻言泪如珠／只因闻仲伐西土／金鳌十友摆阵图／不想玉虚门人到／金鳌六人惨遭诛／闻仲请我把山下／去会阐教众门徒／也曾连赢他几阵／谁知损失定海珠／我仗此宝才得道／一旦失去心怎服／我今到此来借宝／还望贤妹大力助／云霄回言说不可／兄长一时太糊涂／三教共议封神榜／教主碧游打招呼／凤鸣岐山出圣主／身投西土死无辜／我劝兄长回洞府／紧闭洞门诵经书／为妹亲到灵鹫去／讨回兄长定海珠／公明闻言心里怒／妹子不认亲骨肉／罢了罢了真罢了／同胞姊妹有当无／愤怒大步出洞府／水中明月一场空／心情烦闷跳上虎／耳听有人呼道兄

白　赵公明正要启程，耳听有人大呼道友停步。公明扭头一看，见是函芝仙子，急忙下虎打稽首曰："函芝请了。"函芝曰："道兄到此何事？"公明答曰："一言难尽！"就把借宝之事说了一遍。函芝曰："云霄姐姐太小心谨慎了。道兄！与吾再转仙岛，待吾开导于她。"

唱　说罢二人回洞府／三位仙姑稽首迎／行礼已毕分宾坐／函芝仙子把话云／云霄姐姐心太狠／为何不认骨肉亲／自家妹子借不到／难道好去找他人／申公前日把我请／约我去助闻仲身／我在八卦炉中炼／炼一珠子快要成／炼成之后吾要去／为何不借自己人／云霄默默不言语／半晌无言不做声／无奈取出金蛟剪／开言说与兄长听／你把金蛟剪拿去／不可造次乱伤人／公明接过金蛟剪／连连点头来应承／辞别众妹出洞府／跳上黑虎起风云／云里起来云里落／到了闻仲大本营／下虎走入中军帐／太师连忙起身迎／公明帐中来坐下／太师开言问一声／道兄借得宝来否／公明说借得金蛟宝和珍／太师闻言心欢喜／安排明日去出

征／次日太师传将令／邓辛张陶一同行／太师上了麒麟背／黑虎背上赵公明／一直冲到战场上／口口声声叫燃灯／燃灯篷上来看见／忙在袖中掐指算／公明借来金蛟剪／待吾亲自会他身／说罢乘鹿把篷下／公明一见怒生嗔／你把定海珠还我／万事甘休不理论／燃灯说定海珠那是佛门宝／要我还你万不能／公明说夺人之宝是贼盗／亏你向善修甚行／提鞭纵虎当头打／燃灯剑架两相争／公明说你既无情我无义／镜破难圆果是真／燃灯说吾得此宝成仙道／怎肯轻易让给人／虎鹿交加云雾起／鞭剑相碰寒光生／公明只想收回宝／燃灯只想仙道成／战到三五回合上／公明一怒祭宝珍／金蛟神剪来祭起／二龙戏珠半天云／任你就是神仙体／一夹两段身首分／燃灯一见事不好／化阵清风去逃生／花鹿一夹成两段／未曾夹住老燃灯／公明此时得了胜／拨骑收兵转回营／来至中军身坐定／可惜可惜二三声／太师好言来安慰／跑了和尚有庙门／不言汤营来议论／且表那燃灯回篷气稍平／众仙一齐来动问／燃灯摇头把舌伸／此宝确实很厉害／形如蛟龙两截成／见势不好我先走／可惜梅花鹿丧身／众人听得如此语／默默无言不做声／哪吒此时前来报／有一道者到来临／燃灯回言快请进／道人上篷见燃灯／连说贫道多有礼／众人还礼道兄称／燃灯打拱开言问／道兄你是哪里人／陆压说吾是西昆仑下客／陆压就是我的名／闻听得公明借来金蛟剪／扶假灭真乱伤人／贫道特来将他会／略施小术治公明

白　陆压道人曰："赵公明不守清规，扶假灭真，枉自修炼千年。贫道此来，乃是顺天应人，将此人除去，不误姜尚登台拜将之期。"众仙闻言，拱手称谢，倍加尊敬。

唱 不言众仙敬陆压／又表那汤营公明心如麻／彻夜无眠难闭眼／一心要把燃灯拿／连忙来辞太师驾／金蛟神剪腰间插／跨虎来到战场上／大叫燃灯来会咱／哪吒忙到篷上报／报与老师知根芽／公明篷下来讨战／要叫老师去会他／燃灯闻报未开口／闪出陆压把话答／贫道前去把他会／看他来势再想法／说罢提剑把篷下／来到战场细观察／公明见一矮道者／绿色面皮红头发／一领道袍带八卦／拐角拐手像公鸭／催虎一步喊叫化／通下名来好打发／陆压一见微微笑／你以容貌来欺咱／人人说你道行大／你不过有眼无珠亮光瞎／稳坐黑虎不要怕／吾说来你听之后肉会麻／吾非仙非圣非菩萨／西昆仑下是我家／不去玉虚学玄妙／不去玄都听讲法／吾是野人名陆压／闲游东海采精华／因你把孽来造下／特来此地把你拿／公明听言肺气炸／骂声陆压野道杂／催虎用劲提鞭打／陆压剑架如天塌／一个是峨眉山上名声大／一个是野仙四海都是家／公明说矮道来此是为啥／陆压说你犯天条把你抓／公明说我袖里乾坤能装下／难道凤凰怕乌鸦／陆压说你根底深厚本不假／逆天行事应该杀／看看战上六七合／公明大怒把宝发／金蛟神剪来祭起／二龙戏珠放光华／陆压抬起头来看／仰面朝天笑呵呵／大叫一声来得好／化道长虹无影霞／公明留神四处找／哪见陆压一头发／无奈只得回营转／气填胸膛口发麻／不言公明心恼恨／陆压化虹有道法／长虹一收人出现／走上篷来把话答／燃灯说道友初会公明面／金蛟剪厉害实无法／陆压说吾非与他去对阵／观其容貌好治他

白 陆压对燃灯曰："吾已观赵公明形容相貌，可画出他模样，请子牙公在岐山上扎一草人，上写赵公明三字，吾将书符交付与你，一日三拜，吾自有法。"

唱　陆压揭开花篮盖／花篮里面取文书／书上有符又有印／口诀依次写分明／子牙公你调三千人和马／岐山上面扎下营／营内筑下台一个／台上摆下一草人／草人头上灯一盏／脚下也点一盏灯／草人身上写三字／写的就是赵公明／一日三次踏罡拜／不可停顿一时辰／等到二十一日满／午时吾来助你身／子牙回言说遵令／随即进城去调停／便令武吉南宫适／随带军兵把事行／二将领令不怠慢／岐山高上办事情／一切打点都齐备／子牙依法拜草人／一连拜了三五日／拜得公明不安宁／心中犹如一盆火／耳烧面热不定神／心烦意乱坐不住／冷汗一盆又一盆／太师一见这光景／不由心下闷沉沉／昨日还在很清醒／今日忽然病缠身／闲坐中军心情乱／来了那烈焰阵主白天君／开言便对太师讲／可能是公明失宝心悸惊／让他安心来调养／待吾烈焰会他们／我看几阵未曾胜／怎肯坐视来偷生／说罢走出中军帐／跨鹿仗剑开阵门／一骑来到战场上／大呼芦篷老燃灯／快派能士来会阵／凡夫俗子枉丧生／燃灯尚未来答应／闪出陆压一道人／他今摆的是何阵／燃灯说此阵即是烈焰名／此火不是凡间火／陆压闻言笑吟吟／贫道正好专克火／待吾破阵走一巡／龙泉宝剑拿在手／随口作歌到阵门

歌曰："记得当年东海游，看见烈火烧樊楼。口吐壬寅西方水，丙丁烈焰即时收。"

白　陆压歌罢，来到阵前，大喝白礼曰："你乃逍遥自在之仙，摆此火阵，要伤多少生灵，你心忍乎？"白礼曰："来者通名，若道行不深，你回去罢，吾不伤你。"

唱　陆压闻言微微笑／白礼说话好蹊跷／你连吾都不知道／还在阵前逞英豪／西昆仑下自学道／吾与轩辕是同朝／我名陆压谁不晓／只怪你年幼无知是草

包/白礼闻言心火冒/当头一剑不轻饶/陆压将剑来架住/你来我往分低高/一个为友把仇报/一个顺天灭商朝/一个是日诵黄庭金鳌岛/一个是五湖四海任逍遥/白礼说定要烧死野妖道/陆压说在劫之人命难逃/看看战上六七合/白礼拔骑阵里跑/陆压随后也进阵/白礼上台把幡摇/聚火神幡绕几绕/平地起火千丈高/风吹火苗呼呼叫/团团围住陆压烧/陆压盘膝来坐倒/闭着眼全然不怕半分毫/犹如烤个地煤灶①/未曾伤害一毫毛/烧了两个时辰后/耳听火内歌声飘

歌曰："无行之中火为高，原是用金把石敲。米粒之珠光嫌小，白礼费心也徒劳。"

唱 陆压歌罢高声叫/白礼添柴加油烧/陆压全然不计较/喝骂白礼声音高/吓得白礼魂出窍/要想下台去脱逃/陆压怀中取一宝/名字叫作斩仙刀/手拿葫芦绕一绕/飞出白光三丈高/白光之中有一物/有眉有眼七寸刀/白光盯着白礼照/白礼身软魂魄消/陆压打拱呼宝贝/请你转身开杀条/那宝围着白礼绕/首级落地血染袍/灵魂不往别处去/封神台上走一遭/陆压把宝来收了/烈焰大阵已取消/缓缓移步走出阵/耳听銮铃响声高/姚斌后面大声叫/野道你往哪里跑/陆压回头微微笑/吾不与你把兵交/说罢徐步上篷去/众人连夸道术高/姚斌篷下大声闹/芦篷上谁敢进阵走一遭

白 燃灯见姚斌叫阵，便令方相前去破阵。方相领令，手提画戟，飞身下篷而去。来到战场，大叫妖道不要猖狂，吃吾一戟。姚斌将剑一架，只震得两膀酸疼。

---

① 地煤灶：旧时安顺农村冬季取暖的设施。就地挖一个洞而成，以煤为燃料。

唱　方相用力一戟刺／姚斌剑架喊手疼／哪里来的长大汉／身高二丈有余零／勉强提剑来招架／二人阵前大战争／方相身长画戟重／姚斌不是对手人／虚晃一剑抽身走／大步如飞进阵门／一直来到法台上／一把黑沙手中存／方相大喝哪里走／提戟追进阵中心／姚斌台上来看见／一把黑沙似雨林／方相进阵来站稳／黑沙着身勾去魂／一跤跌倒尘埃地／三魂渺渺赴幽冥／姚斌复又走出阵／芦篷下面叫燃灯／你乃高明道德士／差些凡夫枉丧生／燃灯便令赤精子／你去破阵斩姚斌／赤精子领了燃灯令／迈步作歌到阵门

歌曰："善是青松恶是花，青松冷淡不如花。有朝一日浓霜降，只见青松不见花。"

唱　赤精歌罢到阵上／姚斌一见喝一声／大叫一声赤精子／你敢来闯我阵门／曾记你前日进阵／太极图落我手心／难道你不知厉害／你快回去换高明／赤精听言发冷笑／姚斌休要夸口唇／宝落你阵天数定／吾已尽知阵中情／你若回头心向善／饶你性命活几春／姚斌闻言心大怒／举剑便砍不容情／剑来剑去叮当响／剑去剑迎冒火星／一个本是大罗体／一个原是一凶神／姚斌说那日是你跑得快／飞沙沾体早销魂／赤精说那是姜尚命注定／吾要斩你早丧生／来来往往五六合／姚斌拨鹿进阵门／金钟催得人心碎／赤精提剑随后跟／姚斌站在法台上／眼看赤精到来临／一斗黑沙往下撒／只望黑沙勾人魂／赤精把头只一拍／天门大开现庆云／紫绶仙衣来护顶／从头盖到脚后跟／赤精取出阴阳镜／对着姚斌下无情／镜子对着姚斌晃／台上滚下姚天君／朝着昆仑打稽首／弟子初开杀戒门／剑砍姚斌为两段／一道灵魂赴封神／再把太极图收起／飘然大步出阵门／上篷回交

139

燃灯令／燃灯一见喜十分／不表芦篷人高兴／又表太师坐中军／一见公明病沉重／茶不思来饭不吞／又听连破我两阵／不由顿足叹几声／为我连累众道友／西岐城下命归阴／想起先帝托孤事／吾死黄泉难甘心／闷坐帐中神不定／后营来看赵公明／只见他越发昏迷睡不醒／太师此时大吃惊／常言神仙无瞌睡／然何睡得昏沉沉／莫非有人来暗算／待吾金钱卜课文／虔诚拈香求八卦／金钱落地面失惊／原是陆压把术使／钉头箭书害公明／子牙岐山正在拜／如今已拜半月零／不想一报还一报／姚斌曾拜子牙魂／他们来把草人抢／何不也去抢草人／太师想罢主意定／便叫公明二门人／你们今晚三更后／遁往岐山拜魂营／姜尚在害你师父／你们前去抢草人／好歹也要抢到手／那时你师父自安宁／二人领了太师令／悄悄准备等三更／不言这里安排定／又表芦篷众道人／静坐各把元神运／陆压心血往上升／忙在袖中掐指算／就知是件啥事情／开言便对众人讲／闻仲已知害公明／派了门徒人两个／岐山去抢箭书文／快派能人去知会／须加严防莫轻心／燃灯听得如此语／忙唤杨戬哪吒身／你们二人赶快去／报与师叔得知闻／要他小心来防备／速去速回莫迟停／二人领了老师令／随即下篷就起身／哪吒蹬轮走得快／杨戬骑马在后行／不说二人来赶路／又表公明二门徒／夜静遁往岐山去／来到山上快三更／停在空中观仔细／子牙果在拜草人／等到子牙拜下去／二人空中把手伸／往下一抓抢到手／回身就走风送云／子牙听见一声响／不见桌上箭书文／正在怀疑难肯定／哪吒上山报事因／陆压老师来推算／今晚汤营派来人／要把箭书文抢去／师叔须要加小心／子牙闻言方醒悟／刚才草人不见形／哪吒你快赶将去／要把草人抢回程／哪吒闻言不迟误／立即出帐就蹬轮／不表哪吒随后赶／且表杨戬在路行／正行之间怪风吼／猜想是闻仲抢回箭书文／连忙摇身来变化／一座大营路中心／变个太师中军坐／变个邓忠去巡营

白 陈九公与姚少司抢了箭书草人，借遁速回汤营大寨，遁光中看见前面就是大营，心中欢喜，按落遁光，走入中军见太师坐在上面，二人施礼下拜。假太师曰："二位事体如何？"二人便将抢草人之事说了一遍。要知后事如何，且看下章分明。

第七章　三仙姑摆黄河阵　陆压献计射公明

唱 二人便将草人递／假太师接放在手中／连说二位多辛苦／救你师父第一功／二人辞别出帐去／只听得雷鸣一声震耳聋／大营不知哪里去／见一人白马银枪来得凶／杨戬大喝二强盗／偷吾箭书为哪宗／二人此时方醒悟／中了他的计牢笼／提刀朝着杨戬砍／杨戬枪架不放松／二人受骗心火肿／这杨戬哪把二人放心中／哪吒蹬轮也赶到／大喝道不要放走二毛虫／二人尚难抵杨戬／怎能胜他师弟兄／勉强舍命来战斗／只有招架无进攻／李哪吒大喝一声枪来了／一枪挑死陈九公／姚少司心慌要逃走／杨戬一枪刺当胸／两道灵魂一处走／封神台上等太公／杨戬便对哪吒讲／箭书已到我手中／哪吒闻言心欢喜／弟兄们高高兴兴转芦蓬／回蓬来对老师讲／抢回箭书在途中／杀了偷书人两个／姚少司与陈九公／燃灯闻言心大喜／夸奖两个小英雄／当时又对二人讲／快把箭书送山中／叫师叔日夜严防守／算来只有数日功／二人领命把蓬下／把草人送到岐山交太公／不言这里仍在拜／又表太师老元戎／一夜未曾来合眼／不知盗书吉与凶／不觉等到天大亮／二人不见转营中／开言便把辛环令／你去看看是何由／辛环领了太师令／肉翅一展起半空／原路留神仔细看／见二人一倒西来一倒东／见他们胸前有个洞／鲜血把路来染红／辛环见状回营转／来对太师说一通／他二人不知为何死半路／尸首倒在乱草蓬／太师闻报魂不在／不由珠泪双眼流／二人一死不打紧／只是害了公明兄／含悲忍泪进帐去／见公明枯瘦如柴睡意浓

白 太师一见公明病重，身体一天不如一天，明知被人暗算，却又无法搭救，心甚悲伤，扑在公明身上大哭。

唱 太师心中甚伤惨／手摸公明泪涟涟／公明你是钢铁汉／今日柳条似一般／公明微微睁开眼／有气无力软绵绵／开言便把太师叫／可曾盗得箭书还／太

师说未曾盗得书到手／反送二徒丧黄泉／公明闻言摇头叹／悔悟不听妹妹言／吾自天皇时得道／修成玉肌大罗仙／谁知陆压来暗算／料吾不能活几天／如今要悔悔不转／世上难买后悔丸／我死之后你照看／棺材停放后营间／袍服裹着金蛟剪／吾妹来时你交还／见袍犹如见我面／他们见后才掩棺／公明越想越伤惨／云霄妹子叫一番／愚兄不听妹子劝／果然今日起祸端／愚兄不能见妹面／兄妹梦中才团圆／公明泪涌如牵线／太师一旁泪不干／二人正流伤心泪／进来王奕站床前／一见此情暗嗟叹／誓与阐教不共天／待吾摆开洪水阵／和他芦篷斗一番／说罢跨鹿提宝剑／怒气冲冲到阵前／大喝谁敢进吾阵／管叫尸骨不周全／燃灯芦篷来看见／开口便对曹宝言／你可去会洪水阵／曹宝领令不推延／提剑来到战场上／想把王奕劝一番／开言叫声王道友／你我认识有几年／道友金鳌曾修炼／慈悲为本善为先／凤鸣岐山出圣主／何苦逞强来裂天／十阵已经破八阵／可见天时在哪边／王奕闻言心大怒／曹宝满口出狂言／我们相斗你莫管／大路朝天各半边／曹宝说大路不平旁人铲／你火内之珠光不燃／王奕听言提剑砍／曹宝剑架两相还／这才是人心不一颠倒颠／难分好话与恶言／王奕心横不听劝／这曹宝一片真情六月寒／看看战上三五合／王奕催鹿转回还／大叫曹宝休要赶／吾阵藏有巧机关／曹宝回言吾要赶／擒龙还要下深潭／说罢提剑赶进阵／王奕台上念真言／一葫洪水往下洒／平地滔滔波浪翻／曹宝沾水身发软／一跤跌在水中间／只见水泡冒几个／霎时尸首不周全／王奕乘鹿又出阵／大叫燃灯听我言／为何你不自来战／断送曹宝无辜男／燃灯忙把令来下／道德真君走一番／真君领令不怠慢／提剑作歌到阵前

歌曰："曾在东海钓鱼玩，看见洪水浪滔天。是吾打开五火扇，千层海水一扇干。"

唱 王奕听歌心大怒／骂声真君好大言／吾的洪水沾着你／骨肉就要丢龙潭／真君闻言微微笑／你阵只当把戏玩／王奕闻言心冒火／手举一剑照顶翻／真君将剑来架住／二人大战在阵前／王奕金鳌苦修炼／真君学道青峰山／一个剑来金光闪／一个剑去透风寒／一个雷部把雨管／一个修成大罗仙／来来往往七八合／王奕拨骑一溜烟／进阵便把法台上／手执葫芦念真言／道德真君赶进阵／王奕一葫水倒干／只见平地波浪起／洪水滔滔起白烟／真君袍袖只一展／两朵莲花在面前／双脚踏在莲花上／东游西逛像划船／王奕又泼二葫水／真君拍头长金莲／金莲盖顶如打伞／未有一滴沾衣衫／王奕见法不灵验／台上呆呆脸发蓝／真君取出五火扇／朝着王奕扇一扇／神火奔往台上去／烧得王奕化灰烟／朝着昆仑拜几拜／弟子开了杀戒关／真君破了洪水阵／飘然大步出阵还／不言真君回篷转／又把汤营表一番

白 太师每日守在赵公明的床前，不敢离开一步。突有探马来报："启禀太师，篷上道人破了洪水阵，斩了王天君。"太师闻报，顿足叹曰："公明病重如此，王道友又遭杀戮，真是福无双至，祸不单行，天丧我也！"

唱 不表太师心忧闷／且表子牙把法行／二十一日功果满／草人头脚息金灯／子牙一见心高兴／老天助我把功成／武吉进内去禀报／陆压老师到来临／子牙即忙迎出外／陆压一见笑吟吟／子牙公贫道前来恭喜你／今日定绝赵公明／又说破了洪水阵／子牙感谢陆压恩／若非道兄神通大／焉能处治赵公明／陆压回言天数定／花篮里面取宝珍／取出桑枝弓一把／又取桃枝箭三根／递与子牙拿在手／午时三刻即可行／先射草人两只眼／二目无神闭天门／再射草人心窝上／汤营公明即丧生／子牙闻言说遵令／帐中静坐等时辰／子牙即忙把手净／张弓搭箭

依次行／照着左眼一箭去／汤营公明喊一声／喊声来了左眼闭／太师抱头紧贴身／子牙又射第二箭／正中草人右眼睛／公明喊声痛杀我／二目流血不能睁／子牙又发第三箭／不左不右中前心／公明断了三分气／折了擎天柱一根／可怜大罗神仙体／咽喉气断把脚伸／至今空着罗浮洞／封受金龙如意神／太师一见公明死／捶胸顿脚放悲声／哭声公明刀割胆／叫声公明箭穿心／为我才把峨眉下／是我害你赴幽冥／想你来时威风凛／黑虎金鞭鬼神惊／缚龙索与定海珠／战场二次败燃灯／只说平西全靠你／谁知来了对头人／陆压他把妖术使／步斗踏罡拜你魂／二十一日功果满／钉头三箭你归阴／公明兄黄泉路上慢慢走／吾拼一死把仇伸／太师哭得如酒醉／不肯离开公明身／众将一齐来劝解／方才止泪把令行／吩咐三军齐戴孝／棺椁停放在后营／不言汤营来祭奠／又表子牙陆道人／回篷来对众人讲／俱称陆压道术精／子牙说公明一死无所惧／燃灯说惹动他妹到来临／三霄也是道术狠／众人要受大灾星／不说芦篷来议论／又表汤营张天君／一见公明身亡故／便对太师把话云／十阵还有红沙阵／待吾红沙会他们／说罢便把旗来展／摆开红沙大阵门／一骑冲到芦篷下／大喝篷上老燃灯／快派高明会吾阵／见个高低与输赢／燃灯见是红沙阵／善哉连连口内称／天数注定皆如此／合该武王有难星／开言便把子牙叫／去请武王圣明君／此阵该是武王去／子牙回言老师称／我主习文不习武／如何能去破阵门／燃灯说道不妨事／吾自有法保安宁／子牙听罢忙去请／一同武王到来临／众仙迎上芦篷去／燃灯便把贤王称／十阵只剩红沙阵／贤王御驾去亲征／武王说道谨遵命／粉身碎骨我愿情／燃灯说请王宽袍解玉带／贫道有符护你身

白　武王闻言，急忙解带宽袍。燃灯在武王前心后心，用手画符护体，又在盘龙冠上画符护头。对武王曰："贤王放心自去，不会伤你一点皮肉。"武王称谢。燃灯曰："可派哪吒雷震子保驾前往。"二人领令，护着武王下篷而来。

唱 哪吒脚蹬火轮上／逍遥马上坐武王／雷震肉翅半天展／双保武王到战场／张绍抬起头来望／但只见一文二武不平常／雷震子鸡嘴雷公凶恶像／小哪吒面如粉团提尖枪／见一人眉清目秀坐马上／身穿龙袍面端庄／催骑上阵把话讲／你三人来战是来降／哪吒怒火高千丈／骂声妖道休猖狂／吾等特来把阵闯／马上坐的是武王／张绍闻言心中喜／先拿武王来开张／催骑直奔武王去／吓得武王战糠糠／雷震叫声黄兄长／我二人在此你莫慌／哪吒一见心大怒／手起一枪刺胸膛／张绍将剑来架住／你来我往论弱强／哪吒尖枪如雨点／张绍剑架闪寒光／雷震舞动黄金棍／两翅展开遮太阳／二人围住张绍战／你一棍来我一枪／年少英雄勇无比／好似那摇头狮子下山冈／张绍难抵英雄将／催骑进阵四脚忙／哪吒回头称王上／我们进阵看端详／武王说全仗两位一同往／孤家进去也无妨／三人一同往内闯／张绍台上看得详／手抓红沙往下撒／随手发雷震四方／先打哪吒落轮下／后打武王倒马旁／雷震腾空展双翅／张绍沙往空中扬／正中雷震肉翅上／一跤跌在地中央／才要下台取首级／忽然间飞沙走石日无光／他三人风卷下坑去／红沙盖面看不详／天君回到中军帐／太师接着问言章／张绍说三人困在红沙阵／其中一个是武王／太师说何不将他来斩了／张绍说红沙沾肉要断肠／不言二人营中事／子牙芦篷泪汪汪／开言便对燃灯讲／姜尚心内实悲伤／文王渭水将我访／接到西岐做栋梁／文王后事托姜尚／扶保武王坐朝纲／今日陷在红沙阵／倘有差池怎下场／燃灯说此乃天数不能抗／符印护体料无妨／不表芦篷来议论／又表那申公豹传书事一桩

白 申公豹自闻仲兵伐西岐以来，每日打听，暗暗观瞧。这日听得赵公明被陆压钉头箭书射死，暗自悲伤。手指西岐骂曰："不怕你燃灯到来，待吾三仙岛去见公明妹子，说她们下山，把你西岐化为平地。"

唱　公豹说罢主意定／做个传书带信人／翻身跳上黑虎背／用手一拍起风云／只听耳边呼呼响／行了一程又一程／行程不觉来得快／三仙岛上把步停／见一女童出洞府／申公常来是熟人／开言便把女童叫／进洞报与你师尊／说我西岐来到此／女童闻言进洞门／三位娘娘容奏禀／申公老师到此行／云霄说声请他进／公豹进来稽手称／云霄即便开言问／道兄来此为何因／公豹见问头低下／假用帕子揩眼睛／姜尚不念道门情／射死令兄赵公明／犹恐你们不知信／特意来此说一声／琼霄碧霄把足顿／吾兄为何遭惨刑／公豹在旁又开言／你兄临死有话云／亲口曾与闻仲讲／不掩棺材停后营／吾妹前来把尸检／袍服裹剪当面清／见袍犹如见我面／你看痛心不痛心／琼霄碧霄抱头哭／哭声兄长赵公明／你我同胞共父母／千年瓜果一条藤／我们收拾西岐去／擒拿姜尚与燃灯／斩此二人报仇恨／封神有名也甘心／云霄即便开言论／二位妹子你且听／我曾苦苦把兄劝／劝他闭门念黄庭／他死也是天数定／何必动怒染红尘／琼霄回言说心狠／碧霄说是不认亲／修仙先要修人道／未完人道仙怎成／琼霄跳上鸿鹄背／碧霄也上花鸟翎／她二人怒气不息出洞府／云霄心下自沉吟／我若不把山来下／犹恐二妹胡乱行／吾到西岐去执掌／还可进退看时情／吩咐女童守洞府／跨上青鸾随后跟／大叫二妹且慢走／等吾与你们一同行／公豹一见心大喜／跨虎别处再约人／不说公豹别处去／再表云霄姊妹们／琼霄碧霄双流泪／巴不得即时到汤营／正行之间有人喊／三位姑娘把步停／扭转头来仔细看／原是菡芝与彩云／菡芝说适才遇着申公豹／请我二人助你们／三霄闻言心欢喜／五人同伴一路行／行程千里来得快／看见闻仲大老营／一齐来到营门外／旗牌一见报中军／五位道姑辕门等／太师听得出来迎／迎到帐中来坐定／云霄便问兄长遭难情／前日吾兄把山下／不幸被害命归阴／吾等前来把尸检／安放何处请说明／闻仲听得咽喉哽／提起公明痛伤心／他打遍芦篷无对手／谁知偏遇小肖升／收了定海神珠去／公明仙山借宝珍／借来宝山金蛟剪／战场之上败燃灯／谁料陆压来会战／此人左道是旁门／他

用钉头七箭书／射死令兄在汤营／公明临死曾吩咐／道袍裏剪在此存／今日当面交贤妹／要为汝兄报仇行／三人走进后营去／灵堂停放赵公明／揭开棺材用目看／但只见二目流血瘦如藤／琼霄痛哭跌在地／碧霄号啕放悲声／不给兄长报仇恨／牛马不如枉为人

白　琼霄、碧霄哭得死去活来。云霄见兄惨景，也止不住两泪交流。函芝仙在旁劝曰："姊妹们哭也无益，明日出阵，拿他几个乱箭穿心，方解心头之恨。"说罢各归就寝。

唱　一夜晚景休谈论／红日东升又明天／三霄麒麟忙打扮／银色道袍身上穿／麻鞋拴定金丝线／姊妹们跨上鸿鹄花翎与青鸾／背上插着太阿剑／各人法宝藏身边／姊妹打扮多齐整／炮响冲出大营盘／一直来到战场上／大叫陆压来会俺／杨戬上篷去通报／战场来了三女仙／坐名要陆压老师去会阵／燃灯一听知其然／陆压说待吾会会她们面／让她们知道天外还有天／说罢提剑把篷下／口作一歌到阵前

歌曰："白云深处诵黄庭，洞口清风足下生。无为世界清盆景，袍袖展动金丹成。"

唱　陆压歌罢打稽首／道友们要见陆压有何言／云霄举目留神看／清风道骨实非凡／琼霄大喝无名辈／射死吾兄为哪般／陆压说只因公明不守分／违反碧游教主言／西岐不是极乐地／自找苦吃惹麻烦／吾是上天来差遣／不斩公明违抗

天／我劝道友回山转／摆脱苦海得自然／说得云霄背着脸／琼霄怒火冲道冠／大喝一声好妖道／杀吾兄长把命填／言罢就是一宝剑／陆压剑迎身不沾／这才是话不投机翻了脸／二人大战在岐山／一个常把教主拜／一个乃是一野仙／一个怒气冲霄汉／一个平静心里安／碧霄一旁气破胆／哪有工夫来纠缠／混元金斗来祭起／此宝厉害非等闲／陆压看见才要走／金斗一舀装里边／金斗一翻人摔下／跌得陆压头昏眩／陆压纵有玄妙术／也被五花大绑拴／捆进营来高吊起／太师一见心喜欢／忙令五百弓箭手／团团围住乱箭穿／五百军士领了令／箭发如雨响连天／谁知箭头不挨体／箭头箭杆化灰烟／碧霄一见把头点／此人道术实非凡／连忙祭起金蛟剪／要夹陆压得道仙／陆压说声吾去也／化道长虹升上天／霎时形影皆不见／长虹一收落篷前／陆压稽首对众讲／贫道告辞要回山／日后再与众位见／众仙小心防混元／不说陆压回山转／又表汤营三女仙／云霄说陆压道行本不浅／箭射剪夹也枉然／琼霄说二次拿住不用箭／先镇符印用枪穿／姊妹们说着天色晚／一宿已过又明天／三霄起来忙打扮／同着彩云函芝仙／五位道姑手提剑／各跨飞鸟到阵前／芦篷下面高声喊／姜尚快快来会俺／杨戬上篷去禀报／叫声师叔请听言／五个道姑篷下喊／要会师叔有话谈／子牙闻报不怠慢／站起身来把令传／众位弟子随我去／篷下去会五道仙／说罢上了四不像／门人依次各排班／一直来到战场上／见一人在前跨青鸾

诗曰："头挽道箍杨柳腰，淡扫蛾眉仙风高，身有奇术多玄妙，三仙岛内女英豪。有人问我名和姓，公明大妹叫云霄。"

白　子牙上前打稽首曰："仙姑请了！请问众位仙姑，到此为了何事？"云霄曰："姜尚！吾兄赵公明乃得道之人，你为何用钉头箭书，将他射目穿心而死？其心何忍？"子牙曰："令兄不遵师言，逆天行事，触犯天条，姜尚不过是代天行罚，以戒后人耳。"

唱 云霄闻言怒冲冲／骂声姜尚老渔翁／射死吾兄还有理／说此大话吓顽童／说罢提剑当头砍／子牙剑架两相攻／一个为兄把仇报／一个代师把神封／旁边恼了黄天化／双锤一摆到阵中／碧霄催鸟来接住／少年将军对女红／一个师传性刚勇／一个烈火借狂风／杨戬催马来助战／银枪舞动花一蓬／云霄驾鸢来接住／犹如猛虎斗蛟龙／云霄怀中法术妙／杨戬八九有玄功／一个仙传艺出众／一个枪法算英雄／银枪使开龙戏凤／宝剑舞动虎跳冲／碧霄抵住天化战／半斤八两一般同／函芝仙子旁边看／天化年少力无穷／取出戮目珠在手／瞄准天化双目瞳／一点寒星来得快／天化眼瞎倒栽葱／金吒奋勇来抢救／救回天化转芦篷／杨戬云霄正争斗／子牙神鞭起半空／响亮一声来打中／云霄落鸢化清风／杨戬又祭哮天犬／咬住碧霄左前胸／连皮带袍撕一块／这碧霄护痛败走转营中／彩云一旁无名动／黑袋一抖起狂风／飞沙走石来得猛／刮得天摇与地动／函芝戮目珠祭起／子牙双目血流红／两眼紧闭红又肿／拔骑败阵转芦篷／琼霄催鹄杀来到／杨戬挡住不放松／边战边走退篷上／一场混战乱轰轰／燃灯篷上来看见／说它是戮目珠子伤眼瞳／忙取丹药来涂上／霎时止痛眼不红／不言芦篷众人事／且表三霄转营中／云霄说我本是不愿来伤你／反挨一鞭想不通／琼霄旁边来撺弄／姐姐慈悲为哪宗／几乎反被他暗算／九泉之下见长兄／新仇旧恨一起算／不杀姜尚不回宫／云霄点头说有理／就是师伯也不容／忙取丹药来吞了／即便开言叫闻兄／挑选六百长大汉／画符藏在他头中／摆下一个黄河阵／吾自训练巧用功

白 太师闻言，忙选六百名大汉交付云霄。云霄画符贴在士兵头上，各自手执旗幡，每日操练。但见得有诗为证：

诗曰："九曲黄河浪滔滔，阴风杀气万千条。烟波水面云雾绕，神仙进阵魂魄消。"

唱 太师即便开言问／此阵究竟有何能／云霄说此乃教主亲传授／奥妙无穷变化精／内按三才与八卦／开死门来闭生门／就是神仙走进阵／损他元气消他魂／天门封闭失根本／纵然成仙变凡人／若是凡人走进阵／四肢立刻化尘土／太师闻言心大喜／贤妹连连口内称／平西全仗黄河阵／定能一战把功成／云霄天天勤操练／井井有条练得精／虽然才有六百汉／胜过万马与千军／操练熟悉布好阵／姊妹打点去出阵／各坐飞禽到阵上／叫一声姜尚快来会我们／杨戬报到芦篷去／师叔不住口内称／三霄今日又叫战／坐名师叔会她们／子牙闻报传军令／众位门人随我行／众人到了战场上／云霄开言把话云／你我都是教门友／何必争战费精神／吾今摆下一小阵／你可前去看分明／若是你等能破阵／吾誓回山永埋名／杨戬说今日是叫把阵看／不可暗器来伤人／碧霄说吾等绝不像你样／暗放哮天咬我们／杨戬众人把气忍／保定师叔看阵门／上书九曲黄河阵／军士不多六百名／只见阵中杀气滚／开九门来闭九门／子牙看罢抽身转／云霄开言把话云／你可知道是何阵／子牙说九曲黄河写得清／碧霄手指杨戬骂／看你今日再逞能／杨戬气得火冲顶／吾还怕你这贱人／碧霄闻言怒难忍／面浮桃花起红云／提剑飞来取杨戬／杨戬枪架两相争／一个根深剑如雨／一个基厚枪飞腾／云霄旁边心大怒／闻你八九玄功能／混元金斗往空起／金光万道夹雷鸣／就把杨戬舀进阵／抛进黄河阵中心／金吒一见心大怒／胆敢把吾道兄擒／迈步提剑当头砍／琼霄接住又相争／一个肉体成仙圣／一个将来进封神／进阵遁龙桩祭起／云霄一见发笑声／此种小物吾何惧／混元金斗往上迎／云霄用手指一指／遁龙桩落斗中存／云霄口内呼宝贝／拿去金吒不见人／一同丢进黄河阵／木吒一见大喝声／妖妇敢伤吾兄长／一剑劈来不容情／碧霄提剑来抵住／谁肯轻轻让过人／木吒肩头只一晃／吴钩宝剑半天云／碧霄一见哈哈笑／小辈焉敢显才能／把手一招剑落地／木吒一见掉了魂／云霄又祭混元斗／拿去木吒泡河心／子牙催骑才要走／云霄金斗飞来临／子牙忙把杏黄展／万朵金莲护住身／抵住金斗不能下／云霄一见吃一惊／子牙忙催四不像／逃回篷上见燃灯

白　子牙对燃灯曰："云霄所用之宝甚是厉害，杨戬众人被她拿去，如之奈何？"燃灯曰："此乃混元金斗，这一番才是众道友的劫数。根深者尚且无妨，根浅者恐削其道。"子牙闻言，心中惊惧。众道友默默静坐，人人面带忧色。

唱　不言篷上来议论／又表云霄姊妹们／一日连擒人三个／泡在黄河受灾星／中军来对太师讲／太师闻言喜十分／贤妹们法力无边人钦佩／哪怕玉虚众徒们／吾伐西岐一年整／未曾拿得一个人／杨戬他有玄功妙／今日束手也被擒／吩咐左右摆酒宴／吾与贤妹饮杯巡／云霄说再等擒了那姜尚／吾等告辞归山林／那时才饮庆功酒／此时滴酒不沾唇／说罢辞别出帐外／三霄各自上飞禽／一直来到芦篷下／坐名要会老燃灯／燃灯芦篷来看见／开言叫声道友们／今日排班去会阵／小心之上加小心／说罢提剑把篷下／十二道友随后跟／子牙跟着也来到／一字摆开十四人／云霄一见燃灯到／只见他道貌新奇品格清

诗曰："乾坤二目双髻扎，紫色道袍绣莲花。仙风道骨眉目秀，顶上灵光闪精华。灵鹫修炼长生道，蟠桃会上一佛家。"

唱　燃灯上前打稽首／道友连连口内称／三仙岛是乐清静／修个长生不老身／为何来此是非地／不念慈悲染红尘／昔日签押封神榜／你们也曾在宫廷／云霄即时开言道／燃灯你是明理人／吾兄也是仙家份／不该用箭穿他心／先是你们不守分／欺负我教太不仁／吾已打好主意定／不必多言费口唇／前面摆下一小阵／谁敢来闯我阵门／燃灯还未来言论／恼了太华山上人／赤精子仗剑走出阵／作歌一首给她听

歌曰："太华山上卧白云，明月清风处处生。袖里乾坤能装下，笑拨琴弦弹古今。"

白 赤精子歌罢，大呼曰："云霄！你不听忠告，要和你兄赵公明一样下场。"琼霄闻言，气冲牛斗，将鸿鹄一拍，仗剑直取赤精子。赤精子将剑架过，一场大战。

唱 这才是话不投机怒气高／二仙阵前逞英豪／一个是千年修炼三仙岛／一个是万载念经把香烧／剑去只见火星冒／剑来寒气光一条／二人正在来交战／一旁恼了这云霄／混元金斗来祭起／霞光万道空中飘／便把赤精子一舀／竟往黄河阵里抛／任你大罗神仙体／金斗之下也难逃／这旁恼了广成子／提剑上前刺碧霄／碧霄将剑来架过／二人阵前把手交／成子说黄毛丫头不害臊／不遵师命犯天条／碧霄说闻你玉虚先学道／看你今日哪里逃／不过战上三两合／广成子翻天神印空中抛／云霄一见微微笑／混元金斗往上飘／翻天印落在金斗内／成子一见魂魄消／云霄二祭混元斗／舀去成子往河抛／云霄大叫谁来斗／黄龙真人怒火烧／提剑跨鹤冲来到／劈头一剑不容绕／云霄宝剑来架倒／二人战场论低高／云霄又祭混元斗／依然拿去泡河涛／一边怒了清虚道／太乙真人怒冲霄／玉鼎真人也上阵／三位上仙战三霄／战场只听兵器响／日色昏暗起狂飙／云霄又发混元斗／大罗金仙也难逃／霞光一闪齐拿住／丢在黄河齐不饶／惧留孙心中无穷怒／手提宝剑刺云霄／云霄催鸾来抵住／彼此不饶用狠招／留孙说自古行恶有恶报／只怕人饶天不饶／云霄说只要能把兄仇报／生死拼着命一条／留孙腰间取出宝／捆仙绳子往上抛／云霄飞起混元斗／仙绳落斗声悄悄／混元金斗又一绕／拿住留孙不能逃／依然丢进黄河阵／千年道行一瓜瓢／道行天尊心火冒／灵宝法师怒气高／大喝一声齐来到／宝剑双飞奔三霄／碧霄琼霄剑架到／你来我往把兵交／云

霄一旁心暗想／一个也不放他逃／忙把混元金斗祭／金光彩气万千条／拿住道行和灵宝／黄河里面受煎熬／三霄战场显威武／燃灯只是把头摇／忽听后面一声喊／冲出三人喝三霄

白　文殊、慈航、普贤三人，见三霄逞狂，心中大怒，冲至阵前大喝曰："云霄！恐你乐极生悲，大难临头。"云霄一看，认得是文殊、慈航、普贤三人。

唱　云霄抬头仔细看／认得是文殊慈航与普贤／昨日姜尚用箭书／射死吾兄好惨然／你们也是旁眼看／要拿你们报仇冤／琼霄双目鼓杏眼／何必与他熬舌尖／提剑照着文殊砍／文殊剑架两相还／碧霄也把鸿鹄拍／宝剑飞来取普贤／慈航提剑来助战／云霄愤怒催青鸾／这才是三霄对着三大士／六人大战在岐山／这三个碧游宫中苦修炼／那三个玉虚宫内坐蒲团／只因为纣王无道天下乱／才使得神仙犯戒受熬煎／这三人只为兄长把仇报／那三人开完杀戒得成仙／堪堪战有六七合／恼了慈航与普贤／普贤飞起吴钩剑／慈航清净瓶朝天／云霄忙起混元斗／凭空拿住三上仙／对着汤营只一抖／三大士抛入黄河阵里边／云霄对着燃灯喊／报仇雪恨在今天／说罢将斗来祭起／要拿那燃灯子牙二大贤／子牙忙把杏黄展／莲花朵朵冲云端／抵住金斗不能下／云霄惊呆老半天／即忙收了混元斗／老燃灯化阵清风走如烟／子牙也拍四不像／败阵回篷心胆寒／不说二人败回转／阵前三霄心喜欢／十二大仙齐拿住／闭了天门封泥丸／太师压阵来看见／喜上眉梢笑开颜／吩咐打起得胜鼓／三霄闻听转回营／回进营中来坐下／太师接着问一番／多亏贤妹法力大／拿了昆仑十二仙／不知如何来处置／云霄听后便开言／他们困在黄河阵／千年道行化灰烟／再擒燃灯与姜尚／我三人功果圆满转仙山／太师闻言心大喜／感激贤妹法无边／云霄私对二妹讲／恐咱们擒虎容易放虎难／琼

霄说姐姐为何生慈念／难道你忘了子牙打神鞭／他倒不曾来行善／我们也不积善缘／不言姊妹来谈论／又表那燃灯子牙心不安／燃灯说吾今要往昆仑去／问明师尊再回还／说罢沐浴把衣换／化身清风奔仙山／凡人行程数月整／仙家妙用眨眼间／按住遁光来落下／飘飘落在玉虚前／燃灯不敢擅入内／只得等待一时间／鹿角鹤童走出外／燃灯一见走上前／烦你去把老师禀／燃灯求见在外边／童子说老师已往西岐去／随带着白鹤师兄南极仙／燃灯闻言抽身转／急驾遁光到篷前／上篷来对子牙讲／掌教老师已离山／你我赶快摆香案／迎接圣驾不迟延／正言间空中一派仙乐响／异香扑鼻现金莲

诗曰："混沌从来道德奇，全凭玄里玄妙机。天子地丑吾掌教，黄庭两卷渡群迷。阐教法场真教主，元始天尊离玉虚。"

白　燃灯与子牙听见空中仙乐一派，立即净手焚香，跪于道旁，齐声曰："弟子不知老师驾临，有失迎迓，望师尊恕罪。"天尊下了沉香辇，白鹤童子手执三宝玉如意，南极仙翁手执羽扇，随天尊缓缓上篷坐下。燃灯与子牙又拜于座前："愿老师圣寿无疆！"天尊曰："尔等平身，站立两旁。"子牙曰："三仙摆下黄河阵，将众道友困住，望老师大发慈悲，进行搭救。"元始曰："吾已知之，等大师兄到来，再行商议。"

唱　天尊默默来静坐／子时头上现庆云／五色祥光空中映／金灯万盏照日明／云霄阵中来看见／不由心下吃一惊／开言便对二妹讲／师伯今天到来临／吾本不愿把山下／二妹坚持偏要行／无奈随同来到此／一念之差动无名／愤怒摆下黄河阵／困陷玉虚门下人／如今好拿不好放／惹动师伯到此行／琼霄即便将言论／姐姐你也太小心／吾等各教归各教／他又不是我师尊／自古常言说得好／树

怕剥皮人怕横／如今此阵已摆定／管他师尊不师尊／打人不如先下手／如何还要讲人情／不说姊妹在谈论／且表掌教老天尊／次日清晨传旨令／开言便叫南极星／收拾九龙沉香辇／吾去阵内走一巡／南极仙翁不敢慢／燃灯引道往前行／子牙跟随把篷下／来到阵前喝一声／白鹤童子高声叫／三霄快来接师尊／三霄闻听走出阵／玉虚欠身把礼行／弟子无礼望恕罪／琼霄碧霄不开声／元始说你们摆下黄河阵／已是你们劫数临／你师尚不违天命／你等胡行罪不轻／你们自进阵中去／吾也进阵看分明／三霄闻言走进阵／上了八卦台中心／元始坐在飞来椅／九龙香辇起祥云／离地二尺冉冉起／走进阵来看分明／只见众人躺在地／二目微闭脸发青／天尊点头自嗟叹／千年道行一旦倾／天尊心中实不忍／拨骑正要出阵门／函芝彩云来看见／戮目珠子下无情／一珠朝着元始打／珠到眼前化灰尘／函芝彩云忙退下／元始徐徐出阵门／来到芦篷身坐定／燃灯开言问师尊／老师今日进阵去／不知众位是何情／元始当即回言道／三花削去闭天门／也是天数来注定／千年功夫枉修行／燃灯随即将言禀／老师何不破阵门／元始闻言微微笑／吾虽执掌阐教门／还有师兄未曾禀／禀过师兄方可行／正言之间牛声叫／太上老君驾来临／元始下篷来迎接／老君下牛笑吟吟／老君来破黄河阵／且看下章说分明

第八章　老君元始破黄河　绝龙岭闻仲归天

诗曰："混沌未开我为先，轻者上浮为青天。度得轩辕升仙境，骑牛画符过函关。"

唱 二位圣人芦篷坐／元始开言把话云／只为八百年天下／惹动道兄也来临／老君说三仙童子不守分／众位门人受灾星／也是西岐出仁圣／你我才来走一巡

白 老君问元始曰："你可曾进阵走走？"元始曰："昨日无事，吾进阵看来。"老君曰："你昨日进去，就破了罢。"元始曰："等师兄驾到，一同去走走也好。"老君点头称是："明日我们破了此阵，免误拜将之期。"

唱 不表二仙在谈论／又表汤营姊妹们／三霄抬头观仔细／空中出现一玲珑／玲珑宝塔空中闪／五色豪光照乾坤／云霄一见心胆战／开言便把二妹称／太上老君也来了／这事如何去进行／碧霄当即开言道／管他谁来不要惊／妹要报了兄仇恨／纵死九泉也甘心／明日阵中将他会／不像昨天那情形／云霄回言说不妥／琼霄说不要小怪与大惊／进阵就祭金蛟剪／然后再祭混元珍／不怕他长生不老体／混元金斗不认人／不言三人暗设计／又表芦篷老天尊／老君说今日去破黄河阵／不可久住染红尘／一声回言说有理／传旨今日破阵门／一声上了沉香辇／老君跨牛一同行／燃灯前面把路引／后跟着白鹤童子南极星／一直走到黄河阵／白鹤童子大叫声／三霄赶快来接驾／只听阵内响钟声／三霄提剑走出阵／立而不跪站阵门／老君一见大喝道／无知毛童骂几声／你师见我还稽首／尔等胆大乱胡行／碧霄说吾等拜的通天主／不知玉虚八景门／童子喝声好大胆／赶

快进阵莫迟停／三霄提剑把阵进／老君元始随后行／众弟子跟随走进阵／二位天尊看分明／只见众人昏昏睡／三花尽去闭天门／老君看见点头叹／千年道行化灰尘／今日一旦成画饼／三花剥去变凡人／老君正在来观阵／台上琼霄看得清／连忙祭起金蛟剪／两条蛟龙空中腾／对着老君来夹下／老君道袍袖中伸／蛟剪犹如一菜子／落入袖中不见形／云霄忙祭混元斗／要想来舀李老君／李老君丢起风火蒲团去／裹住金斗不能行／忙命黄巾勇力士／带到玉虚宫内存／云霄一见收宝去／面浮桃花起红云／大叫一声气杀我／仗剑来取李老君／老君抖开乾坤袋／装了云霄不见形／又命黄巾并力士／押她回宫听处分／黄巾力士领法旨／押着云霄转宫门／琼霄见姐被擒去／飞剑来取掌教尊／白鹤童子心大怒／大骂无知小畜生／祭起三宝玉如意／打下飞剑落埃尘／随手又是一如意／正中琼霄脑顶门／琼霄一跤倒在地／呜呼哀哉命归阴／碧霄一见怒冲顶／二位姐姐丧了身／也把飞剑来祭起／要伤元始大天尊／白鹤童把如意打／飞剑落地起尘灰／元始袖口只一抖／取出一盒在手心／用手一抛腾空起／起在空中放光明／活把碧霄喝进去／化为血水无影形／三位道姑已丧命／跑了函芝与彩云／老君发雷空中响／震动受困众门人／一齐起来伏在地／拜谢师尊救命恩／二仙破了黄河阵／带领众人出阵门／来到芦篷身坐下／众位弟子两边分／元始天尊把话讲／众位弟子听我云／顶上三花被削去／消了五气走元神／尔等静心重修炼／不可轻易起杀心／姜尚还有四九难／你们轮流护他身／赐尔等纵地金光法／往来保护不迟停／天尊诸事安排定／回头又唤南极星／在此去破红沙阵／我与道兄转玉京／言罢二仙把篷下／众人焚香跪尘埃／不说二仙回宫转／又说芦篷高上人

　　白　燃灯对众道友曰："蒙两位老师大发慈悲，救了众位道友。如今红沙阵内，还困住三人。此阵是福寿之人方能破得，烦请南极寿星前去走一遭。"南极答曰："老朽愿往。"随带白鹤童子下篷而去。

唱 南极仙翁到阵前／白鹤童子喊连天／大叫一声老张绍／伸颈受戮把刀餐／张绍阵内来听见／打开阵门看一番／看见仙翁手摇扇／沉香拐杖步连环／开言便把仙翁叫／你是长命大罗仙／为何要把红尘染／可惜你修炼五千年／仙翁回言不必讲／只为你作恶太多端／吾今特来破你阵／救回紫微掌兵权／张绍闻言心大怒／仗剑来取南极仙／白鹤童子来接住／二人大战在阵前／张绍提剑对面砍／童子如意车轮翻／张绍说小小扁毛敢来战／童子说死在临头出狂言／堪堪战有三五合／张绍催骑败阵还／白鹤童子随后赶／仙翁跟着在后边／张绍忙把法台上／手抓红沙看端的／朝着仙翁头上撒／老南极哪把红沙放心间／取出五火十禽扇／一扇红沙化硝烟／张绍忙用一斗撒／犹如下雨似一般／仙翁一连几扇子／红沙化灰不沾边／白鹤童子来看见／三宝如意飞半天／落来正中张绍背／一跤跌倒地平川／白鹤童子用剑砍／张绍一命丧黄泉／灵魂不往别处去／封神台上走一番／要等太公封神位／千年得受一炉烟／南极举目四下看／又只见逍遥马死在坑边／红沙盖着武王脸／哪吒雷震闭目眠／仙翁发雷空中响／震醒了哪吒雷震二小仙／二人一跃上坑站／抬头看见南极仙／知是昆仑来搭救／二人倒身拜面前／南极便把雷震叫／快救武王莫迟延／你背武王上篷去／自然得救转回还／雷震忙背武王体／风雷二翅起半天／来到芦篷把尸放／子牙一见好惨然／哭声我主受灾难／未坐龙廷归九泉／燃灯旁边开言道／此乃紫微受熬煎／百日灾难今已满／贫道救他转回还／取出丹药用水化／剑撬牙关送腹间／少时武王睁开眼／揉揉二目见青天／燃灯说贤王该有百日难／今日难满已平安／贤王请回皇宫去／不久拜将进五关／武王忙辞众仙驾／回宫修养理朝班／不说武王回宫转／又表芦篷众道仙

白 燃灯对众道友曰："十绝阵已破完，只剩闻仲一人，不需要众仙在此，只留下几位帮助子牙行事。其余诸位，请回山罢！"众仙闻听，除留下者外，一一陆续回山去了。南极仙翁也告辞回玉虚而去。

唱　燃灯当时开言道／广成子你上前来听我言／你往桃花岭上去／阻挡闻仲不放还／任凭闻仲走哪里／不准他进佳梦关／广成子领令下篷去／燃灯又对赤精言／你今速往燕山去／阳关大道把路拦／你把闻仲来挡住／不准他进氾水关／精子领令下篷去／云中子炼好通天神柱到此间／上篷来对燃灯讲／通天神柱已炼完／燃灯闻言心大喜／你就往绝龙岭上走一番／随带紫金钵盂去／不许闻仲遁上天／云中子辞别出帐去／燃灯又对慈航言／你把定风珠拿起／阵前可破函芝仙／吩咐已毕忙拱手／子牙公贫道事情已办完／交还兵符与令箭／贫道告辞要回山／不说燃灯回山转／又把汤营太师言／一见破了黄河阵／红沙阵主命归天／为我连累众道友／公明姊妹丧黄泉／我闻仲受享朝廷君恩大／先帝托孤不等闲／唯有一死来报效／耿耿忠心可对天／正在营中来嗟叹／忽听周营炮声喧／提鞭跳上麒麟背／后跟着邓辛张陶将四员／两个道姑也上阵／本是彩云函芝仙／一同出营到阵上／只看见周营对对旌旗幡／五色神牛上坐着黄飞虎／南宫适大刀鬼神寒／前有哪吒和杨戬／黄天化威风凛凛正少年／还有辛甲和辛免／姜子牙提着打神鞭／太师看罢睁圆眼／一鞭打来不容宽／天化催骑用锤架／两个麒麟上下翻／杨戬催马来助战／汤营冲出函芝仙／哪吒蹬轮杀来到／彩云接住战一团／飞虎抵住邓忠战／南宫适大刀战辛环／两边战鼓咚咚响／儿郎士卒勇争先／这场恶战非小可／刀光剑影透心寒／纣王无道民涂炭／四路诸侯起狼烟／杨戬枪法如雨点／杀得函芝两膀酸／忙将黑风袋子抖／黑风恶气布满天／慈航道人走出阵／定风珠子拿手间／珠子一晃风自散／现出朗朗一晴天／子牙忙把神鞭祭／玉虚宝贝实非凡／一鞭正中函芝顶／脑浆喷出丧黄泉／彩云仙子抬头看／哪吒一枪中左肩／彩云一跤倒在地／哪吒复又一枪穿／邓忠抵住飞虎战／武成王不把邓忠放心间／神枪使出龙离海／杀得邓忠口吐烟／飞虎大叫枪来了／枪挑邓忠落马鞍／太师抵住天化战／眼见三人命归天／虚晃一鞭催骑走／张节陶荣败阵还／子牙一见全得胜／鸣金收转众将官／来到帐中身坐下／慈航告辞回仙山／不表慈航回山转／子牙帐中把话言／闻仲连败军心乱／今晚劫营把功全

白　子牙对众将曰："趁闻仲兵败，今晚劫营，定成大功。哪吒、黄天化、雷震子，你三人往西岐山东南西三面埋伏，等候闻仲败兵到来；黄飞虎领兵五千冲闻仲左营，烧他粮草；其余众将，跟随我冲他中军。"

唱　不言子牙安排定／又表闻仲败进营／函芝彩云已丧命／四将之中少一人／想当初东海北海我平定／这时候小小西岐费尽心／太师正在暗思忖／又只见杀气股股透天庭／三个金钱求八卦／知是子牙来劫营／坐在中军传将令／张节陶荣守左营／辛环把守右营寨／老夫独自守中军／吉立余庆守粮草／看他子牙怎调兵／众将领令各准备／不敢松懈半毫分／耳听谯楼三更鼓／周营大炮震天庭／子牙身坐四不像／金木兄弟随后跟／大喊杀进中军去／太师提鞭到来临／挡住子牙大交战／灯笼火把照眼明／太师说你把算盘打错了／吾已等你几时辰／子牙说你败了一阵又一阵／何颜再进午朝门／不言中军大交战／黄家人马进左营／一齐杀进牛皮帐／张节陶荣抵相争／飞虎本是马上将／神枪使动鬼神惊／天祥小将更猛勇／将门之子显才能／对着陶荣一枪去／枪挑陶荣落马心／张节一见势不好／扬鞭打马去逃生／飞虎杀到中军帐／围住闻仲在垓心／南宫适闯进右营去／辛环接住大交兵／宫适周营是名将／辛环武艺也超群／杨戬杀进后营去／吉立一见掉了魂／此人道术多玄妙／吾等不敢与他争／管他粮草不粮草／催马加鞭跑不赢／杨戬一见人走尽／粮草堆上用火焚／正值晚风吹得紧／风助火威烈焰腾／太师被困中军内／忽见后营烈焰升／大叫一声气杀我／几乎坠下墨麒麟／周营又把神鞭祭／打中闻仲后背心／太师急忙催骑走／做了逃灾躲难人／辛环看见难取胜／肉翅一展往空腾／保着太师往南走／子牙追赶十里程／大呼三军快投顺／纣王无道害黎民／凤鸣岐山出圣主／武王仁德是明君／军士听得说是理／倒戈投降数万人／子牙一见心欢喜／一棒鸣锣收转兵／太师败走岐山下／扎下营寨清点兵／人

马损失数万整 / 又死陶荣一将军 / 粮草十万被烧尽 / 军心慌乱怎久停 / 开言便把辛环问 / 此去何处可屯兵 / 辛环说前面就是桃花岭 / 可往佳梦关上行 / 太师闻言忙传令 / 前往岭上莫迟停 / 方才走上岭冈去 / 但只见一面黄幡挂树林 / 幡下站着一道者 / 大呼闻仲哪里行 / 太师见是广成子 / 开言便把道兄称 / 闻仲要回佳梦去 / 道兄在此为何因 / 成子说贫道奉了燃灯令 / 在此等你多时辰 / 条条大路都可走 / 此路不能放你行 / 太师闻言心火滚 / 广成子欺我闻仲似孩婴 / 敬酒不吃吃罚酒 / 提鞭催开墨麒麟 / 手执金鞭当头打 / 成子剑架两相迎 / 成子说你可往正东大道走 / 太师说吾偏要往此路行 / 来来往往三两合 / 成子祭起宝和珍 / 便把翻天印祭起 / 太师一见着一惊 / 拨转麒麟往东走 / 辛环张节随后跟 / 辛环便把太师问 / 为何败退这样惊 / 太师说怕翻天印 / 厉害无比恐伤身 / 如今要往何处走 / 辛环说不如退往燕山行 / 过了燕山到氾水 / 韩荣守关可屯兵 / 太师传令催兵起 / 绕过燕山再调停 / 晓行夜住来得快 / 太华山在面前存 / 方才走进燕山地 / 又见黄幡插一根 / 幡下又站一道者 / 太师认得是赤精 / 赤精子幡下一声喊 / 哪里来的马和人 / 此乃修行清静地 / 人马哄乱败山林 / 太师说吾今要往氾水去 / 道兄挡吾为何因 / 赤精说玉虚已经有符令 / 不准你往燕山行 / 要走哪里任随你 / 要过燕山万不能 / 太师一听心火起 / 提鞭催骑取赤精 / 赤精子宝剑来架住 / 燕山脚下大交兵 / 赤精子说看来你也天数定 / 太师说欺吾太甚不容情 / 又战三两回合上 / 赤精子怀内取奇珍 / 怀中取出阴阳镜 / 太师一见掉了魂 / 手拍麒麟跳出外 / 一磕坐骑走如云 / 辛环张节来赶上 / 即便开言问师尊 / 两条道路不能走 / 不如仍走旧路程 / 再从黄花山下走 / 青龙关去再调兵 / 太师说吾一人可以遁回去 / 无奈拖有马和人 / 再往青龙关上去 / 休兵积粮再出征 / 说罢起兵往西进 / 仍走黄花大路行 / 方才进了黄花岭 / 忽听号炮响一声 / 哪吒蹬轮来挡住 / 大呼闻仲休回兵 / 此处就是你坟地 / 有来无回枉费心 / 太师一听重重怒 / 无知小辈欺朝臣 / 提鞭催骑飞来取 / 哪吒尖枪对面迎 / 太师忠心扶纣主 / 哪吒赤胆

立功勋／张节辛环怒难忍／吉立余庆似火焚／大喝一声齐围住／围住哪吒在中心／哪吒奋勇使本领／尖枪舞动有风声／大喝一声枪来了／刺死吉立倒尘埃／又把乾坤圈祭起／圈打张节落鞍心／太师无心来恋战／夺路走脱奔前程／哪吒大喝众军士／战者死来降者生／军士齐声愿归顺／降了一万有余零／哪吒一见心欢喜／带领降兵转西城／不表哪吒回城转／又表太师一段情／扎下人马来查点／只剩伤残数百人／又死吉立张节将／太师摇头痛十分／一轮明月空中挂／引起太师思叹情

白　太师走出帐来，眼望明月，想起征战西岐，连连失利，泪洒胸前，不禁长吁短叹，随口作诗一首。

诗曰："回首青山两泪垂，三军惨凄更可悲。英雄失却凌云志，今日方知战马疲。可恨天时难预料，堪叹人事究何为。眼前颠倒浑如梦，为国丹心总不移。"

白　太师歌罢，正欲回帐歇息，只听一声炮响，人喊马嘶。太师即上墨麒麟，随同辛环余庆，出营观看。

唱　太师出营观仔细／又只见一将威风手提锤／玉麒麟上多雄威／太师一见骂反贼／纣王何事亏待你／你全家造反投西岐／天化闻言气难忍／吾只想剥那昏君皮／我奉丞相的将令／在此擒你把城回／太师闻言心大怒／小辈焉敢把吾欺／手提金鞭当头打／天化锤架冒金辉／余庆辛环双上阵／三人同把天化围／天化英雄多豪气／双锤舞动如雷飞／三人争战多一会／天化出圈把骑催／说声今天难胜你／一抖丝绳败投西／余庆催马随后赶／天化一见中谋机／取出火龙镖在手／回首一镖中眼眉／余庆滚下鞍桥去／悠悠一命往西归／辛环看见怒火起／两

翅一展往上飞／大喝一声吾来了／锤钻一举照头劈／天化把锤往上抵／往上招架多费力／忙把玉麒麟催动／叫声辛环休来追／辛环不舍随后赶／天化一见笑微微／忙取穿心钉在手／瞄准肉翅一钉锥／辛环肉翅被打中／掉落尘埃步如飞／太师一见不能胜／带着残兵往前移／天化得胜多欢喜／也不追赶转西岐／不言天化回城去／又把太师说端的／不由两眼流痛泪／英雄落难被人欺／众小辈得意狐狸强似虎／我好比凤凰脱毛不如鸡／越思越想心越气／天晚扎营暂歇兵／忽听帐外喊声起／有人饮酒把诗吟／太师出来看仔细／只见那山上有人饮杯巡／一个身披道鹤氅／一个头戴盘龙盔／子牙武王山上叫／太师你今落重围／赶快下马来归顺／不失蟒袍身上披／若是执迷不知悔／少时身首两分离／太师听言重重怒／提鞭上山把骑催／一直来到山坡上／只见树木有一堆／太师神目四下望／哪有子牙武王人／忽听一炸雷响起／山下灯笼火把密／眼看山下人拥挤／子牙武王在指挥／不要放走老闻仲／生擒活捉插斩旗／太师听言怒冲顶／姜尚匹夫把吾欺／气冲冲提鞭到山下／只见火把一齐息／人马不知在哪里／只有岩头与坟堆／太师心疑要卜卦／又听山上吼如雷／太师抬起头来看／武王子牙笑嘻嘻／大叫太师失陪了／害你山下山上追／如今兵败到此地／耀武扬威吓唬谁／有何面目转回去／不如投顺把我归／太师一听气炸肺／不杀渔夫誓不回／拍骑又把山来上／气喘吁吁眼发昏／刚才冲到山腰里／雷震子大喝一声似春雷／大叫闻仲休无礼／待吾把你三魂追／说罢就是一金棍／太师连忙把头低／大叫一声不好了／借个土遁跑如飞／雷震一棍来得猛／墨麒麟打成两半身

白　辛环见雷震子打死太师坐骑，心中大怒，大喝曰："雷震子不要走，吾来了！"

唱 辛环肉翅来展动／手提锤钻飞半空／雷震也展风雷翅／二人空中论雌雄／辛环锤钻实骁勇／震子金棍有威风／辛环左翅还在痛／转动不便手放松／震子金棍泰山重／终南宝贝显神通／大喝一声言叫中／棍打辛环落半空／震子冲下又一棍／可怜辛环一命终／雷震一见全得胜／飞转西岐去报功／不言雷震回城转／又表那闻仲败阵走如风／忙将遁光来收住／飘飘落在一山中／倚松靠石来坐下／思前想后泪落胸／要想遁回朝歌去／重振人马定雌雄／还有数百人和马／待吾召齐转关中／想罢迈步把山下／又只见残败人马乱哄哄／太师急忙来召拢／人马无粮腹内空／抬头看见一茅舍／柴门下站一老翁／太师上前打一拱／尊声老叟听从容／吾带大兵平西土／哪知道兵行到此路不通／要借贵庄扎人马／乞助一餐把饥充／老汉说当朝太师来到此／粗茶淡饭礼不恭／太师回答言说重／一饭之德恩无穷／旦等老夫回朝转／报答你雪中送炭情义浓／饭罢连忙辞老叟／恨不得一时三刻到关中／方才行上几里路／见一片树林翠葱葱／有一樵夫坡上站／柴斧砍树响咚咚／太师即便开言问／哪条道路通青龙／这樵夫本是杨戬来变化／要使太师进牢笼／随即用手指一指／青龙关这条小路才能通／太师听得回身走／哪知道尽是小路钻刺蓬／数百残兵都走散／独剩太师老元戎／想老夫南征北讨威名重／到而今损兵折将一独翁／一边叹气一边走／心烦意乱脚步松／不觉来到一岭下／抬头看见几棵树／松树上面挂牌子／绝龙岭三字映日红／闻仲一见抽身转／忽听有人喊道兄／回头见是云中子／太师即便把手拱／道友为何站在此／云中说你深山逢绝命该终／太师闻言哈哈笑／云中子你说此话太愚蒙／五行之术人人会／你欺老夫是孩童／看你怎么拿闻仲／吾看你有甚神通／云中说贫道奉了玉虚令／炼就神火等闻兄／取出通天神火柱／迎风一晃变蛟龙／九龙吐火实凶猛／围住太师在当中／太师一见微微笑／口念真言面从容／大叫一声吾去了／驾着火遁往上冲／云中子紫金钵盂来盖定／杳杳天空变铁铜／太师借遁往上走／哪知天路已不通／头冲钵盂冠落地／披头散发睡火中／此火不是凡间火／十里山坡已烧红／可怜他赤胆忠心老闻仲／三魂渺渺归虚空

诗曰："南征北讨名声扬，忠心赤胆保成汤。纣王荒淫失德政，绝龙岭下老臣亡。雷部正神归了位，铁桶江山一旦丧。子牙登台来拜将，诸侯孟津迎武王。"

白　闻太师灵魂，径往封神台来。清福神柏鉴将引魂幡一绕，想引太师魂魄进台。哪知太师魂魄忠心不二，飘飘荡荡，往朝歌而去。

唱　太师灵魂来得紧／飘飘进了午朝门／纣王鹿台把宴饮／妲己妖艳献殷勤／劝王饮妾一杯酒／歌舞河山庆太平／纣王接酒来喝尽／妲己又把二杯斟／劝王又饮二杯酒／龙体安康永年轻／纣王又把酒饮了／妲己脉脉眼含情／纤纤嫩手又斟酒／口称万岁听妾云／太师平西连得胜／不日定把武王擒／纣王闻言心大喜／御妻为孤太操心／说罢又吃一杯酒／头重脚轻实难撑／将身倒在龙床上／眼蒙眬忽见太师到来临／口称我主休贪睡／闻仲回朝报军情／臣奉圣旨征西土／黄花山收四将军／曾与子牙去会战／哪知玉虚多能人／连战数阵未能胜／臣请道友摆阵门／哪知被他破十阵／赵公明姊妹也丧身／吾昨日遇难绝龙岭／魂魄回来见当今／臣劝主少来鹿台把宴饮／妲己妖言少要听／臣劝主日日设朝理国政／遇事要问众大臣／臣劝主废贬阿谀奉承辈／张榜访贤求忠臣／臣劝主百事要替黎民想／顺天应人国太平／臣劝主多想先王临终语／想想创业多艰辛／陛下若不听臣言／终难免江山社稷属他人／若是昏迷不知醒／少不了摘星楼前一火焚／臣本当再与陛下多谈论／又恐怕天明难转进封神／太师叙完衷肠话／悲切竟往封神台上行／不说太师魂魄转／且表纣王醒转身／睁目留神仔细观／太师何曾转宫廷／身边坐的苏妲己／面如桃花真爱人／开言便把御妻叫／我梦见太师血淋淋／他说征西不能胜／绝龙岭下命归阴／他劝我设朝理国政／要我求贤访忠臣／倘若再被色迷性／摘星楼上自焚身／妲己闻言微微笑／梦中之事哪会真／陛

下时刻想闻仲／梦由心起古人云／太师用兵多年整／何愁不把西岐平／劝主丢开烦恼事／饮酒作乐过一生／说罢又斟一杯酒／王饮此酒压压惊／纣王说道言有理／还是御妻想寡人／不言纣王色迷性／又表残兵报事因／逃回残兵十几个／氾水关上报军情／一直走进元帅府／尊声韩帅听分明／太师死在绝龙岭／三十万人马无一存／韩荣听报魂不在／太师连连叫几声／可怜忠臣不长命／谁做安邦定国人／说罢忙写告急书／付与差官上路程／差官接得书在手／翻身上马奔京城／自古救兵如救火／披星戴月往前奔／饥餐渴饮来得快／进了朝歌帝王城／贤王府中把书递／微子接来看分明／上写太师丧了命／微子顿足呼忠臣／急忙忙报本把宫进／击鼓鸣钟把驾惊／纣王听得钟鼓响／传旨孤王把殿升

诗曰："东打龙凤鼓，西撞景阳钟。银板三下响，文武立西东。"

白　纣王问曰："何事鸣钟击鼓？"微子出班奏曰："臣得韩荣边报，老太师征西阵亡，特来启奏陛下。"纣王曰："孤昨夜得一梦，太师浑身血迹，说在绝龙岭失机身亡，不想果有此事。姬发小儿！孤与你势不两立。"忙问："两班文武，谁人前去征剿？"闪出上大夫王贞奏曰："三山关总兵邓九公屡败南北侯鄂顺，可差此人前去。"纣王大喜，忙传圣旨，差王贞前往三山关，调邓九公兵伐西岐。王贞领旨，径往三山关而去。

唱　不言王贞传旨去／又言拨弄是非人／申公豹听得闻仲丧了命／咬牙切齿恨不平／吾三山五岳游一转／搬几位道友来西征／行往夹龙山前过／见一小童岩上蹲／身高不过三尺五／面如土色一般行／公豹一见这貌相／暗想此人是异人／下虎上前开言问／童子你叫什么名／行孙抬起头来看／见一道人跨虎临／行孙站起施一礼／道者你往哪里行／你是阐教是截教／问我姓名为何因／申公说吾

昆仑学道是阐教 / 闲游五岳访道门 / 我名叫作申公豹 / 令师究是哪一尊 / 行孙听言又施礼 / 原来却是一家人 / 惧留孙是我师傅 / 我名叫作土行孙 / 我在夹龙山学道 / 算来已有一百春 / 公豹说看你相貌非凡品 / 只是难把仙道成 / 还是去享人间福 / 蟒袍玉带受皇恩 / 行孙说多承师叔来指引 / 蟒袍玉带哪里寻 / 申公说你往三山关上去 / 邓九公帐前去投军 / 不知你有何本领 / 行孙回言善地行 / 一日地内行千里 / 公豹闻言喜十分 / 公豹说你师与我同学道 / 他有九根捆仙绳 / 你带两绳下山去 / 何愁富贵与功名 / 行孙回言我知道 / 公豹又往别处行 / 行孙转回洞府内 / 正遇着师父深山采药精 / 行孙连说好时运 / 偷了两根捆仙绳 / 葫芦内又盗丹药三五颗 / 将身一扭不见形 / 不表行孙土内走 / 又表差官小王贞 / 在路行程来得快 / 三山关在面前存 / 上关就进总兵府 / 堂前高站喊一声 / 大叫九公快接旨 / 九公闻言跪埃尘 / 王贞朗念纣王旨 / 九公奉召把西平 / 官加一级封元帅 / 九公领旨谢隆恩 / 接替官是孔宣任 / 九公交代点雄兵 / 太鸾先锋为前部 / 吾儿邓秀副先行 / 孙艳红左营当头领 / 右营总兵是赵升 / 吾掌中军元帅印 / 女儿婵玉也随征 / 点将已毕人来报 / 一矮子求见在辕门 / 九公闻报传他进 / 进来行孙把礼行 / 九公说你来此地因何事 / 行孙说特来与你做先行 / 九公说将令已出难改变 / 你做押粮运草人 / 日后有功再升赏 / 行孙不喜退后营 / 九公吩咐起人马 / 队伍整齐鼓锣鸣 / 一路不准害百姓 / 秋毫无犯军纪明 / 在路行程六七日 / 来到西岐正东门 / 九公吩咐扎人马 / 炮响三声扎下营 / 不说这里安营事 / 又表小军报进城 / 来到相府双膝跪 / 丞相在上听原因 / 邓九公领兵来征讨 / 东门外面扎了营 / 子牙听报开言问 / 黄将军邓九公是何等人 / 飞虎说九公乃是马上将 / 兵法纯熟武艺精 / 子牙笑对众人讲 / 将才易破怕邪门 / 不表西岐来议论 / 次日九公把帐升 / 哪位将军见头阵 / 闪出太鸾正先行 / 末将不才情愿往 / 九公吩咐要小心 / 太鸾答应说知晓 / 随带本部马和人 / 炮响冲来到阵上 / 喝叫巡城众小军 / 快快报与你主将 / 快发能将会我身 / 小军听得不怠慢 / 丞相府内报军情 / 城外一

将来讨战／请令定夺怎施行／子牙听报问左右／哪位将军会来人／旁边闪出南宫适／末将出城把他擒／说罢跳上走阵马／手提大刀冲出城／一马冲来到阵上／喝声来将快通名／太鸾说姓太名鸾就是我／反贼下马受绑绳／宫适闻言哈哈笑／匹夫呀你是无名下等人／你比魔家四将狠／难道更比闻仲能／太鸾闻言心冒火／催马舞刀砍面门／宫适将刀来架住／二马盘旋各退能／一个大刀世无比／一个大刀果有名／一个凤凰双闪翅／一个黑虎来偷心／宫适本是马上将／太鸾也是艺超群／宫适艺高人胆大／太鸾处处在留神／故意回马来败走／宫适大喝哪里行／太鸾把马来带住／反背一刀砍来临／宫适忙将身一闪／刀劈护肩甲一层／宫适吓得魂飞散／急忙拨马败回城／太鸾掌起得胜鼓／一棒鸣锣收转兵／回到营中参元帅／九公说胜负如何说我听／太鸾说今日遇着南宫适／刀劈宫适护肩裙／九公闻言心欢喜／功劳簿上记分明／不言九公心高兴／又表宫适败进城／相府来把丞相见／末将失机败回城／子牙说胜负兵家是常事／二次出阵要小心／不言子牙城中事／次日九公要亲征／传令众将齐上阵／初会子牙要留神／众将回言说遵令／炮响冲出大本营／一直来到战场上／大叫子牙来交兵／军士听得忙去禀／报与丞相得知闻／九公亲自来讨战／坐名要会丞相身／子牙听罢忙传令／众将排班出城门／子牙骑着四不像／众位门人随后跟／摆开九宫八卦阵／子牙大叫邓总兵

白　子牙在门旗下，欠身打躬曰："邓将军，贫道有礼了。"九公催马上前问曰："姜尚！闻你乃昆仑道德之士，为何作反叛之人？吾奉诏兴兵问罪，就该下骑请命，还敢抗拒天兵？"子牙笑曰："将军之言差矣！纣王无道，杀妻灭子，天下皆反，只有将军还替他卖命。我劝将军归顺西岐，以顺应天时，岂不美哉？"九公闻言心中大怒，纵马舞刀直取姜尚。旁有黄飞虎大呼曰："邓九公不得无礼！有吾在此。"将枪架住，一场大战。

　　唱　这才是纣王无道起祸端／四海不宁征战繁／九公马上称好汉／飞虎神枪不虚传／九公说反贼何脸与吾战／飞虎说贤臣择主理当然／九公说纣王何事亏待你／飞虎说君戏臣妻理不端／二人杀得难分解／哪吒看得不耐烦／蹬轮摇枪来助战／围住九公在中间／邓秀大喝吾来了／催马舞刀杀上前／天化也把麒麟抖／双锤便把邓秀拦／太鸾一马杀出阵／武吉接住战一番／赵升提枪杀来到／这边杀出将太颠／孙焰红走马提斧杀出阵／恼了天禄小少年／提枪照着焰红刺／焰红斧架不迟延／一个将军战一个／士卒呐喊震山川／辰时战到巳时候／巳时战到午时间／九公飞虎两平手／棋逢对手是一般／哪吒看见九公勇／随手祭起乾坤圈／圈打九公左肩上／打得骨断筋又酸／大叫一声痛杀我／伏鞍而逃败阵还／赵升一见势不好／把口一张喷火烟／只见一团火出口／烈火飞来烧太颠／太颠脸皮烧焦烂／急忙败走喊连天／两家一场来混战／各自收兵转回还／子牙回城来坐下／忙令医官治太颠／不说西岐城内事／又表九公伤左肩／咬牙疼痛连声唤／骨断筋折实惨然／婵玉来把父亲看／见父受伤心内酸／爹爹安心自调养／女儿替父报仇冤／九公吩咐要仔细／婵玉答应上雕鞍／一直来到战场上／要见哪吒小狗蛮／军士听得不怠慢／去报丞相把话传／有一女将来讨战／乱骂哪吒出恶言／子牙听报眉不展／肚内思量两三番／飞虎在旁开言问／丞相呀为甚面愁不喜欢／子牙说自古行兵有三忌／道人头陀女钗环／哪吒说她既要我去会战／弟子愿去走一番／子牙无奈将头点／谨慎小心记心间／哪吒说不必师叔来忧虑／弟子何惧一丫鬟／说罢提枪把轮上／来至阵前用目观／看她怎样来打扮／有诗一首说端的

　　诗曰："甲胄无双貌如神，娇羞婀娜更多情。只因误落凡尘里，致使先行得一惊。"

　　白　婵玉一见西岐人马出城，催马上前问曰："蹬轮者是谁？"哪吒答曰："吾乃姜丞相麾下李哪吒是也。"婵玉一听是伤父仇人，也不答话，双刀一摆，劈面砍来。哪吒将枪架住，一场大战。要知胜败如何，且看下章分解。

第九章　邓九公征伐西岐　土行孙地行显威

唱　一见仇人眼发红/绣鸾双刀砍喉咙/哪吒尖枪来接住/一男一女各逞雄/哪吒尖枪龙戏凤/婵玉双刀虎出笼/哪吒说你不在绣楼描彩凤/抛头露面来逞凶/婵玉说昨日你伤我的父/今日拿你试刀锋/看看战上七八合/婵玉设下计牢笼/虚晃一刀拨马走/哪吒脸上露笑容/女子原来不经战/不如擒她去报功/想罢蹬轮随后赶/婵玉马上显威风/将刀挂在鞍桥上/五光石头拿手中/扭头一石喊声中/红光一点快如风/一石正中面门上/哪吒粉脸变紫红/霎时脸上就红肿/犹如判官一般同/急忙蹬轮败阵转/来见师叔说从容/女将石头多厉害/弟子败阵转城中/子牙一听心忧闷/又遇一个女英雄/天化一旁开言道/上阵时要眼观四相耳玲珑/却被一石打破脸/下次如何再交锋/一块石头躲不过/哪吒闻言气冲冲/不表西岐城中事/且表那婵玉回营见家翁/女儿今日去出阵/石打哪吒败城中/九公闻言心欢喜/我儿初战就立功/次日婵玉又披挂/来到战场叫交锋/小军听得忙去禀/如实报与姜太公/子牙还未来开口/闪出天化小英雄/弟子愿去把她会/看她石头有多凶/说罢跳上麒麟背/抖开缰绳到阵中/婵玉一见来将到/大叫来将把名通/天化说我名叫作黄天化/青峰山上炼玄功/昨日你伤吾兄长/今日送你上九重/说罢双锤照头打/婵玉双刀对面冲/一个双锤多猛勇/一个双刀快如风/一个为友把仇报/一个只想建奇功/天化双锤百斤重/婵玉力小刀渐松/连忙催马回阵走/叫声天化听从容/今日不能取胜你/你敢追我算英雄/天化想要不追赶/怕只怕哪吒笑我胆小虫/留神催骑来追赶/双锤舞动护头胸/婵玉听得銮铃响/暗取宝石在手中/回头对准黄天化/一点寒星快如风/天化喊声不好了/正中鼻梁冒血红/红脸之上遍发肿/伤行更比哪吒凶/带伤逃回进相府/子牙便问为哪宗/天化一一从头讲/贱人石头快如风/哪吒在旁忙说道/你也该眼观四相耳玲珑/一块石头躲不过/下次如何去交锋/天化听言重重怒/你说此话理不通/哪吒说我将你话还给你/算得地道与天公/二人正在来讥讽/子牙一听带怒容/你二人同为国家出力气/然何为私不为

公／二人闻言自惭愧／从此后还是师弟与师兄／不言二人仍和好／又表婵玉转营中

白　婵玉回营对父帅曰："今日小女出阵，又打伤黄天化。"九公闻言大喜："我儿屡建大功，不愧将门之女。"

唱　夜晚景难表尽／红日东升天又明／次日婵玉忙梳洗／收拾打扮要出征／绣鸾双刀拿在手／翻身跳上马能行／一直来到战场上／大喝巡城众兵丁／快快报与你主将／早发能将会钗裙／小军听得忙去禀／女将又来讨战争／子牙闻报心忧闷／杨戬便对须虎云／此女用石把人打／师兄呀用石要算你最能／你的石头磨盘大／难道把她打不赢／须虎闻言心高兴／待咱去把丫头擒／说罢独脚跳出府／子牙说杨戬掠阵在后行／二人一同到阵上／邓婵玉一见须虎吃一惊／你看他三分人来七分鬼／牛头马面山魈精／战战兢兢开言问／你是鬼来还是人／须虎说放你娘的什么屁／老爷我有名有姓根底深／我名叫作龙须虎／子牙丞相是师尊／听说你会耍石子／比比谁重与谁轻／说罢发了一石去／磨盘石头像车轮／婵玉将刀来招架／石打刀锋冒火星／须虎连发几石去／婵玉招架忙不赢／说声怪物好厉害／拨转马头去逃生／须虎说道哪里走／一拐一跳随后跟／婵玉掉头看得准／回马一石中颈根／龙须虎抱着颈子跳几跳／婵玉二石到来临／一石打在脚杆上／痛得难当十分疼／须虎独脚站不稳／一跤跌倒地挨尘／婵玉回马杀来到／抡刀要砍鬼头精／杨戬大喝休动手／迎面一枪刺来临／婵玉举刀忙招架／这才是粉面女大战二郎神／一个刀来寒光闪／一个枪去火星腾／这个本是将门女／这个自幼去修行／只因殷纣失了政／男争女斗各显能／二人交战十合整／婵玉拨马往东行／杨戬一见微微笑／一块小石有几斤／催开坐马随后赶／婵玉回头看得清／五

179

光石头往后打 / 杨戬反把脸来迎 / 咯喇一声来打中 / 只见脸上冒火星 / 杨戬说我站住你尽打个够 / 伤吾一点算你能 / 婵玉又打一石子 / 杨戬全然不理论 / 吓得婵玉魂不在 / 便要打马去逃生 / 杨戬祭起哮天犬 / 咬住婵玉脖颈筋 / 大叫一声疼杀我 / 连皮带肉去半斤 / 身负重伤逃命走 / 粉脸变为红脸人 / 逃进营中下战马 / 皮开肉绽哼几声 / 九公一见这光景 / 父女双双带伤痕 / 不言九公心忧闷 / 杨戬须虎进了城 / 相府来对师叔讲 / 今日打伤这贱人 / 子牙闻言心稍喜 / 这女子怕是左道与旁门 / 不表子牙心暗想 / 又表九公父女们 / 身带重伤痛难忍 / 众将营中议纷纷 / 主将受伤难取胜 / 西岐恐怕难得平 / 众人正在来议论 / 来了押粮土行孙 / 进帐来把元帅见 / 只见元帅床上哼 / 开言便问因何故 / 九公说与行孙听 / 乾坤圈子伤左臂 / 筋折骨断疼十分 / 行孙回言不妨事 / 吾有丹药医伤痕 / 说罢忙把仙丹取 / 内服外涂果然灵 / 一时三刻止住痛 / 九公感谢土行孙 / 耳听后帐连声唤 / 娇声娇气是女人 / 行孙又问是谁个 / 九公即便说分明 / 那是小女邓婵玉 / 昨日里颈子受伤分外疼 / 行孙回言不打紧 / 有吾在此请放心 / 忙取丹药用水化 / 快扶小姐到前厅 / 行孙与她丹敷上 / 即刻止痛有精神 / 婵玉万福来感谢 / 行孙一见掉了魂 / 貌似月宫嫦娥样 / 秋波带媚眼含情 / 若得此人成婚配 / 战死疆场也甘心 / 开言便对元帅讲 / 明日出战我先行 / 元帅若肯信任我 / 定把西岐一扫平 / 九公心中暗思忖 / 此人一定有奇能 / 口出大言有本领 / 不如改他做先行 / 开言便把太鸾叫 / 你我都是一朝臣 / 吾想调你来押后 / 先行交与土行孙 / 太鸾回言说遵令 / 同是为国立功勋 / 当时解下先锋印 / 交与行孙当先行 / 行孙接印心欢喜 / 主帅面前要逞能 / 次日行孙忙梳洗 / 手提黄金棍一根 / 带领本部人和马 / 放炮出营上阵门 / 一直来到战场上 / 大叫巡营小兵丁 / 快叫哪吒来会我 / 倘若迟延杀进城 / 军士听言忙回报 / 相府说与丞相听 / 有一矮子来讨战 / 坐名哪吒会他身 / 哪吒旁边来听见 / 无名烈火冲顶门 / 弟子去把矮子会 / 子牙说上阵之时要小心 / 哪吒答应我知晓 / 双脚踏上风火轮 / 一直来到战场上 / 空空荡荡无有人

白　哪吒来到战场，只顾看前面，未曾看面前。哪吒心正疑惑时，忽听面前大喝曰：“来者何人？”哪吒低头一看，一矮子站在轮前。哪吒问曰：“矮子到此做甚？”行孙曰：“吾乃正印先行官土行孙是也，今日特来擒你。”哪吒大怒，一枪往下刺来，行孙将棍往上一迎，一场大战。

唱　这才是高汉矮子怒火起／枪刺棍迎冒金辉／哪吒尖枪往下刺／行孙金棍往上劈／哪吒轮上埋腰杆①／行孙步战捡便宜／看他身子多伶俐／跳左跳右不费力／前一棍来后一棍／哪吒渐渐吃了亏／土行孙好似猿猴把果戏／杀得哪吒喘吁吁／想把乾坤圈来祭／哪有空闲忙不赢／行孙一见暗发笑／捆仙绳在手中存／往空一抛金光起／霞光万道甚稀奇／落来捆住哪吒背／一阵风声往上提／辕门前面来摔下／跌得哪吒头昏迷／行孙掌起得胜鼓／一棒鸣锣把营回／进帐来对元帅讲／生擒哪吒在辕门／九公闻言心大喜／推进帐来问端的／左右抬着哪吒进／九公一见骂连声／前日战场多威风／今日然何不发威／哪吒闻言把眼闭／咱不过虎落平阳被犬欺／九公吩咐收监下／要把反贼来捉齐／那时解往朝歌去／名扬四海功第一／不言九公心暗喜／又把败阵残兵提／小军跑回相府去／尊声丞相听端的／今日哪吒去出阵／矮子法术多神奇／只见空中金光闪／活擒哪吒把营回／左右一听心忧闷／哪里来的矮东西／又是一桩稀奇事／叫人怎样不焦急／不表子牙心烦恼／又把汤营行孙提／黄金棍子拿在手／放炮出营步如飞／来到战场高声叫／快派能将会行孙

白　军士听得叫，慌忙跑去报：“矮子又讨战，乱吼又乱跳。个子虽然小，横行又霸道。”

①　埋腰杆：往下弯腰之意。

唱 子牙听得小军禀/肚内思量八九分/还未开言来传令/闪出天化跪在尘/弟子今日去出阵/看看他是什么人/子牙回言要谨慎/天化点头应一声/翻身跳上麒麟背/炮响冲出西岐城/一直来到战场上/大喝矮鬼土行孙/你玩什么鬼把戏/昨日把吾道兄擒/说罢银锤当头打/行孙铁棍往上迎/一个打的上三路/一个只打下三层/天化虽是英雄将/搞得一身汗淋淋/行孙只往坐骑打/天化舞锤护麒麟/由上往下难施展/行孙跳动身子轻/仅仅战到几合上/累得天化忙不赢/行孙又把仙绳祭/一道金光要拿人/落来捆住黄天化/活活拖下玉麒麟/行孙打起得胜鼓/生擒天化进汤营/进帐来对元帅讲/今日又把天化擒/九公心中多高兴/依然监押在后营/小军推进天化去/同关哪吒一牢门/哪吒一见天化到/你也同样被他擒/天化气得双脚跳/哪吒解劝说一声/师兄暂且来忍耐/着急枉自费精神/不说二人同遭困/又表残兵报事因/跑进相府来禀报/天化又被矮子擒/子牙听得如此语/悠悠顶上失三魂/不说子牙心烦闷/回文又表土行孙/元帅面前说大话/明日要把子牙擒/九公闻言更欢喜/忙排酒宴待行孙/九公说将军如此好本领/何愁西岐不早平/吾有小女名婵玉/愿许将军结朱陈①/一句话儿不打紧/行孙跪下岳父称/明日小婿去出阵/一定要把子牙擒/饮罢酒宴各归寝/次日行孙又出征/一直来到战场上/快叫子牙来交兵/军士听得忙去报/矮子又来讨战争/坐名要会丞相面/子牙闻报传三军/今日一齐去出阵/看看矮子有多能/说罢上了四不像/众将一齐随后跟/一齐来到战场上/看见行孙笑死人/明明是个小孩子/身高不满四尺零/子牙说你小小毛童不守分/为何阵上乱拿人/行孙说今日还要来拿你/把你拿住我功成/说罢提棍就来打/子牙宝剑往下迎/行孙步战多伶俐/子牙骑上难转身/年高之人难往下/累得手忙心又惊/行孙专打四不像/子牙剑架汗淋淋/看看战上六七合/行孙又祭捆仙绳/说时迟来落时快/绳子捆住子牙身/鞍桥上面坐不稳/一个翻身

---

① 朱陈：指婚姻。

滚埃尘／行孙正要提棍打／慌坏西岐众将军／一齐冲出来抢救／才把子牙救回城／杨戬在后看得准／此乃是师伯用的捆仙绳／前日曾破地裂阵／捆绑赵江是此绳／相府来把师叔看／绳子嵌肉二分深／众人无法把绳解／刀割绳索子牙疼／众人正在为难处／白鹤童子到来临／走进相府忙行礼／师叔连连口内称／奉师法旨持符印／来解师叔捆仙绳／师伯绳上贴符印／用手一指绳脱身／子牙朝着昆仑拜／拜谢师尊慈悲恩／童子告辞回宫转／杨戬说与叔叔听／此绳原是仙家宝／惧留孙师伯有此绳／前日曾把赵江捆／却为何反落矮子他手心／不表二人来议论／又说行孙转进营／进帐来对元帅讲／今日已把子牙擒／只因他人多势众抢回去／仙绳捆住难脱身／九公闻言心大喜／全仗先锋法术灵／行孙坐下歇口气／又要出阵讨战争／一直来到战场上／城上小军听吾云／子牙已被仙绳捆／快快投降献城门／军士跑进相府禀／杨戬在旁应一声／弟子前去把他会／八九玄功败他人／子牙点头来答应／杨戬提枪冲出城／来到阵前高声骂／矮子原来会偷人／行孙便问名和姓／杨戬便是我的名／说罢提枪分心刺／行孙铁棍便相迎／两步相交枪棍举／一高一矮定输赢／杨戬说你矮子只能拿别个／你把咱家却怎生／行孙说你是谁个咱不管／照样捆你进汤营／看看战上七八合／行孙又祭捆仙绳／只听哗啦一声响／拿了七十二变人／士兵牢牢来捆定／抬起杨戬转回营／抬到辕门来放下／绳子咔嚓响一声／行孙留神仔细看／原来是个大石墩／不由心中生诧异／背后杨戬喝一声／匹夫看吾是哪个／行孙一见吃一惊／急忙提棍劈面打／杨戬枪架不沾身／二人辕门又交战／杀得难解又难分／行孙说这回拿住就打死／杨戬说不知谁死与谁生／战到几个回合上／杨戬就祭宝和珍／就把哮天犬放出／摇头摇尾要咬人／行孙一见说不好／将身一扭不见形／杨戬见他钻入地／暗暗摇头把舌伸／此人原会地行术／防他晚上摸进城／急忙抽身回城转／相府说与师叔听

白　杨戬走进相府，对师叔曰："土行孙会地行之术，恐他夜晚进城行刺，师叔要作准备。"子牙闻言，心惊胆战，传令左右，夜晚轮班防护不提。

唱　不说子牙来防备／又表汤营土行孙／上帐来对元帅讲／今日又把杨戬擒／谁知他却会变化／被他逃脱转回城／末将原会地行术／今晚悄悄摸进城／去把那子牙武王来刺死／早日成功享太平／九公闻言暗钦佩／置酒款待土行孙／不言汤营饮酒事／又表子牙坐府厅／忽然一阵狂风紧／吹断旗杆二三根／忙取金钱来卜课／金钱落地面失惊／今晚三更天左右／行孙要来刺明君／传令快把武王请／众将忙问是何因／子牙说杨戬对我说的话／今晚果有此事情／众人今晚不要睡／府堂处处挂灯笼／又挂几面反照镜／防备那前来偷营土行孙／说话之间武王到／相父唤孤为何因／子牙不敢说真话／恐怕贤王胆战惊／只说要讲兴废事／还要商议大事请／二人对坐来饮酒／众将环绕不离身／不说这里来防备／且表行孙要偷营／听得谯楼三下响／将身一扭地中行／一时就把西岐进／东寻西找到府厅／耳听上面人喧闹／划拳打马饮杯巡／吾在土内等一等／等他吃完我再行／不觉等到四更鼓／他们说饮酒一直到天明／天明吾不能行刺／不如先到皇宫行／暗暗遁到皇宫内／耳听上面无声音／行孙大胆冒出土／哪知道此地便是寿寝门／见一美人台前坐／花容月貌勾人魂／人说月宫嫦娥美／更比嫦娥美十分／开言便把美人叫／独坐空房冷清清／宫妃假装吓一跳／杨柳腰软跪在尘／恳求大王来饶命／行孙说我不要命是要人／说着说着把手动／宫妃假羞扭转身／行孙正在来无礼／只听窗外炮响声／行孙正要往外走／哪知那宫妃变做力大人／一把抓住行孙裤／畜生看我是谁人／一把夹起往外走／可怜行孙光精精／一直来到丞相府／子牙说为何不放落埃尘／杨戬说他会地遁／一沾泥土不见形／待吾把这畜生斩／行孙眦目等死刑／杨戬夹往城外去／行孙一挣沾埃尘／身子一扭就不见／杨戬晦气转进城

白　杨戬晦气，只得回府对子牙说道："弟子只因换手斩他，被他挣脱走了。"子牙听得，默默无言。

唱　书中不言相府事／且表行孙遁回营／悄悄走入房内去／从头换到脚后跟／换了衣服来听令／九公开言问一声／昨晚将军进城去／事体如何说我听／行孙回言防得紧／天明未遂方回营／九公不知其中事／亦不追查问根生／按下汤营且不表／又把西岐明一明／杨戬上帐把话讲／师叔在上听原因／弟子前往仙山去／访问行孙啥根基／子牙勉强将头点／杨戬收拾就起身／离了西岐就借遁／径往夹龙山上行／正行之间遁光隐／飘飘落在一山林／古木苍松路幽静／又见那碧瓦雕檐花朱门／门上横悬一道匾／青鸾斗阙写得明／朱门开处鸾鸣响／数对女童两边分／有一道姑多优雅／轻移道步往前行／杨戬隐藏来回避／耳听道姑问一声／是谁在此来藏隐／尔等前去看分明／女童当时忙查问／杨戬上前说原因／有烦道兄前去禀／误入宝山恕罪名／弟子乃是金霞洞／我师就是玉鼎真人／我的名字叫杨戬／相烦道兄去禀明／女童转身来跪禀／事由说与娘娘听／道姑闻言说声请／杨戬上前把礼行／道姑问往哪里去／杨戬说奉令来探机密情／邓九公来伐西土／帐下先行土行孙／此人具有地行术／险些伤了武王身／弟子前来寻根底／好设良方除此人／不料误入宝山境／望乞娘娘来谅情／道姑即便开言道／他是惧留孙门人／前去请他把山下／就可收他没事情／你回西岐代我意／多多拜上姜尚身／不必迟延你快去／杨戬行礼问一声／请问娘娘的尊姓／道姑说与杨戬听／吾乃上帝亲生女／龙吉公主是我名／杨戬辞别就借遁／少时遁光又下沉／溪涧之旁落了遁／天昏地暗狂风生／见一怪物多凶狠／巨口獠牙可怕人／手执钢叉跳上岸／直取杨戬要杀人／杨戬大喝好孽障／手举长枪来相迎／不到两三回合上／杨戬发雷响一声／那怪抽身就逃走／杨戬随后紧紧追

白 杨戬随后赶来，那怪物跳至一山下，有斗大一个石洞，那怪钻了进去。杨戬喝声"嘿"，随后跟入。那里面黑洞洞的，杨戬借动三昧真火，照耀如同白日，原来里面亦大，是个尽头地方，并无一物。只见地上闪闪烁烁，一把三尖两刃刀，又有一包袱。杨戬打开一看，是件淡黄袍，拿来在身上，不长不短，刚刚合身。

唱 杨戬刀袍来收了／后面有人大喝声／拿住盗袍小贼子／杨戬回头看得清／两个童子赶来到／杨戬大喝小畜生／我是多年修道者／焉敢诬我盗贼身／我乃是玉泉山上金霞洞／玉鼎真人是师尊／杨戬大名就是我／两个童子跪在尘／不知老师尊驾到／小的未曾来远迎／我俩是武夷山上金毛子／伏望老师来玉成／杨戬听言心大喜／当即收了二门人／你俩先往西岐去／刀袍交与丞相身／我往夹龙山上去／不日即可转回程／说罢两下就分手／二童水遁往西城／来至府门开言讲／有烦门官报一声／我等求见姜丞相／门官进内禀分明／外面来了二童子／要来求见元帅身／子牙传令叫他进／二童参见跪在尘／就将前事说一遍／子牙听言心欢喜／不表二童进府事／又说杨戬赶路程／不觉来至飞龙洞／进内参见师伯身／留孙一见忙便问／你今到此为何因／杨戬便将缘由讲／只为师伯捆仙绳／前后事体说一遍／活活气坏惧留孙／杨戬你且先回去／我在稍后就来临／杨戬辞别出洞府／立即借遁转回程／霎时千里来得快／不觉来到西岐城／相府来把师叔见／子牙开言问事因／杨戬即便回言讲／实实却是捆仙绳／师伯随后驾就到／师叔你且放宽心／还说得遇龙公主／子牙闻言喜十分／不表师侄来谈论／且说真人惧留孙／吩咐童儿看好洞／吾去不久就回程／一出洞来就驾遁／纵地金光起祥云／遁光风声来得紧／转眼到了西岐城／便叫门官去通禀／就说来了惧留孙／门官听言忙去禀／丞相在上听原因／留孙老师驾来到／子牙出府来接迎／迎至殿内身坐定／行礼已毕把话云／子牙说高徒屡把我军胜／杨戬看破捆仙绳／有劳道兄

把山下／姜尚幸甚民沾恩／真人说是吾来破十绝阵／未曾检点捆仙绳／畜生偷起来到此／有犯尊威罪不轻／明日只需来如此／即可把这畜生擒／子牙听言心大喜／素宴款待惧留孙／一夜无事休多论／次日子牙依计行／独自上了四不像／不带士兵与门人／来至九公营前后／窥探汤营装得真／探子一见忙去报／报与元帅得知闻／子牙独自营门外／探望不知是何因／九公一听如此语／肚内思量八九分／子牙善能攻与守／不可不防窥探情／行孙即时开言道／元帅只管放宽心／此是天意成功矣／他今自己送上门／末将今日出营去／一定要把他来擒／辞别元帅退下帐／暗暗提棍出辕门／大喝子牙休要走／自来送死怪谁人／说罢提棍便来打／子牙用剑忙相迎／来来往往三五合／子牙拨骑就抽身／行孙飞步来追赶／随手祭起捆仙绳／真人驾遁云中隐／暗暗收了宝和珍／一根未就二根起／三绳不了又四绳／真人一概收了去／行孙不知半毫分／看看追上一里路／行孙摸绳无半根／大惊失色不追赶／子牙回骑叫一声／敢来与我战两合／方显谁输与谁赢／行孙大怒又追赶／不觉赶至西城门／真人方才把身现／大喝行孙哪里行／行孙抬起头来看／看见师父惧留孙／才要钻入土里去／真人一指铁铸成／真人一把来抓住／抓住行孙发万根／便将仙绳来捆起／随同子牙进了城／来至殿上身坐定／真人便问土行孙／吾因来破十绝阵／未曾收捡捆仙绳／你是何人挑拨你／惹下是非害我身／土行孙睡在地从头细诉／望师父和师叔细听禀明／那一日小弟子在山闲耍／遇一位老道友跨虎来临／他问我名和姓曾对他讲／我问他是哪里人姓甚名谁／他说是本姓申名唤公豹／他说我没仙份修仙难成／倒不如享人间功名富贵／听他说起歹意偷了仙绳／盗丹药五葫芦才把山下／投在那邓九公做了先行／头一阵擒哪吒去把功请／第二阵黄天化又提进营／第三阵擒师叔众将抢转／他摆酒同庆贺共饮杯巡／饮酒间他说道成功之后／将女儿许配我两下①为婚／听他说许亲事满心欢喜／巴不得擒完了早把亲成／进城来暗行刺武王丞

---

① 两下：系指两人。

相／民无主兵无将一踏就平／又谁知姜师叔严防得紧／有杨戬来变化保全周城／这些话是小徒实话真话／一句句一言言全是真情／望师父与师叔慈悲怜悯／小弟子再不敢冒犯天庭／真人听了此番话／袖中掐指知其情／真人低头来嗟叹／子牙便问是何因／留孙说畜生与邓女有缘分／赤绳系足结朱陈／公可派人去作伐①成其婚姻美事情／子牙说九公与我为敌对／如何去说这头亲／真人说武王洪福过尧舜／有道之君天凑成／子牙心下细思量／一时想起散宜生／立即叫人前去请／传令放了土行孙／少时宜生就来到／子牙说与大夫听／从头到尾说一遍／委你周旋去作成／宜生欣然来领令／独自上马出了城／按下宜生且不表／回文又来表汤营

白 邓九公在营里，盼望土行孙回来，令人前去打探。少时探子来报："启禀元帅在上，土将军被子牙生擒进城去了。"九公闻言，大惊失色，此人被擒，西岐何以平服？心下十分焦虑。

唱 不言九公心烦闷／且表宜生大夫官／宜生领了丞相令／一时来到汤营前／开言便把门官喊／烦你通报把话传／你说西周一差使／要见元帅有话言／门官听了不怠慢／来与元帅说端的／九公听了心暗想／定是说和无别谈／你去说两国相争不便见／门官出外说一番／宜生说我是奉令来派遣／不是无事到此间／门官复又进帐禀／九公沉思不开言／左思右想无主见／闪出先锋名太鸾／说道是等他来说情况看／如此就计设机关／九公闻言说有理／吩咐请进莫迟延／宜生进营把礼见／九公迎坐把话谈／大夫因何来到此／宜生当即说事端／只因丞相擒一将／便是你的先行官／人间恩爱心不忍／因此未曾把刀餐／故命宜生来到此／不

---

① 作伐：即做媒。

避刀斧来商谈／伏望元帅来裁处／天凑一段好姻缘／九公闻言心大怒／这样话儿理不端／我有爱女名婵玉／未出闺阁女婵娟／行孙他是何等辈／如此大胆出狂言／宜生又把话来讲／元帅息怒听端的／古来相女把夫配／不论门第与高官／行孙非比等闲辈／惧留孙是他师父得道仙

白　宜生说道：“昨日他师父下山，将他擒拿，追其底细，他说是申公豹叫他来投元帅，与元帅立了些功，是元帅亲许的亲，故而叫我来办此事。”

唱　九公回言无此事／宜生接口说一声／或是酒后说此话／无故他岂敢乱言／这把九公来提醒／尊声大夫你且听／此话乃是慰劳语／大夫何必信为真／他今被擒不必论／何劳大夫往返行／宜生听言呵呵笑／元帅之言差几分／说与行孙一人晓／行孙说与十人听／十人传百人皆信／婚姻岂可乱启唇／千金之体成话柄／你想可能不可能／令爱自有白头汉／元帅失信天下人／不才直言休见怪／元帅三思而后行／宜生说出这番话／九公默默不作声／太鸾附耳说两句／如此如此这般行／九公转笑开言道／大夫之言果是真／不幸先妻早亡故／只有小女一个人／不才虽然从了命／不知小女是何情／待我征求小女意／专人回复丞相身／宜生听得如此语／只得告辞转回城／相府来对丞相讲／从头一二说分明／子牙闻言面带笑／此计焉能瞒我身／宜生退去且不表／又把九公来表明／便与太鸾来议论／如何处理这事情／太鸾即便开言讲／元帅你且听我云／差一能言善辩士／去说已允结朱陈／须得姜尚亲纳聘／到我营中作主婚／预先埋下刀斧手／酒席筵前把他擒／九公便问谁可去／太鸾随口应一声／末将不才情愿往／管叫子牙到我营／九公闻言心欢喜／一宿无话各安身／次日九公来升帐／太鸾领令往西城／一马来到城脚下／便对门官说事因／烦你报与姜丞相／汤营先行到西城／门官听言

进相府／启禀相爷得知闻／汤营先行来求见／请令定夺怎施行／子牙笑对众人讲／而今大事即可成／传令门官快去请／门官得令不敢停／请进太鸾入帐见／子牙亲自下阶迎／太鸾尊声说不敢／曲背躬身把礼行／子牙说二国宾主何谦逊／殿内坐下叙寒温／这是土行孙师父／他名叫作惧留孙／日前行孙被擒住／再三哀告一事情／言及你帅许婚事／愿求完配再领刑／是我一时心不忍／才差大夫散宜生／问明果有这件事／现已释放土行孙／亲到营中成其美／了却人间一人伦／今日将军来到此／有甚意见望说明／太鸾说承得丞相来下问／末将只好说详情／此事原是酒后语／他却把它信为真／言出本心不失信／元帅只得来应承／主帅之女幼失母／他今爱如掌上珍／成婚之事须全礼／望乞丞相来主婚／随同大夫亲下聘／主帅面上光亦增／不知丞相肯不肯／特遣末将来问明／择得良辰是后日／营中招赘土行孙／子牙回言说可以／九公乃是忠信人／后日我把行孙送／亲来恭贺邓将军／还望将军代致意／姜尚感谢不尽情／太鸾辞别出相府／回营来见元帅身／就将前事说一遍／九公听了心欢腾／随选三百精壮士／帐内埋伏听令行／席间掷杯来为号／一齐动手要用心／不论子牙与兵将／全部杀光不留情／又叫赵升来领令／你领人马守右营／中军炮响来接应／不可迟延半时辰／孙焰红你今去把左营守／闻听炮声入中军／太鸾邓秀辕门等／攞住众将要小心／婵玉三路来接应／我今独自在中军／九公一一安排定／等候来日把事行／不表九公来安顿／回文又表西岐城

白　子牙送太鸾出府，转回殿中，与惧留孙商议，只需如此如此，留孙点头称是。不觉又是三日，子牙叫杨戬变化自己，杨戬得令；又命选得力壮士五十名，装作抬礼脚夫；辛甲、辛免、太颠、闳夭，四贤八俊，作为左右接应；又命雷震子领一支人马，冲他左营，杀至中军接应；南宫适领一支人马抢他右营，杀至中军接应；金木兄弟、龙须虎领一支人马接应抢亲。子牙吩咐已毕，众将领令，暗暗出城前去埋伏不提。要知后事如何，且看下章，便知分晓。

第十章 子牙设计收九公 冀州苏护伐西岐

唱　不言众人领令去／又说九公父女们／允许行孙来入赘／骗他前来即可擒／我与诸将安排定／来往接应要小心／婵玉领令来应允／结彩等候子牙临／不言汤营安排等／又表子牙把计生／诸将装扮都停顿／随即又命土行孙／一进汤营听炮响／你往后营去抢亲／又命宜生你先去／前去通知他一声／宜生得令提前去／子牙打点出了城／不表子牙暗中事／大夫首先至辕门／九公辕门来迎接／宜生开言把话云／承蒙元帅来允许／丞相令婿亲来临／下官提前来禀告／不便惊动元帅身／九公回言不妨事／二人等候在辕门／一个时辰的光景／望见子牙与众人／子牙身骑四不像／脚夫仅有四十人／并无甲胄与兵刃／九公一见暗欢心／众人行至辕门口／看见九公散宜生／太鸾邓秀人两个／随同等候在辕门／子牙忙下四不像／九公上前来接迎／行孙上前来施礼／岳父大人口内称／九公又把子牙问／这位道长是何人／子牙说这是行孙的师父／他名叫作惧留孙／彼此谦虚把话论／行礼已毕进中军／满堂张灯来结彩／眼见两旁杀气生／子牙已知其中意／就向众人眨眼睛／九公正把礼果看／辛甲暗把信香焚／只听咚咚大炮响／犹如地裂与山崩／脚夫一齐来拥上／各执兵器把手伸／九公一见势不妙／立即飞跑奔后营／太鸾邓秀见此景／二人也往后营奔／只听四面喊声起／美人计策使不灵／行孙手提镔铁棍／后营来抢婵玉身／子牙众将齐催马／各执兵器杀来临／九公上马来迎战／营内已经乱纷纷／赵升焰红听炮响／左右两边齐出兵／辛甲辛免分头抵／抵住二人大战争／婵玉上前来接应／恰恰撞遇土行孙／彼此正在来混战／耳听又有喊杀声／放出哪吒黄天化／震子宫适两支兵／左右一齐杀来到／汤营人马困中心／金木兄弟杀来到／喊杀之声震天庭／九公一见事不好／率众败阵去逃生／婵玉见父败了阵／虚晃一刀也抽身／行孙知道邓婵玉／善能发石来打人／飞步在后来追赶／随手祭起捆仙绳／就把婵玉来捆了／婵玉落马在鞍心／行孙把她活捉了／将她解进西岐城／九公败至岐山下／收集败残马和人／查点不见邓婵玉／不由九公痛伤心／只好暂且来扎下／派人打探小姐身／自思想画虎不成反类

犬／真正活活气死人／不表九公心痛事／回文又说西岐城／子牙真人坐殿上／大获全胜喜十分／开言便对真人讲／道兄连连口内称／古今吉期是黄道／行孙婵玉可成亲／留孙点头称正是／事不宜迟急早行／吩咐左右备酒宴／张灯结彩色色新／侍儿强扶邓小姐／扶往静室里面存／随即又把行孙命／你今前去鸾凤鸣

白　行孙听了师叔之言，来至内室，笑容可掬，叫声："小姐，今日三生有幸，得与小姐成亲，乃是一件大喜事，为何小姐默默无言，是何道理？"

唱　婵玉此时泪满面／无知匹夫骂连天／卖主求荣就是你／焉敢如此来这般／行孙上前赔笑脸／小姐息怒听我言／你是名门千金体／行孙也是不等闲／曾记与你除伤患／原是你父许姻缘／宜生大夫去行聘／人所共知非戏玩／名头已经归于我／难道你还要去嫁二夫男／小姐好好想一想／你和我前世注定俗世缘／一面讲来一面笑／句句言词动心间／行孙看已回心转／嬉皮笑脸又开言／小姐本是闺阁女／我乃学道夹龙山／千里姻缘天注定／何必推诿误时间／边讲边笑又动手／用手来拉女婵娟／婵玉一见这光景／粉面之上起红团／事虽如此听我讲／千万不可来逞蛮／待我明日把父禀／然后与你配凤鸾／行孙当时心内想／不能错过这时间／网中之鱼拿到手／难道说煮熟雄鸡会飞天／手拉上床同共枕／弄假成真很自然／千温百柔人间景／一夜夫妻恩无边／一夜恩爱难尽叙／且表来朝第二天／子牙起来忙升帐／夫妻双双到殿前／来与丞相把恩谢／又谢师父恩如山／子牙开言把话讲／叫声婵玉听我言

白　子牙说道："现是一国之臣，你父仍在抗拒。吾欲发兵，却又不忍，你看怎办？"

唱 婵玉上前双膝跪／丞相在上听妾云／贱妾今已把周顺／我就去劝父弃暗来投明／不知丞相肯不肯／是否相信我的心／子牙回言我深信／小姐原是女中英／就恐你父不投顺／那时父女难为情／只要小姐情愿去／我拨军校随你行／婵玉拜辞退下帐／随带军兵就出城／在路行程且不表／回文又说九公身／次日起来忙升帐／众将侍立两边分／我从行兵未失利／今日损将又折兵／爱女不知生和死／事到如今怎样行／太鸾即便开言讲／主帅权且莫忧心／一面差人去打听／一面写表奏朝廷／众人正在来议论／探子进营报一声／报说小姐回来了／带领西岐一支兵／打着西周的旗号／辕门等令怎施行／九公传令叫她进／进来婵玉跪埃尘／两眼不住流下泪／九公一见也伤心／我儿如何这光景／婵玉悲声把话云／为儿本是闺中女／此事失信于父亲／弄巧成拙一件事／将儿许与土行孙／昨日孩儿被擒去／强与他人结为婚／九公听了此番话／吓得三魂少二魂／婵玉复又将言讲／儿已失身土行孙／为了免父一身祸／万不得已来说明／纣王无道乱朝政／天下诸侯乱纷纷／闻仲魔家四将等／一败涂地空费心／父亲将儿把亲许／儿是奉令归良人／非比私奔桑濮论／父亲莫罪儿的身／不如弃邪来归正／择主而事暗投明／一家骨肉团圆会／你想可能不可能／九公听了一番话／默默无言不做声／欲想奋力把兵整／寡不敌众事难成／又想回朝奏圣上／事有嫌疑难解分／想来天意已如此／心肝孩儿叫几声／我儿之言虽有理／有何面目进西城／婵玉回言不妨事／丞相礼贤下士人／孩儿先去把他禀／出城十里接父亲／九公回言说可以／婵玉辞别便进城／来至相府双膝跪／从头一二说分明／子牙闻言心大喜／随即排队就出城／行程不过几里路／元帅请了说一声／九公欠身忙还礼／末将才浅智不深／二人并骑把城进／一般兵将随后跟／来到府门下了马／银安殿上把礼行／子牙传令摆酒宴／设宴款待邓将军／不言西岐来庆贺／又说汜水关总兵／探得九公把周顺／又与敌国结成亲／急忙写下一道表／差官飞报朝歌城／差官将书接在手／不分日夜赶路程／行程不知多日久／书中只在一时辰／不觉来到朝歌地／馆驿里面暂安身／五更三点朝王驾／文书房去把本呈

白　张谦上楼至滴水檐前拜毕。纣王曰："卿有何奏章？"张谦俯伏奏曰："今有氾水关韩荣呈有奏章。"纣王令当驾官将本来看。当驾呈上，纣王看完，不觉大怒曰："邓九公受朕大恩，归降反贼，情实可恨！待朕升殿，与众臣共议。"张谦退下楼来，少时九间殿钟鼓齐鸣，百官朝贺，俯伏候旨。纣王曰："邓九公以女许敌为婚，今已归周，罪在不赦，必擒逆贼以正国法，卿等有何良策？"

唱　飞廉出班来启奏／臣保苏护冀州侯／保他前去征西土／马到成功把贼收／一来他是国戚故／二则受封为诸侯／纣王听奏龙心喜／速发圣旨往冀州／天使领旨急忙走／晓行夜宿不停留／这日来到苏侯府／苏护接旨看从头／看完之后心欢喜／谢天谢地把神酬／吩咐左右忙摆酒／与夫人儿子说根由／妲己进朝年已久／无端作孽人见愁／目下诸侯把我怨／而今武王来兴周／三分天下有其二／昏君江山快要休／吾至西岐归周主／然后会合众诸侯／共议兴周来灭纣／方不贻笑坏名头

白　夫人、全忠听了，心中欢喜。次日天明，聚集众将商议，苏侯道："吾今奉旨征伐西岐，速点人马，即日祭旗起兵。"

唱　传令先行是赵丙／孙子羽是救应军／五军随行来接应／还有陈光与郑伦／随即离了冀州地／炮响连天杀气生／只见旌旗遮日月／剑戟如林鬼神惊／行程非止一日整／不觉已到西岐城／苏侯传令安营寨／帅字大旗插中军／不说这里安营事／探马报进相府门

白 探马跑进帅府，双膝跪下："启禀丞相在上，今有冀州侯苏护，兵发西岐，请令定夺。"子牙谓黄飞虎曰："久闻此人善能用兵，黄将军必知其详。"飞虎曰："此人秉性刚直，不是谄媚无骨之辈。虽是国戚，与纣王有隙，一向有意归周，常有书至末将处。若来，必归周矣，并无他疑。"子牙闻言大喜，不提。且说，苏护心有所思，将近三日，未来讨征。是日，黄飞虎上帐对丞相曰："苏侯按兵不动，待末将探他一阵，便知端的。"子牙许之。黄飞虎领令，上了五色神牛，冲出城来。

唱 一直来到战场上／大喝巡营小军们／赶快报与你主帅／叫他速来会我身／小军听言忙去禀／跑进中军报事因／西周有人来讨战／请令定夺怎施行／苏护开言令赵丙／将军前去会来人／赵丙领令跳上马／手提方天戟一根／来至阵前抬头望／认得武成王将军／赵丙即便开言骂／大骂飞虎叛国臣／身为国戚不足愿／自起祸端害生灵／吾今奉旨来擒你／早早下马受绑绳／说罢摇戟当心刺／飞虎枪架把话云／你今快快回营去／叫你主帅会吾身／那时吾自有道理／何必恃强来逞能／赵丙闻言心大怒／又是一戟刺来临／飞虎一时怒气起／无知匹夫骂几声／长枪一举如风舞／牛马相交大战争／一个枪去龙摆尾／一个戟来凤翻身／来来往往二十合／赵丙难抵黄将军／黄飞虎把戟隔开伸熊臂／一把抓过马鞍心／生擒赵丙辕门外／来见丞相说事因／末将生擒一赵丙／辕门听候发落行／子牙传令推进府／左右遵令不迟停／赵丙挺立而不跪／子牙大怒喝一声／既被我擒何抗礼／且囚禁中再调停／不表赵丙被监禁／败兵进营报讯音／今日赵丙去出阵／飞虎擒他进周营／苏护闻报不言语／郑伦在旁说一声／反贼自恃逞强暴／君侯不必来忧心／待吾明日去出阵／拿来解往朝歌城／一夜无语休多论／次日郑伦要出兵／上了火眼金睛兽／手提降魔杵一根／未至城下高声叫／快叫飞虎会吾身／小军立即进府报／启禀相爷得知闻／商营一将来讨战／坐名要会黄将

军／子牙便令飞虎去／成王领令便出城／只见一将十分丑／坐下火眼兽金晴／飞
虎一见大呼叫／便问来者是何人／郑伦即便回言道／苏侯麾下名郑伦／飞虎即便
开言讲／开言叫声郑将军／将军请回营中去／请你主将到阵门／吾今见他有话
讲／何必恃强苦相争／若是你不识时务／飞蛾惹火自烧身／郑伦一听心大怒／抢
杵就打不留情／飞虎将枪来架过／各显本事定输赢／战得愁云惨雾起／杀得天昏
地不明／看看战上三十合／郑伦就要显才能／忙把降魔杵一举／来了三千乌鸦
兵／拿钩拿索来等住／郑伦鼻子哼一声／两道白光出了窍／飞虎已经消了魂／马
鞍桥上坐不稳／一跤跌倒地挨尘／乌鸦兵上前来拿住／绳捆索绑进了营／来至军
中交了令／郑伦说末将已把飞虎擒／苏护传令来推进／飞虎被推到中军／飞虎睁
眼观仔细／犹如做梦一般情／来至中军将身挺／气冲牛斗把话云／吾被邪术来擒
住／情愿一死报国恩／苏护说今日本当来斩首／这是天子钦犯臣／暂且监在后营
去／他日解上朝歌城／不言飞虎身遭困／败兵进城报事因／成王飞虎被擒去／子
牙听言吃一惊／便问如何被拿了／掠阵官员说分明／成王今日去会阵／汤营一将
名郑伦／只见鼻内白光出／将军坠骑便被擒／子牙闻听心烦闷／又是左道与旁
门／天化一听父失利／恨不得拿住郑伦来抽筋／次日上帐把令请／前去探听我父
亲／子牙当即便依允／天化上了玉麒麟／来至战场怒声震／坐名只要会郑伦／小
军忙进中军禀／启禀元帅得知闻／营外来了一小将／口口只叫郑将军／郑伦闻言
便喝上兽／不等元帅把令行／一直冲至战场上／天化一见喝一声／来者可是郑伦
否／郑伦点头应一声／天化心如油煎滚／一锤就击脑顶门／郑伦提杵来招架／二
兽来往就相争／一个为父施英勇／一个只望把功成／天化年少英雄将／郑伦能征
惯战人／看看战上数十合／郑伦心下自沉吟／看他是个道家样／先手为强自古
云／想罢把杵只一举／三千乌鸦兵来临／拿钩拿索来等住／等候郑伦把法行／郑
伦鼻子才一哼／两道白光映日明／天化身不由自己／一跤滚下玉麒麟／乌鸦兵拥
来拿住／天化这时把眼睁／睁开眼睛来观看／浑身已经上了绳／郑伦掌起得胜

鼓／进营来见元帅身／今日又擒黄天化／苏护令推至中军／吆喝一声推进帐／天化挺立露凶星／苏护也不多言语／传令仍暂监后营／天化来至后营内／见到父亲放悲声／父子均遭邪术手／心中不服不安宁／不言父子身遭困／探马报进相府门／启禀相爷不好了／今日天化又被擒／子牙听说如此语／不由心内着一惊／曾说苏护有归意／父子被擒真不明／不言子牙心纳闷／郑伦军威胜十分／次日郑伦又讨战／提杆上了兽金睛／一直冲至城垣下／骂不绝口喝士兵／巡城军士睁眼望／又是昨日那凶神／急急忙忙往内跑／启禀相爷得知闻／那将今日又讨战／满口胡言不中听／子牙听报忙传令／哪个前去会他人／一言未尽人应答／旁边闪出土行孙／弟子未有寸功进／今日愿去会郑伦／子牙点头说可以／行孙提棍就出城／又见闪出邓婵玉／说道是父女感激丞相恩／末将不才愿掠阵／子牙许可一同行／城门大开旗幡动／冲出夫妻一双人／郑伦听得炮声响／见一女将出了城／犹如月中嫦娥女／有诗一首说分明

诗曰："此女生来锦织成，杨柳腰肢一握盈。西岐山下归周主，留得芳名照汗青。"

白　郑伦见城内一女将飞马而来，不曾看见土行孙。因行孙矮小，郑伦只看前面，未看下面，只见婵玉，未见行孙。行孙乃大呼曰："匹夫！你看哪里？"郑伦闻声，低头一看，见是一矮子，郑伦笑曰："你来做什么？"行孙曰："吾奉姜丞相将令，特来拿你！"郑伦大笑曰："你这厮形如婴儿，乳毛未退，敢出大言？"行孙大骂曰："好匹夫！焉敢辱我。"使开铁棍打来。

唱　话不投机动了手／杆棍无情大交锋／行孙打的下三路／棍棍只打兽蹄胸／郑伦使动降魔杆／却对行孙难进攻／这行孙前一棍来后一棍／这郑伦前遮后

搪转来转去如发疯／还未战上七八合／杀得郑伦汗滴胸／急忙把杵指一指／乌鸦兵来一窝蜂／郑伦鼻子哼一下／两道白光往外冲／行孙眼看耳又听／霎时魂魄飞半空／乌鸦兵将行孙来捆住／行孙醒来眼蒙眬／随着要往汤营进／婵玉看见怒冲冲／大喝匹夫休无礼／休得在此来逞凶／说罢双刀来摆动／劈头劈脑不放松／未及数合拨马走／郑伦不追不进攻／佳人挂刀忙取宝／五光石取在手中／侧坐鞍桥回手打／正打中郑伦鼻梁血冒红／哎哟一声掩面跑／进营来见苏侯公／苏护便问失机事／郑伦一二说从容／而今擒得一矮将／现捆绑在辕门中／苏侯传令推他进／推进行孙如孩童／苏侯说这样将官成何用／将他斩首受刀锋／行孙回言不用斩／待吾回去把信通／众人闻言都好笑／苏护难忍笑声浓／快推去斩莫迟误／左右推到沙场中／钢刀一举才要斩／行孙一扭无影踪／手下忙进帐中报／从头一二说一通／苏侯闻言心惊讶／那西岐异人甚多各不同／难怪征伐常失利／多路兵马都遭凶／郑伦在旁切齿恨／取药敷在伤口中／郑伦欲报一石仇／到次日请令出征去交锋／提杵上了金睛兽／出了辕门怒气冲

白 郑伦一直来到城下，便叫巡营小军：“快叫邓婵玉出来会我。”军士跑进相府，叫声：“丞相不好了，郑伦又来讨战，要叫邓婵玉小姐出去会他。”

唱 婵玉听言要出阵／子牙阻住不许行／他今此来必恶意／可着别人会他身／哪吒在旁来答应／弟子前去把他擒／子牙闻言心欢喜／哪吒领令便蹬轮／火尖枪儿提在手／大吼一声冲出城／来到战场大声叫／来者可否是郑伦／郑伦回言称便是／哪吒亦不把话云／手举一枪劈胸刺／郑伦急用杵来迎／轮兽相交人对抵／谁也不肯让过人／哪吒怒气冲牛斗／郑伦恶吼鼓双睛／火尖枪起生紫雾／降魔杵摆鬼神惊／看看战上数十合／郑伦又要显才能／便把降魔杵一举／来了三千

乌鸦兵／摆成一字长蛇阵／前来等着要拿人／哪吒看见心惊了／又见郑伦哼一声／哪吒因是无魂体／不能坠下风火轮／郑伦见术不灵验／不由心内吃一惊／又把鼻子哼二声／两道白光出窍门／哪吒安然全无事／当时也就心安宁／郑伦一连哼三次／哪吒大笑二三声／匹夫害的什么病／然何阵前只是哼／郑伦闻言心大怒／降魔杵举又相争／劈头劈脑只乱打／哪吒枪架不沾身／看看又战二十合／哪吒就要祭宝珍／便把乾坤圈来祭／起在空中金光生／哗啦一声来打下／正中郑伦后背心／打得筋折骨又损／几乎落下兽金睛／急忙伏鞍来逃命／呻吟不断逃进营／哪吒也不去追赶／鸣锣收兵也进城／来至相府说一遍／子牙一听心欢喜／不表西岐把功庆／且表苏侯在中军／郑伦受伤前来看／见郑伦站立不住实难挣／苏护一见这光景／趁此说劝动他心／将军呀吾观天命已如此／何必恃强苦相争／纣王荒淫失仁政／天下诸侯生反心／太师欲把天心扭／自遭屠戮空丧生／丹朱不肖归于舜／天运循环不差分／依我之见归周地／以伐无道顺人心／未知将军是何意／郑伦正色说原因／天下诸侯归周王／君侯不比诸侯门／娘娘深得宫围宠／君侯国戚是内亲／国亡君亡是正理／国亡君在古未闻／国事艰难思报本／灭义归叛是不仁／吾今不惜血肉体／誓将一死报国恩／苏护又来将言说／将军尚需三思行／古云贤臣择主事／良禽也是择木栖／飞虎位居王侯品／九公虎将世罕闻／而今已知天心顺／故此弃暗已投明／我劝将军休执意／识时务者是能人／郑伦即便将言讲／君侯你且听原因／君侯你有归周意／郑伦绝对无此心／我如早死你早顺／若是晚死晚进城／怒气难消不再语／转回后帐养伤情／苏护亦自入帐内／沉思良久这般行／便叫全忠快摆酒／时已晚夜交二更／即令全忠后营去／放出黄家父子们／请到帐内把酒饮／苏护开言把话云／末将有意归周王／怎奈郑伦不肯行／飞虎即便开言讲／为了君侯到营门／不料郑伦来擒住／有辱君命难启唇／而今承蒙开生路／感恩且知尊意诚／苏护又来将言说／对郑伦我已深说逆顺情／无奈他执意不从顺／将军有何巧计生／飞虎说君侯有意归周主／事不宜迟须早

行／如若郑伦再执拗／即可用计除他身／你言我语来探讨／不觉时已过三更／苏护起身将言讲／父子可出后粮门／回见丞相将实情讲／以便知吾归周心／相送父子出营去／飞虎辞别转西城／来到城下高声叫／巡城小军快开门／城上闻听是飞虎／深夜不敢擅开门／立即跑进相府禀／子牙便令开了城／少时飞虎至相府／子牙便问事和因／飞虎从头说一遍／子牙考虑周全就施行／不表飞虎回转事／且把苏护明一明／父子不得归周去／全忠在旁说一声／不如趁他伤情重／暗修一书射进城／就叫子牙来劫寨／于中设法将他擒／看他归顺不归顺／则由丞相去处分／苏侯闻言说有理／只是郑伦是好人／必须周全方为妥／全忠说不伤性命就可行／苏护闻言心大喜／此计明日即可行

白　郑伦受伤，虽敷丹药，但未痊愈，一夜声唤，神思不宁。苏侯次日升帐，作行计准备不提。且说，九龙岛炼气士吕岳，听了申公豹谎话，竟往西岐而来。来至辕门，便叫门官："烦你通报，求见元帅。"门官立即进营："启禀元帅，外面来了一道人，生有三只眼睛，要见元帅。"苏护便叫令他进来。左右走出辕门传与道人，吕岳听得不曾说个请字，心下十分不乐。要不进营，恐辜负申公豹之意，不得已只得进营。来至中军见苏侯曰："贫道稽首了。"苏侯曰："道者何来？"吕岳："吾乃九龙岛炼气士吕岳是也。申公豹请我来助将军，不必见疑。"苏侯勉强欠身曰："老师请坐。"吕岳也不谦逊，就上坐了。

唱　吕岳中军来坐定／郑伦后帐大声哼／大叫一声痛杀我／吕岳闻听问根生／便问是谁有伤痛／苏侯回言是郑伦／他被那西岐将士打伤了／看来性命难保存／吕岳说扶他出来我看看／左右搀扶至军中／吕岳见了微微笑／乾坤圈伤何必惊／即把丹药用水化／敷于伤处即不疼／郑伦伤痛全好了／便拜吕岳为师尊／郑

伦行了拜师礼／苏护退下叹一声／正欲行计却被阻／怎样才得遂人心／不言苏侯父子叹／且表二人坐中军／郑伦见师不出阵／立即上帐问原因／老师既为商朝事／弟子听候把令行／由师指挥去会阵／吕岳回言你且听／四位门人尚未到／他们来时再出兵／那时西岐即可破／一定助你把功成／郑伦闻言心欢喜／不觉又是数日临／二人正在来谈话／来了吕岳四门人／来至辕门开言讲／巡营军士你且听／烦你进内去通报／四人前来见师尊／军士即刻去禀报／启禀师爷得知闻／外面来了四道者／求见师爷有话云／吕岳听得门人至／便叫郑伦出外迎／郑伦得令忙外出／观见四位道友们／脸分青黄赤黑色／或绾双髻或道巾／身穿道袍不一等／身高一丈六尺零／眼露凶光如猛虎／甚是凶恶好惊人／郑伦欠身打一躬／老师有请进中军／四人也不讲客气／走至帐前把礼行／行礼已毕两边站／吕岳开言问一声／为何你们来迟了／四人说攻伐之物未完成／吕岳又来开言说／这位是新收门人名郑伦／五人重新又见礼／便把师兄师弟称／郑伦即便开言问／请问四位师兄名／吕岳用手从头指／一一说与郑伦听／这位单名叫周信／此位李奇是他名／那个名叫杨文辉／这位叫作朱天麟／随命左右来摆酒／一直饮到夜三更／次日苏侯来进帐／又见来了四道人／心中十分不欢喜／因此烦恼闷在心／吕岳即刻来传令／谁人出阵走一巡／周信在旁将声应／弟子前去把功成／说罢提剑往外走／来至城下讨战争／军士跑进相府去／报与丞相得知闻／有一道人来讨战／请令定夺怎施行／子牙闻报心暗想／数日未有讨战人／忽然来了这道者／想来必定是异人／便问谁去出一阵／金吒答应我愿行／弟子前去把他会／拜辞师叔出了城／来至阵前用目望／十分凶恶一道人

诗曰："疑是朱砂脸带绿，獠牙上下金眼目。道袍青色狰狞势，足下麻鞋云雾簇。手提宝剑电光闪，胸藏妙术神鬼哭。行瘟使者降西岐，正是东方甲乙木。"

白　金吒问曰："道者何人？"周信答曰："吾乃九龙岛炼气士周信是也！闻你等依仗昆仑之术，欺吾截教，情殊可恨。今日下山，与你等见个雌雄！"说罢，迈步执剑，来取金吒。金吒相还，一场大战。

唱　话不投机翻了脸／二剑相交大交兵／一个剑起生烈焰／一个剑落火光生／来来往往五六合／周信诈败便抽身／金吒随后赶得紧／周信就要显才能／揭开袍服取一磬／立即站定侧转身／朝着金吒敲三下／金吒立即病来临／只是把头摆几摆／面如淡金败回城／走进相府喊头痛／子牙便问是何情／金吒从头说一遍／子牙不语闷沉沉／不言子牙心忧闷／又表那周信得胜回转营／就将战事说一遍／吕岳听言心欢喜／次日又把李奇令／今日你去走一巡／李奇得令不怠慢／随手提剑就出营／来至城下高声叫／巡城军士听我云／快发能将来会我／若迟一刻杀进城／军士一见忙不住／急忙跑进相府门／来至府前双膝跪／丞相在上听原因／城外又来一道者／口口声声叫战争／子牙便问谁出阵／木吒在旁应一声／子牙当时来吩咐／小心之上加小心／木吒回言说知道／提剑迈步就出城／来至战场用目望／头绾双髻一道人／身穿淡黄服一领／面如满月一般形／二绺长须风摆动／有诗一首说分明

诗曰："面如满月眼眉青，淡黄袍服绣花禽。丝绦上下飘瑞彩，腹内元机海样深。五行道术般般会，撒豆成兵件件精。兑方行瘟称使者，正属西方庚辛金。"

白　木吒大喝曰："你是何人？敢用左道邪术困吾兄长，使他头痛，想必就是你了。"李奇笑曰："非也！那是吾道兄周信。吾乃吕岳第二门人李奇是也。"木吒听言，心中大怒骂曰："尔等都是一般左道邪党！"说罢，提剑来取李奇，李奇剑架相迎一场大战。

唱 两边战鼓如雷震／二人抵住就相争／一个肉体来成圣／一个瘟部恶煞神／剑来剑架叮当响／剑去剑迎冒火星／未及战上五六合／李奇虚掩就转身／木吒不舍随后赶／一前一后是步行／未曾赶上一箭地／李奇就把法来行／取出一幡拿在手／对着木吒小后生／一连摇了好几下／木吒寒噤不绝声／已经不能再追赶／李奇不理转回营／木吒面如白纸样／浑身好似火来焚／心中犹如油煎滚／解开衣服露赤身／来见师叔喊不好／子牙一见着一惊／忙问为何这个样／木吒跌倒不做声／口吐白沫身似火／子牙便叫左右们／将他扶往后营去／又问掠阵官详情／掠阵官言摇幡事／从头至尾说分明／子牙不知是何故／心中不悦闷沉沉／不表子牙心忧闷／又表李奇转进营／吕岳一见开言问／今日所会是何人／李奇就将前事讲／法幡一展无不灵／吕岳闻言心高兴／随口作歌表心情

歌曰："不负玄门诀，工夫修炼来。炉中分好歹，火内辨三才。阴阳定左右，符印最奇哉。仙人逢此术，难免杀身灾。"

白 吕岳歌罢，郑伦在旁曰："两日之功，未见擒人捉将。方才听老师作歌，甚是欢乐，其中必有妙用，请示其详。"吕岳曰："你不知吾门所用之物，俱有妙用。只略展小术，自然命绝，何用刀剑哉？"郑伦听说，赞叹不已。次日，吕岳又命："朱天麟！你去走一遭，不枉下山一场。"朱天麟领法旨，提剑出营，冲至城下大呼曰："西岐有能战者，快来会吾。"军士听得，急忙跑进相府："禀报丞相！今日又有一道人前来讨战，请令定夺。"子牙听得愁眉不展，便问左右："谁人出马？"旁有雷震子答曰："弟子愿往。"子牙许之。震子提棍，展开双翅，大吼一声杀出城来。

唱 一直来到战场上／震子低头看得清／见一道人多凶猛／有赞一首说分明

赞曰："巾上斜飘百合缨，面如紫枣眼如铃。身穿红服如喷火，足下麻鞋似水晶。丝绦结就阴阳扣，宝剑挥开神鬼惊。行瘟部内居离位，正按南方火丙丁。"

白　要知后事如何，且看下章分解。

第十一章　子牙西岐逢吕岳　殷洪下山收四将

白　雷震子大呼曰："妖道！你用何邪术，困吾二位兄长？"朱天麟笑曰："你自恃狰狞古怪，口出大言，吾今不说，你也不晓。吾乃九龙岛炼气士朱天麟是也！你也通下名来。"雷震子答曰："吾乃文王所收殿下雷震子是也。谅你不过一草芥之夫，能有甚道术？"展开风雷翅，举棍劈头打来。朱天麟举剑架过，一场好杀。

唱　话不投机动手脚／你来我往执干戈／震子棍起如风吼／天麟剑动劈脑壳／一个上来一个下／震子飞舞甚灵活／金棍连打几家伙／天麟难抵要抽脚／急忙虚掩往下走／震子展翅紧跟着／天麟用手只一指／震子便往地下落／转身对着相府跑／只是伸舌摆脑壳／子牙离座要来问／震子跌地不能说／依然人事都不醒／子牙一见心不乐／忙令左右抬进帐／到底不知为什么／不说子牙惊异事／且表天麟见吕岳／师父道术果不错／定叫他准死不能活／吕岳高兴且说道／不枉你们同我学／次日又令杨文辉／这文辉一直冲来到城脚／军士一见心害怕／急忙跑进相府说／启禀丞相事不好／今日又来一道陀／子牙说他今一天换一个／不知他道人有好多／莫非又是十绝阵／心下疑惑费思索／子牙还未来传令／跳出须虎是独脚／弟子愿去见一阵／哪管他娘怕什么／子牙点头才许可／须虎出城看斟酌／一见道人形象怪／有诗一首如此说

诗曰："头戴执鱼尾冠巾，面如紫草眼出神。丝绦彩结连环扣，宝剑砍开天地分。草履斜蹬生云雾，胸藏秘诀多奇文。正按北方壬癸水，封神榜上有其名。"

唱　须虎当即开言问／来者你是什么人／文辉睁眼仔细看／一看来将非人形／随即便问名和姓／须虎说咱是姜丞相门人／大名叫作龙须虎／特此来把妖道擒／说罢发石就乱打／文辉戟架忙不赢／磨盘石头如雨点／文辉难以来招承／虚掩一戟就败走／随手取出鞭一根／指着须虎喝声转／这须虎不由自主掉转身／连发石头只乱打／糊里糊涂打进城／一直打到相府内／打上银安殿中军／子牙传令众将军／与吾拿下莫迟停／众将忙把钩镰使／钩倒在地用绑绳／须虎朝天瞪着眼／口吐白沫不作声／子牙真正无计使／不知原是四瘟神／子牙随即问杨戬／师言三十六路兵／算来才有三十路／今日又逢这道人／把吾四位门人困／叫吾怎样忍得心／不表子牙来谈论／又表汤营吕道人／一见门人齐得胜／不由心下喜十分／传令营中来摆酒／师徒饮酒贺功勋／待吾明日会姜尚／一战即可把功成／酒至三更各归寝／次日道人要出征／提剑上了眼驼背／带着门人和郑伦／一直来到战场上／喝叫巡城小军门／你今快快去通报／快叫姜尚会吾身／军士一见慌张了／几乎闪坏脚后跟／跑进相府说不好／又来一个三眼人／坐名丞相去答话／子牙闻听更心惊／哪吒杨戬在旁讲／师叔不必太忧心／如今已战五日整／五天却有五道人／今日师叔去会战／可以了解他实情／子牙听言说有理／传令排队就出城／左右排列英雄将／前后排的众门人／吕岳一见城开处／兵势威严将俊英／人言姜尚用兵善／话不虚传果是真

白　子牙出城，见黄幡下有一道人，穿大红袍，面如蓝靛，发似朱砂，三目圆睁，骑金眼驼，手提宝剑。子牙催骑上前打躬。吕岳上前大呼曰：“来者可是姜尚公？”子牙答曰：“然也！道兄是哪座名山，何处洞府？今至西岐，屡欺吾门下，道兄有何所见而为？今纣王无道，周室将兴，天下尽知，人心归顺真主，道兄何必强为？”吕岳曰：“吾乃九龙岛炼气士吕岳是也。只因你等

211

欺侮吾教，吾故令四人略施小术，送你一个知道。今日吾特来会你一会，共决雌雄。只是你死日临头，切莫后悔，端坐骑上，听吾道来。"

唱 截教门中我最先／玄中妙诀许多言／五行道术寻常事／驾雾腾云只等闲／腹内离龙并坎虎／胸藏韬略不平凡／炼就纯阳健全体／九转还丹把寿延／八极神游真自在／逍遥任意大罗天／今日降临西岐地／早早投戈免受愆

白 吕岳道罢，子牙笑曰："据道兄所谈，不过峨眉山赵公明、三仙岛云霄等之道，一旦俱成画饼。道兄此来，不过是自取杀身之祸耳！"吕岳大怒骂曰："姜尚！你有何能，敢出此恶言？"催开金眼驼，执手中剑，飞来直取子牙。子牙将剑相迎。

唱 杨戬纵马冲来到／弟子来把泼道擒／不管好歹照顶砍／吕岳剑架不沾身／旁边恼了哪吒将／双脚蹬开风火轮／不要走了这泼道／火尖枪起不容情／天化站在旗门下／心中焦躁似火焚／虽是苏侯私放我／难道吾不如他们／要想立功顾不了／立即催开玉麒麟／两柄银锤如风紧／围住吕岳在中心／郑伦一见黄天化／气得捶胸把足顿／哎哟一声来惊叹／吾今为国把将擒／苏侯有意归周地／私放黄家父子们／这番捉住立打死／免得他把念头生／想罢催开金睛兽／大喝天化休逞能／天化一见仇人到／随即拨转玉麒麟／双锤并举来击顶／展动神力战郑伦／哪吒一见恐有误／拨转轮头大叫声／大叫一声黄公子／你今去把吕岳擒／说罢提枪当胸刺／郑伦用杵忙相迎／郑伦曾伤哪吒手／心下略有几分虚／纵战知道不济事／留心着意防他人

白　子牙、杨戬、黄天化抵住吕岳。土行孙提镔铁棍杀将进来。邓婵玉在旗门下看战。吕岳见周将增多，随将身手动摇，现出三头六臂，一只手执巡天印，一只手掌瘟疫钟，一只手持行瘟幡，一只手拿指瘟剑，双手使着宝剑来刺，现出青面獠牙。子牙一见如此形象，心中十分害怕。

唱　杨戬一见师叔怕／跳出圈外把计生／随令金毛二童子／暗放金丸把功成／二童得令不怠慢／拽满扣儿下无情／唰地一手来打下／正中吕岳肩臂身／天化一见杨戬胜／立即拨转玉麒麟／取出火龙镖在手／照定吕岳下绝情／回手一镖打将去／正中吕岳腿子筋／子牙也把神鞭祭／吕岳难逃此厄星／哗啦一声来打下／又中吕岳后背心／金眼驼上坐不稳／一跤滚下地埃尘／落下骑来就借遁／借着土遁逃回营／郑伦一见这光景／心慌意乱难招承／哪吒大喝枪来了／正中郑伦肩臂身／几乎闪下金睛兽／伏鞍而逃败进营／子牙也不去追赶／鸣金收兵转进城／不表子牙收兵去／且表苏侯父子们／站在辕门来观看／吕岳失机伤郑伦／匹夫应该是如此／心下暗暗喜十分／吕岳中军来坐定／四位门人问师尊／不意今日被他胜／吕岳不妨说一声／葫芦内取出丹药来服了／仍说笑话众人听／姜尚虽然今日胜／难逃一城的生灵／一面笑来一面讲／又取丹药给郑伦／时至三更人睡尽／便叫左右四门人／每人拿葫瘟丹去／五行遁进西岐城／四人回言说遵令／吕岳自往中央行／一齐收拾妥当了／吕岳跨驼进了城／手执瘟丹往下撒／东南西北不差分／未有一处不撒到／撒至五更方回营／不说五人撒瘟转／回文又说西岐城／丹入井泉河道内／家家必用不可停／但凡吃着此水者／满城尽遭此厄星／不上一两日光景／烟火全无少人行／皇城之内人寂静／相府只闻声唤音／门人几乎全遭困／其中只有两个人／杨戬玄功能变化／哪吒莲花来化身／故此二人不曾病／心内着慌有十分／哪吒去看武王主／杨戬相府来应承／不时上城去看守／弄得二人忙不赢／哪吒便对杨戬讲／城中仅有我二人／倘若吕岳来攻打／如何应付

213

这事情／杨戬回言不妨事／武王乃是圣明君／师叔该有这场苦／自有高人救他身／不表二人来议论／且表吕岳那道人／次日帐前来坐定／说与苏侯众人听／昨晚五人行的事／不用张弓箭一根／如今不过七日内／灭却一郡众生灵／郑伦即便回言禀／老师你且听原因／西岐军民俱遭困／何不调支马和人／趁此杀进城中去／一并铲草又除根／吕岳回言说可以／郑伦欣然领令行／人马刚出商营口／杨戬城上看得清／哪吒忙着问杨戬／他们人马已来临／你我二人如何抵／杨戬回言不必惊／忙将草土拿两把／望空一撒喝疾声／城上尽是彪躯汉／往来耀武甚惊人／郑伦抬起头来看／人马比前胜十分／人人轩昂又骁勇／因此不敢去攻城／只得徐徐把营进／回见吕岳说事因／不表郑伦回营去／又把杨戬明一明／此符暂救目前紧／长久之计不可行／二人正在心郁闷／忽听空中鹤唳声／黄龙真人跨鹤至／来至城楼把鹤停／哪吒杨戬倒身拜／老师连连口内称／真人说你师可曾来到此／杨戬回言未曾临／真人就把城来下／相府来看子牙身／内庭去看武王主／然后复身又上城／正在城上来观看／来了玉鼎一真人

白　玉鼎真人见过黄龙真人。黄龙真人曰："道兄为何来迟？"玉鼎真人曰："我借纵地金光法，故此来迟。而今吕岳将此异术荼毒一郡生灵，众生遭逢此厄。现叫杨戬速往火云洞见三圣大师，求取丹药前来，可救此难。"杨戬领令，忙借遁光而去。

唱　杨戬土遁来得快／火云洞在面前存／按落遁光不敢进／洞外等候多时辰／见一童子出洞府／杨戬上前道兄称／弟子是玉泉山上金霞洞／玉鼎真人门下人／今奉师命来到此／参谒三圣老爷身／相烦道兄帮告禀／童子回言你是听／三圣是谁可知晓／然何你把老爷称／杨戬回言不知道／童子说你听分明／此乃是天

皇地皇人皇主 / 杨戬说多蒙道兄指教明 / 童子进洞去通禀 / 少时出来说一声 / 三位皇爷命你进 / 杨戬得令入洞门

白　杨戬走进洞府，见了三位圣人，倒身下拜曰："弟子杨戬奉玉鼎真人之命前来叩见。今西岐武王，因吕岳助苏护前来征伐，不知吕岳用何道术，将一郡生灵，弄得卧床不起，武王危在旦夕，姜尚死在须臾。弟子奉命，特来恳求，万望大发慈悲，拯救无辜生灵，实乃恩同再造。"

唱　伏羲便对神农论 / 吾辈为君治于民 / 曾把八卦礼乐定 / 并无瘟病享太平 / 如今商朝失仁政 / 武王仁德日日新 / 兴周伐纣应天命 / 御弟理应济众生 / 神农回言说有理 / 立即起身入后庭 / 取出丹药三粒整 / 交与杨戬说分明 / 武王宫眷一粒治 / 一粒去救那子牙众将军 / 一粒用水来溶化 / 杨枝细洒西岐城 / 那时自然病全好 / 杨戬拜谢出洞门 / 神农随同出洞外 / 杨戬且住听我云 / 紫芝岩脚拔根草 / 递与杨戬说原因 / 此草带回人间去 / 可治传染济世人 / 杨戬接过跪在地 / 恳乞指示此草名 / 神农即便开言讲 / 有诗一首说分明

诗曰："此草生来盖世无，紫芝岩下用功夫。常桑曾说玄中妙，发表寒门是柴胡。"

白　杨戬得柴胡，叩谢神农，离了火云洞，借遁径往西岐而来。

唱　遁光一起来得快 / 霎时到了西岐城 / 城上来把师尊见 / 柴胡丹药交上来 / 杨戬从头说一遍 / 玉鼎真人依法排 / 三粒丹药按法解 / 顷刻救了众生灾 / 圣

主洪福无边大／吕岳枉费心思哉／不说西岐城内事／且表吕岳笑颜开／不觉过了七八日／便与众人说从来／西岐人马已绝尽／苏护闻言暗发呆／时光易度一日过／苏护暗暗出营来／又只见西岐城上旗幡展／往来之人在逛街／哪吒杨戬雄赳赳／苏护心下自疑猜／吕岳之言惑吾等／待吾去实话告他怎下台／遂进中军将言讲／老师你且听开怀／适才老师说的话／而今西岐无祸灾／老师应将何法使／军无戏言自古来／吕岳闻言忙站起／哪有这样奇怪哉／苏护说不才此时刚看过／岂是惑军乱言来／吕岳即出营来望／果然西岐未遭灾／连忙掐指算一算／大骂玉鼎狗奴才／火云洞内把丹药要／救了一郡生灵灾／吕岳进营忙传令／五个徒弟听安排／各带三千人和马／趁他身弱体还衰／一齐杀进城中去／不论军民一起埋

白 郑伦将吕岳之言对苏护说。苏护情知不能取胜，随调一万二千人马交与吕岳。吕岳分拨与门人带领，由各门杀入西岐。

唱 周信领兵东门进／李奇带兵往西门／朱天麟往南门走／城外接应是郑伦／吾同文辉北门进／包管一战把功成／吕岳打点安排定／炮响一声就出营／一齐杀奔西岐地／哪吒城上看得清／忙对黄龙真人禀／吕岳四门杀来临／城内空虚难保护／只有四人怎调停／真人便说不妨事／我有办法何必惊／杨戬东门去迎敌／开门让他杀进城／哪吒你在西门等／依然如此这般行／玉鼎真人南门去／贫道自去守北门／只要他们把城进／这些泼道即可擒／不说四人安排定／吕岳人马杀至城／周信领兵东门进／人马一冲进了城／杨戬大呼好周信／自把驴头送上门／说罢三尖刀一摆／劈头一下不容情／周信把剑来架过／二人抵住就相争／不言二人来交战／又说李奇进西门／哪吒接住二人战／南门杀进朱天麟／玉鼎真人截住他／不通名姓就相争／吕岳文辉北门进／黄龙真人大喝声／大喝吕岳你且

听／你敢欺吾进西门／鱼游釜中鸟投网／自取灭亡怪谁人／吕岳一听心大怒／提剑便来取真人／现出三头并六臂／大显神通卖才能／一个修道真仙体／一个瘟部是正神／不说北门在苦战／又表杨戬在东门／未及战上三两合／杨戬心下自沉吟／犹恐人马伤百姓／随即就祭宝和珍／哮天犬往空中起／咬住周信脖颈筋／周信咬牙想挣脱／杨戬一刀下无情／就砍周信为两段／封神台上去报名／杨戬奋勇杀一阵／三军逃命出了城／杨戬中央来接应／又把哪吒明一明／李奇绝非他对手／哪吒猛勇更显能／乾坤圈子来祭起／李奇被打倒埃尘／肋下一枪丧了命／一道灵魂赴封神／赶杀士卒施威猛／犹如猛虎入羊群／逃出城的得活命／迟走一步赴幽冥／不言这里得了胜／又表那玉鼎真人在南门／正与朱天麟交战／杨戬接应到来临／天麟心慌料难抵／真人祭起剑一根／此宝名为诛仙剑／一晃斩了朱天麟／赶杀士卒且不论／又说北门黄真人／抵住师徒人两个／真人难胜他二人／虚掩一剑抽身走／吕岳不舍随后跟／文辉大叫休走了／三军呐喊震天庭／哪吒正好来接应／看见吕岳追真人／大喝吕岳休逞勇／待吾来取你的魂／斜里提枪劈面刺／吕岳忙用剑来迎／杨戬走马也来到／又来玉鼎一真人／三尖刀起如闪电／四人双战他二人／子牙身坐银安殿／左右侍立众门人／只听呐喊锣鼓震／左右便问是何情／众人回言不知晓／震子说弟子前去看分明／风雷翅展空中起／知是吕岳杀进城／回身落地将言禀／吕岳率兵进城门／金木兄弟黄天化／一闻此言动杀心／深恨吕岳入骨髓／内中还有土行孙／五人齐声来大叫／不杀吕岳不算人／一齐冲出相府去／左右阻拦来不赢／吕岳与人正酣战／金吒赶来大喝声／不要走了这妖道／随手就祭宝和珍／忙将遁龙桩祭起／吕岳一见吃一惊／忙将金眼驼拍动／那兽四足起风云／起在空中才要走／木吒又祭宝和珍／随手祭起吴钩剑／吕岳难逃此灾星／哗啦一声来砍下／砍下一膀落埃尘／哎哟负痛来逃走／文辉见势亦抽身／师徒二人败下阵／顷刻之间百里程／来至一山犹惊恐／靠石稍息片时辰／文辉说哪里去请一道友／报了此仇方称心／话犹未了侧耳听／脑后有人唱道情

歌曰　"烟雾深处隐吾躯，修炼天皇访道机。一点真元无破漏，易拖白虎过桥西。消磨天地须臾人，称我全真客一人。伴龙虎，守茅舍，几世固守男儿分。"

白　吕岳听罢，回头看见一人非道非俗，头戴一顶盔，身穿道服，手执降魔杵，缓缓而来。吕岳立身言道："道者是谁？"其人答曰："吾非别人，乃金庭山玉屋洞道行天尊门下，韦护是也！今奉师命下山，佐师叔姜子牙东进五关伐纣，今往西岐擒拿吕岳，以为进见之功。"杨文辉闻言大怒曰："你狂徒大胆！敢说欺心大话。"纵步执剑来取韦护。韦护答曰："事真凑巧，在此正遇见你们师徒。"韦护将杵架过，二人在山前一场大战。

唱　狭路相逢难躲避／各凭本事定死生／这个借此来雪恨／这个只望把功成／未及战上三两合／韦护就祭宝和珍／此宝不是寻常宝／它是降魔杵一根／拿在手中轻如草／打在身上重千斤／犹如泰山一般样／人仙被打便丧生／哗啦一声来打下／正中文辉脑顶门／打得脑浆喷出外／做了封神榜上人／吕岳一见文辉死／心中好似火来焚／提剑飞来取韦护／韦护将杵便相迎／变化无穷生机巧／吕岳剑法实是精／来来往往六七合／韦护空中宝杵升／吕岳不能破此宝／忙借土遁去逃生／韦护收了降魔杵／即刻遁往西岐城／相府来对门官讲／我今求见丞相身／门官进内去跪禀／外面求见一道人／子牙闻言传令请／门官出府请一声／韦护随即进府内／檐前下拜师叔称／我本是金庭山上玉屋洞／道行天尊的门人／弟子名字叫韦护／奉命来佐师叔身／中途曾把吕岳遇／弟子打死一道人／不知他的名和姓／走脱吕岳去逃生／子牙闻言心大喜／叫韦护见过师兄师弟们／不言西岐城内事／且表吕岳那道人／逃回九龙岛上去／修炼瘟皇伞一批／他日功圆又果满／然后下山把仇伸／不言吕岳回岛去／且表苏护在中军／郑伦抗拒不归顺／屡

219

屡得罪子牙尊／不知如何才是好／郁郁不乐闷在心／不言苏护心烦闷／把话分开别有因

白 太华山云霄洞赤精子，只因削去顶上三花，潜消胸中五气，闲坐洞中保养元气。忽见玉虚宫白鹤童子持札而至。赤精子接见，白鹤童子开读御札，读毕，方知姜子牙登台拜将，前去西岐接驾。

唱 打发童子回宫去／忽然想起殷洪身／真人便对殷洪讲／贤徒你且听我云／你无了道成仙份／前去辅佐师叔身／不日拜将要东进／诸侯大会于孟津／助他一臂把功挣／不枉吾教你一片心／但只是你乃纣王亲生子／焉能灭纣把周兴／殷洪闻言把牙错／二目圆睁尊一声／师父呀弟子虽是纣王子／妲己之仇似海深／挖母双目烙母手／死于非命遭惨刑／父不慈来子不孝／弟子时刻恨在心／只想拿住苏妲己／以报母仇把冤伸／赤精闻言心大喜／随即后洞取宝珍／紫授仙衣赐一领／阴阳宝镜晃眼睛／水火锋刃真无比／取来说与殷洪听／前去若把五关进／佳梦关前遇一人／有一道姑火灵圣／头戴金霞奇宝珍／金光三四十丈远／穿上此衣免伤身／接着又说阴阳镜／红白各半定死生／白的一晃便是死／红的一晃可还魂／水火锋刃可护体／不可迟延就起身／殷洪收了多拜谢／拜辞师尊出洞门

白 赤精子暗想，我为子牙将洞中之宝尽付殷洪，他终究是纣王之子，倘若中途有变，如之奈何？赤精子忙叫殷洪回来，殷洪问曰："老师还有何吩咐？"赤精子曰："你切不可忘我之言，不可保纣伐周。"殷洪曰："怎敢违背师言。"赤精子曰："如果口是心非，怎能保得到底？你须对我发个誓愿。"殷洪随口应曰："弟子若是有他意，四肢化为飞灰。"赤精子曰："你既出口发誓，你就去吧。"

　　唱　拜辞师尊出洞府／遁往西岐大道行／忽然之间遁光稳／不觉落在一山林／洞内水流如泄玉／路旁花落似堆金／黄梅熟杏真可口／野草闲花不识名／殷洪正看山中景／茂林之中有锣声／又只见一人面如黑漆亮／脸上红髯血染成／两道黄眉如金镀／皂袍乌马甚俊英／金锁铠甲亮光闪／手提银装锏二根／滚下山来大呼叫／你是哪里的野人／焉敢把吾居处看／劈头一锏实不轻／殷洪水火锋急架／步马相交就战争／又有一人大呼喊／待吾来把泼道擒／胯下一匹黄骠马／手提驼龙枪一根／脸上长须风飘动／面如赤枣甚惊人／恶狠狠地就战起／殷洪怎敌这二人／暗思师父阴阳镜／红白两面定死生／待吾今日试一试／随即取在手中存／白的对着二人晃／二人倒下马鞍心／殷洪一见心大喜／又见山下有二人／一人面如黄金样／短发虬须甚异形／大红银甲披一领／手使大刀似板门／胯下一匹雪白马／更比二人凶十分／殷洪一见甚惊怕／即用镜子晃来人／那人依然跌下马／后面一人看得清／慌忙滚鞍并下马／双膝跪在地挨尘／万望大仙来怜悯／赦免三人命残身／殷洪回言非仙圣／吾是纣王殿下身／名叫殷洪就是我／那人千岁口内称／吾兄不知来冒犯／还望饶恕他三人／殷洪回言说可以／半边红镜晃三人／三人醒来跃身起／妖道何术欺我们／那人说兄长不可来造次／此乃是殷洪殿下大驾临／三人连忙倒身拜／口呼千岁不绝声／殷洪即便开言问／高姓大名说我听／内有一人来答应／庞红便是末将名／此为姓刘单名甫／苟章毕环他二人／我等在二龙山上黄峰岭／聚集人马当绿林／殷洪说你等当世英雄将／何不同去西岐城／刘甫说成汤苗裔是殿下／反保周武为何因／殷洪即便回言道／你们四人听分明／纣王虽是我亲父／有失君道绝人伦／天下诸侯均背弃／吾故顺天而应

人／此山人马有多少／四将回言三千零／殷洪说你们收拾随吾去／挣个功名位人臣／四人回言齐答应／千岁提拔敢不遵／四将遂将人马改／西周旗号甚显明／随即放火烧山寨／离了高山上路行／行程非止一日整／中途忽遇一道人／众人俱叫虎来了／公豹说此是家虎不伤人／与吾报与殷殿下／道人求见把话云／军人回身马前禀／就将此事说分明／殷洪一想是同道／立即传令把兵停／停下兵马请来见／公豹闻请飘然临／上帐立即打稽首／殷洪即以师礼迎／请问道长名和姓／公豹闻言说一声／吾同你师是一教／俱是玉虚门下人／殷洪闻听此言语／欠身忙把师叔称／二人一同来坐下／师叔尊名怎么称／公豹说我姓申名叫公豹／如今你往哪里行／殷洪回言奉师命／前去西岐辅仁君／公豹正色将言论／纣王是你什么人／殷洪回言是吾父／公豹立即大喝声／真是岂有这道理／子助他人伐父亲／殷洪又将话来说／我父无道非仁君／天下诸侯皆反叛／顺应天理顺人心／纵有慈孙与孝子／不能解其怨尤深／公豹一听哈哈笑／你乃愚昧无知人／不明大义不知理／你是成汤后代根／纣王虽然是无道／百年之后继谁人／不思社稷有多重／听何人言忏灭伦／天下万世从来有／没有殿下这种人／你今保周去伐纣／倘有不测怎样行／宗庙被人来破坏／社稷一旦属他人／难道还会归于你／你位不过居人臣／久后死在九泉下／何颜去见祖先人／公豹一篇大道理／殷洪默然不做声／半晌方才将言论／师叔你今听我云／师叔之话虽有理／我已对天把誓盟／公豹便问发何誓／殷洪说四肢灰飞丧残身／公豹一听哈哈笑／你发此誓叫牙疼／哪有过骨肉灰飞的道理／从古至今还未闻／依吾快把念头改／径去伐周大业成／不负祖宗和社稷／是我一片真诚心／如今冀州侯苏护／正在征伐西岐城／与他合兵在一处／吾请高人助你们／殷洪说昔日妲己害吾母／焉肯共居与仇人／公豹又来将言说／凡事必须在内心／待你执掌天下后／怎样报仇也可能／殷洪欠身来感谢／承蒙老师来指明／公豹说罢跨虎去／殷洪改了旗号行／不日到了西岐地／果见苏侯大老营／殷洪便令庞红去／去令苏侯见我身／庞红亦不知就里／跑到营前大呼

声 / 现有殷千岁驾到 / 快令苏侯把驾迎 / 门官进营去通报 / 启禀君侯得知闻 / 外有殿下兵到此 / 要令君侯把驾迎 / 苏侯闻言自思忖 / 天子殿下早无存 / 如何今又有殿下 / 怎不叫吾生疑心 / 况吾奉敕为大将 / 谁敢对吾把令行 / 想罢便把门官叫 / 且把来人叫进营 / 庞红走至中军帐 / 苏护一见貌惊人 / 你是哪里人和马 / 哪个殿下令你行 / 庞红回言二殿下 / 郑伦在旁说一声 / 原来被风来刮去 / 以后就不知其情 / 恐有神仙来救去 / 时逢国难下山林 / 君侯前往他营去 / 看其真假便知因 / 苏侯闻言从其论 / 随即出营至辕门 / 庞红进营去通报 / 殷洪传令叫进营 / 苏护郑伦至帐下 / 欠身打躬把话云 / 欲知后事听下章 / 一一道来说分明

第十二章　马元下山助殷洪　太极图殷洪绝命

白 苏护、郑伦行至中军，欠身打躬曰："末将甲胄在身，不能全礼。请问殿下是成汤哪一支宗派？"殷洪曰："孤乃当今嫡脉次子殷洪。只因父王失政，把孤弟兄几人绑在绞头桩上，欲待行刑。幸上天不绝，有海岛高人救去，故此今日下山，助你成功。"郑伦听罢，以手加额曰："今日之遇，乃社稷洪福。"殷洪令苏护合兵一处。

唱 次日殷洪来升帐／便与苏护来商量／你与周兵去对阵／胜负如何说端详／苏护回言难取胜／殷洪闻言说不妨／明日待吾把阵上／看那周兵怎发狂／次日起来收拾好／带领诸将出营房／一直来到城脚下／大喝巡城众儿郎／你今快快报姜尚／早早投降免受伤／若有半句支吾语／杀进城来尽遭殃／军士听得忙去报／跑进相府说言章／双膝跪地称丞相／成汤一将到战场／口口声声称殿下／要擒姜尚和武王／子牙便问黄飞虎／是何殿下如此狂／想昔日纣王处斩他二子／被风刮去无行藏／如今想是回来了／难道有此事一桩／飞虎说待我前去望一望／看看事体便知详／子牙闻言心欢喜／武成王随带四子到战场

白 飞虎冲出城来，只见殷洪身穿王服，左右排立四将，后有郑伦，十分整齐。怎见得，有诗为证。

诗曰："束发金冠火焰生，连环铠甲锁征云。红袍上面团龙现，腰束挡兵走兽裙。坐下走阵逍遥马，手执方天戟一根。龙凤幡上书金字，纣王殿下殷洪名。"

唱 飞虎催骑上前问／便问来将是何名／殷洪离开十年整／不知飞虎归西城／殷洪即便回言道／当今殿下殷洪身／你是何人敢叛乱／吾今奉旨把西征／早

早下骑来受绑／免得孤家费精神／莫说西岐一姜尚／西岐寸草不生根／飞虎即便回言答／我今并非是别人／开国成王就是我／黄飞虎是我的名／不由殷洪心暗想／难道这里有同名／把马一纵摇戟刺／飞虎催牛把枪迎／牛马相交枪戟举／你来我往尽力争／飞虎枪去如电闪／殷洪招架忙不赢／庞红走马来助战／天禄挺枪来接迎／刘甫舞刀也上阵／天爵接住便相争／苟章一见心火起／冲杀过来助战争／天祥年方十四岁／纵马摇枪便来迎／大呼匹夫休冲阵／小爷来取你的魂／二人抵住来大战／毕环催马也来临／天化双锤来相抵／两边战鼓震天庭／殷洪难敌黄飞虎／虚掩一戟就抽身／飞虎随后赶将去／殷洪就要祭宝珍／就把阴阳镜一晃／飞虎牛上昏沉沉／鞍桥上面坐不稳／一个筋斗滚在尘／郑伦连忙冲出去／抢去飞虎用绑绳／天化见父把骑坠／弃了毕环救父亲／催动麒麟赶来到／殷洪见是道中人／犹恐被他来算计／不如先下手为精／想罢镜子如前晃／天化落下玉麒麟／亦被生擒活捉去／天祥一见怒声嗔／随把银枪紧一紧／刺中苟章左腿根／苟章连忙败下阵／天祥也不去追跟／殷洪一连擒两将／掌鼓收兵转回营／不言殷洪心高兴／黄家弟兄转回城／相府泣对丞相讲／子牙闻言闷在心／不表子牙心忧闷／且说殷洪把帐升

白　殷洪来至中军坐下，传令把二将推来。左右得令，把飞虎父子推至中军。殷洪卖弄道术，用镜子红的一面一晃，黄家父子苏醒过来。飞虎睁眼观看，看见身子被绳捆索绑，殷洪坐于帐上，飞虎曰："你并不是二殿下。"殷洪喝曰："何以见得？"

唱　飞虎说你既然是二殿下／为何负义眼睛瞎／我本是开国成王黄飞虎／午门外救你弟兄未着杀／殷洪闻言说哎呀／确是怪我眼睛花／救命恩人认不到／这

227

位少年是谁家／飞虎说他是长子黄天化／爷崽父子被你拿／殷洪连连说得罪／忙解绳索放开他／将军为何把周顺／飞虎欠身说根芽／只因当今失仁政／君戏臣妻乱王法／因此弃暗投明主／方投武王姜子牙／今蒙殿下施恩惠／不忘大恩再报答／郑伦急忙称殿下／不可如此放黄家／殷洪听言微微笑／不能怪我做事差／因他从前救过我／知恩不报非豪侠／以免于世落笑话／二次拿获不容他

白　殷洪忙令左右，取衣甲坐骑，交给飞虎父子。殷洪曰：“黄将军，昔日之恩，吾已报了，以后并无他说，再相逢时，请多留意。”飞虎感谢之后，父子往西岐而来。

唱　飞虎来至相府内／参见丞相掌兵人／子牙一见心大喜／将军何得脱厄星／飞虎就将前事讲／吉人自有天相成／不说子牙喜悦事／且言郑伦气不平／见放黄家父子去／心中不悦把话云／殿下这番再擒住／不可轻易放他人／殷洪即便回言说／知恩报恩古来闻／料他难逃吾的手／异日擒来问斩刑／正议之间天色晚／次日殷洪要出征／率领众将到城下／坐名要会子牙身／探马报入中军去／启禀丞相得知闻／殷洪城外来讨战／坐名丞相会他身／子牙一听军士报／随即传令众门人／今日吾去把他会／看他镜子什么形／令下一声排队伍／炮声一响出了城／一直来到战场上／殷洪戟指喝一声／姜尚为何敢造反／你原曾为商朝臣／一旦负恩情殊恨／有何面目见孤身／子牙欠身将言讲／殿下你且听我云／为君须当爱百姓／听纳忠言体念臣／岂可暴虐失仁政／天下之人有叛心／西周武王仁德主／此是天数来造成／何必强为逆天命／犹恐后悔来不赢／殷洪听言心大怒／谁人把此匹夫擒／话犹未了人答应／庞红走马出阵门／飞舞两根银装铜／哪吒蹬开风火轮／摇枪就把庞弘刺／刘甫冲杀至阵心／天化催骑来抵住／毕环亦来助战

争／杨戬三尖刀舞动／相抵毕环不容情／苏护父子辕门看／殷洪子牙大交兵／两边不停擂战鼓／惊天动地喊声杀／看看战了多一会／子牙便要祭宝珍／忙把打神鞭祭起／一鞭打下却不成／殷洪紫绶仙衣衬／打去毫发全无损／子牙忙把鞭收了／执剑抵住又相争／庞红抵住哪吒战／恼了哪吒烈性人／就把乾坤圈祭起／祭在空中惊人魂／哗啦一声来打下／打中庞红后背心／腰部骨折跌下马／复又一枪丧残生／殷洪一见死庞红／匹夫丧吾大将军／就把子牙来弃了／回身来战哪吒身／哪吒提枪来抵住／枪戟并举各显能／杨戬正把毕环战／数合之上祭宝珍／哮天犬往空中放／咬住毕环颈子根／毕环把头只一挣／杨戬一刀到来临／死于非命归阴府／径往封神台上行／殷洪忙取阴阳镜／一晃哪吒望落轮／哪吒不是精血体／原是莲花来化身／连晃数次不灵应／只得拼命又相争／此时杨戬看得准／便对师叔说原因／殷洪使的阴阳镜／快快退后免伤身／哪吒不是血肉体／因此无恙得安宁／子牙便对婵玉讲／助他一石把功成／佳人听言把马纵／五光石在手中存／照着殷洪只一下／打得脸肿鼻又青／哎哟一声拨马走／哪吒一枪刺后心／因有紫绶仙衣衬／枪尖不入半毫分／哪吒一见心惊异／因此不敢去追跟／子牙掌起得胜鼓／收兵进了西岐城／不说子牙城中去／又说殷洪败面营／脸上青肿切齿恨／又损庞毕二将军／不表殷洪来深恨／又把西岐明一明／子牙银安殿上坐／杨戬上前说原因／弟子今日在阵上／确把殷洪看得真／使的原是阴阳镜／一点不差半毫分／不是哪吒来相战／今日一定要损人／师叔神鞭不能中／定有暗宝护其身／弟子太华山上去／去问赤精子师尊／子牙默默沉思久／半晌方许杨戬行／杨戬辞别出相府／借遁就往太华行／来到高山收了遁／云霄洞内问根生

　　白　杨戬入洞，行至碧游床前，倒身下拜。赤精子见杨戬，忙问曰："你到此何事？"杨戬行礼毕，口称："师伯，弟子前来求借阴阳镜，与姜师叔暂破商朝大将，随即奉还。"赤精子曰："前日殷洪带下山去，我要他去助你师叔讨纣，难道他不曾说有宝在身？"杨戬曰："弟子特为殷洪而来。殷洪不曾归周如今反伐西岐。"道人听得，顿足叹曰："吾错用其人，将一洞之宝尽付殷洪，岂知这畜生反生祸乱？杨戬，你今去，吾随后就来。"

唱　杨戬辞别出洞去／随借土遁快如飞／霎时行了数千里／不觉一时到西岐／子牙一见忙便问／探听是真还是虚／杨戬即时忙答应／师叔你且听端的／果是师伯的徒弟／差他下山建功勋／是叫他来帮助你／谁知反来伐西岐／师伯随后要来此／子牙闻言皱双眉／不觉过了三日整／来了赤精子真人／门官一见忙去禀／启禀相爷得知悉／赤精真人驾来到／子牙闻报把步移／连忙出府来迎接／二人上殿把手携／礼毕坐下把话叙／精子开言说事因／连说得罪多得罪／也是怪我把心迷／吾叫殷洪来助你／不料畜生惹是非／一旦负了吾言语／反生祸乱把我欺／子牙说如何给他阴阳镜／赤精说一洞之宝都付齐／吾恐不久要东进／还赐紫绶宝仙衣／不知何人来唆使／以致中途变了心／来日叫他来赎罪／师弟莫要把心灰／一夜晚景不必论／次日真人出西岐

白　次日，真人来到汤营门前，大叫："门官！快报殷洪得知，叫他出来见我。"门官听得，急忙来至中军："启禀千岁得知，营外有一道人，坐名要千岁出去会他。"

唱　殷洪正在来调养／深恨一石之仇人／闻报不知是师父／随即跳上马鞍心／刘甫苟章来随后／炮响一声就出营／出营看见是师父／置身无地把话云／急忙欠身打一躬／弟子甲胄穿在身／不能全礼多得罪／精子回言你且听／你在洞中怎样讲／反伐西岐为何因／徒弟出口曾有愿／为何无知这样行／下马与我把城进／以赎前日之罪名／如若不从吾的话／恐其大难来临身／殷洪马上开言道／老

师容我禀一声／我是纣王亲生子／怎么反去助他人／常言子不言父过／况是反叛
弑其亲／即使神仙佛一样／先完纲常与人伦／承蒙师傅把我训／不修人道功也
成／未闻教子去弑父／以此奉告老师尊／精子即便微微笑／畜生你今听我云／纣
王灭伦又逆纪／残酷无道害忠臣／天之绝商亦久矣／故生武王把周兴／你今若是
把周助／尚可延商一脉精／若是不听为师语／真是恶满遗子孙／可速下马同吾
去／亦解愆尤免丧身／殷洪马上把色正／老师你今请回城／不忠不孝灭伦事／弟
子实难把命遵／弟子破了西岐后／再来与师请罪名／不由赤精子大怒／畜生你太
放肆行／愤怒执剑就来取／殷洪戟架又开声／老师何苦为姜尚／自害门徒是何
因／赤精说武王应运贤明主／子牙佐周名世臣／何必逆天行横暴／说罢二剑又来
临／殷洪又把剑架过／老师连连口内称／你我师徒有情分／何必如此伤感情／师
恩一旦成画饼／徒儿心中也伤情／精子闻言火更冒／无义之徒骂几声／尚敢巧言
来辩解／随手一剑又来临／不由殷洪火星起／老师你已下绝情／我今已让你三
剑／已经尽了师礼情／精子闻言更火滚／手起一剑砍来临／殷洪提戟来架过／师
徒一场大战争／赤精说后悔当初把你救／殷洪说不该叫我杀父亲／赤精说恨不
得砍你为两段／殷洪说听天安命不由人／来来往往五六合／殷洪逆天欺师尊／怀
中取出阴阳镜／精子一见吃一惊／倘若差池就不好／纵地金光走如云／一直来至
相府内／子牙接住问事因／精子捶胸来叹气／从头一二说分明／一众门人不服
气／哪有徒弟打师尊／精子无言来答应／闷坐厅堂不做声／不言精子心烦闷／且
表殷洪转进营／一见师傅来逃遁／其心越高目无人／中军正与苏护论／以何良策
破西岐／正议之间人来报／外面求见一道人／殷洪传令说声请／道人随即进了营

白 道人进营。殷洪一见道人，身不满八尺，面如瓜皮，獠牙巨口，身穿
大红袍，戴一串念珠，乃是人之顶骨穿成。又挂一金镶瓢，是半个人脑骨，眼
耳鼻中冒出火焰，如顽蛇吐信一般。殷洪与诸将，莫不骇然。道人上帐，稽首

而言："哪一位是殷殿下？"殷洪答曰："不才便是。不知老师是哪座名山，何处洞府？今到小营，有何贵干？"道人曰："吾乃骷髅山白骨洞一气仙马元是也。遇申公豹请我下山，助你一臂之力，共破西岐。"

唱 殷洪听言心欢乐／和颜悦色把话说／迎请道人席上坐／便令左右摆吃喝／老师吃荤是吃素／不论荤素我都嚼／殷洪置酒来款待／饮至夜静三更多／次日马元要出战／迈步来至西城脚／大叫城上众军士／洗耳留神你听着／快叫姜尚来会我／叫你满城不能活／军士进府忙通报／来一野道甚凶恶／坐名丞相把他会／若迟他要抄老窝／子牙传令排队伍／打开两重铁门脚／一齐来至战场上／一见道人果然恶／要知道人真情况／有诗一首把他说

诗曰："发似朱丹面如瓜，金眼凸暴冒红霞。窍中吐出顽蛇信，上下斜生利刃牙。大红缨上云光吐，金花冠拴紫玉花。腰束丝绦太极扣，太阿宝剑手中拿。封神榜上无名姓，他与西方是一家。"

唱 子牙即便开言问／道者你今是何人／马元即时回言答／马元就是我的名／我因申公豹相请／来助殷洪把你平／子牙又将话来说／道兄你且听原因／吾与公豹原有恨／殷洪被唆背师尊／道长既是高明士／何不应天来顺人／马元大笑将言讲／殷洪原是纣王生／如若反来把你助／叛逆弑父怎么行／亏你自称道德士／看来还不如小人／今日吾如不诛你／决不回山去修真／说罢仗剑就来取／子牙举剑便相迎／未及战上三两合／子牙便要祭宝珍／忙把打神鞭祭起／空中落下要伤人／马元伸手来接住／收在豹皮囊中存／子牙大惊复又战／来了秦州运粮

人／武荣催粮来到此／正遇城下大交兵／大叫丞相吾来了／待吾来把泼道擒／冲至阵前来助战／使开大刀就相争／马元抵住用剑架／武荣刀来似山崩／不得几个回合上／马元难抵武将军／马元默默念咒语／只见脑后把手伸／五个指头冬瓜样／照着武荣下无情／一把抓住空中去／往下一摔用脚蹬／两手拿住一双腿／一撕两块血淋淋／取出心来入口内／对着子牙众门人／叽喳叽喳嚼口内／大呼姜尚你且听／吾今把你来捉住／依然如此这般行／众将一见魂飞散／马元仗剑又来临／大呼谁人来送死／一旁恼了土行孙／大喝马元休无礼／手提铁棍来相迎／马元见是一矮子／笑说你来不够吞／行孙怒吼一大棍／马元大怒喝一声／把剑用刀往下砍／行孙钻到他后身／朝着大腿七八棍／打得骨断又酥筋／马元招架太费劲／实实难抵土行孙／这行孙棍棍朝着穴道打／打得马元只是哼／口中忙念真言咒／恼后伸手要拿人／忽听哗的一声响／一把抓过土行孙／朝着地下只一摔／望时无影又无形／这马元不知他有地行术／尚疑两眼看不清／低头只往地下看／不防婵玉暗里行／一看马元这个景／五光石在手中存／发手一石打将去／打得满面金光喷／哎呀把脸抹一把／大骂暗算是何人／杨戬纵马就来取／三尖刀起寒光生／马元只得举剑架／一来一往又相争／杨戬刀法快如电／马元招架搞不赢／忙又念动真言咒／神手如前要拿人／一把抓过杨戬去／仍像武荣一般行／心肺一齐都吃了／满口还在血淋淋／朝着子牙只一指／且留你过几时辰／明日吾再来擒你／说罢转身就进营／殷洪一见心大喜／置酒款待马道人／不言这里来欢庆／又表子牙进府厅／自思马元真凶恶／哪有活活来吃人／杨戬虽有玄功妙／不如吉凶是何情／不言子牙心忧闷／又说汤营把酒斟／殷洪马元同共饮／一直饮到夜三更／只见马元双眉皱／汗流如雨实难撑／殷洪即便开言问／老师如何这般形／马元回言腹中痛／郑伦说莫非吃了生人心／多吃热酒来冲动／自然无事腹不疼／马元随即换热酒／越吃越痛大叫声／跌倒在地只乱滚／痛杀我也喊不停／只听腹中骨碌响／郑伦在旁听得清／老师腹响去解便／解便之后不再疼／马元只得后面

去／岂知杨戬变化能／将一奇丹放肚内／泻了三日方才停／马元瘦了一大半／又表杨戬进西城

白　杨戬回西岐来，见了师叔，备言前事，子牙大喜。杨戬曰："弟子用奇丹一粒，使马元失其形神，丧其元气，然后再行处治，谅他六七日内，不能会战。"正言之间，哪吒来报，文殊广法天尊驾到。子牙忙迎至银安殿，礼毕，又与赤精子稽首坐下。文殊曰："恭喜！恭喜！子牙公登台拜将之期甚近。"子牙曰："今殷洪违背师言，助苏护征伐西岐，又有马元凶顽，不才如坐针毡。"文殊广法天尊曰："贫道因闻马元来伐西岐，恐误三月十五日拜将之辰，故此来收马元，子牙公且请放心！"

唱　子牙听言心欢畅／不由面上生了光／道兄此来助姜尚／国家幸甚心不慌／不知要用何策治／天尊附耳说端详／只需如此又如此／必须杨戬走一场／杨戬领令去准备／子牙按计来整装／马元将入牢笼计／可见圣人在西方／是日申牌时候上／子牙打点出城墙／单人独骑四不像／一直来到汤营房／用剑指西把东望／惊动探马小儿郎／连忙跑到中军帐／殿下在上听言章／子牙独自营外逛／探看军情摸短长／殷洪便对马元讲／子牙来此为哪桩／马元说前日吾被杨戬算／致使贫道屙稀汤／待吾去把他擒住／碎尸万段称心肠／说罢出营呼姜尚／仗剑来取剑飞扬／子牙忙用剑来挡／剑迎剑架响叮当／来来往往三两趟／子牙拨骑往下方／马元迈步来追赶／不能赶上心思量／他是乘骑我步走／算来我不比他强／今日我已上他当／暂且不赶转营房／子牙见他不来赶／拨回坐骑勒丝缰／你敢来此平坦处／三合之中叫你亡／马元听言哈哈笑／老姜尚有何本事敢发狂／迈开大步

杀来到／子牙抵住分弱强／看看又战三两合／子牙假败催骑忙／马元一见这光景／你敢用诱敌之计把吾诓

　　白　马元咬牙切齿骂道："老匹夫！吾不擒你誓不回营！"说罢，迈开大步往前赶来。

　　唱　迈开大步往前赶／哪管前途路不平／不觉赶到天色晚／只见前面一山林／转过山坡抬头望／不见子牙哪边存／跑得筋疲力已尽／天色又黑腿又疼／依靠松石来坐下／等到天明转回营／不觉已到三更尽／只听山顶炮声鸣／喊声震地如雷吼／灯球火把满山明／马元抬起头来看／只见武王姜尚身／二人马上来把盏／两边将校大喝声／今夜马元落圈套／死于非命无葬身／马元听言心大怒／提剑就奔山顶行／赶至山顶用目望／不见子牙和众人／马元睁眼四下看／又见山下马和兵／四面八方来围定／不要走了这道人／马元闻听心大怒／赶下山来如飞腾／下得山来又不见／又只见山上人马一群群／跑上跑下两头赶／一直赶到大天明／马元跑了一昼夜／肚中饥饿咕噜鸣／咬牙切齿来深恨／只得缓缓转回营／离了高山往前走／山凹有人叫唤声／大叫一声痛杀我／看去凄凉甚可怜／马元听得声凄凉／转下山坡看分明／草上睡着一女子／马元便问什么人／女子回言是民妇／中途偶得心气疼／万望老师施恻隐／给些热汤救残身／马元回言哪里找／我看你终是有死不能生／不如给我来吃了／落得做个大人情／民妇说老师不可来戏耍／世间哪有人吃人／马元饿得心慌了／脚踏胸膛就剖心／执剑就往肚中进／鲜血滚出气腾腾／马元一连吃几口／伸手去摸妇人心／左摸右摸摸不住／两手摸得血淋淋／只有一腔热血水／并无五脏和肺心／马元正在疑惑处／见来了梅花鹿上一道人／道人仗剑来得紧／有诗一首说分明

诗曰："双抓髻云分霭霭，水火袍紧束丝绦。仙风道骨任逍遥，腹隐多少机玄妙。玉虚元始门下客，十仙首会赴蟠桃。承鸾跨鹤碧云霄，天皇氏修仙养道。"

白　马元见文殊广法天尊仗剑而来，忙将双手挚出肚皮，不意肚皮竟长合了，还有两只脚也连接在妇人身上。马元无法可使，挣扎不动，蹲作一堆，只叫："老师饶命！"文殊广法天尊举剑要斩马元，听得脑后有人叫曰："道兄剑下留人！"广法天尊认不得此人是谁。只见他头绾双髻身穿道袍，面黄微须。道人曰："贫道稽首了！"广法天尊答礼，口称："道兄！何处而来，有甚见谕？"

唱　道人即便回言道／道兄你且听吾云／既然你不认识我／一段律言说你听

律曰："大觉金仙不二时，西方菩提唯我知。见生不灭三三行，全气全神万万慈。与天同寿庄严体，历劫明心大法师。"

白　道人曰："贫道乃西方教下准提道人是也。马元封神榜上无名，他与吾西方有缘，贫道特来把他带到西方，修成正果。"天尊满面堆笑曰："久仰法行教西方，贫道遵命。"准提上前对马元摩顶受记曰："可惜你修炼多年，枉费工夫，可随我上西方八德池边，听讲三乘大法，七宝林内，任你自在逍遥。"马元连声诺诺，准提将打神鞭交与天尊转交子牙，遂与马元径往西方而去不提。

唱　不表准提西方去／且表那天尊杨戬转西岐／一直走进相府内／子牙接见问端的／天尊便把前事讲／前后之事说归一①神鞭交与子牙手／赤精此时皱双眉／开言便对天尊讲／如今殷洪在叛逆／畜生逆天造下罪／恐将贻误拜将期／正言之间杨戬报／来了慈航大师伯／三人听报忙迎接／一同上殿把手携／礼毕坐下把话叙／子牙说道兄此为何请／慈航说贫道特为殷洪事／赤精听言喜双眉／道兄何法来处置／慈航便向子牙提／昔日破了十绝阵／曾用宝珍图太极／此宝是否还在此／子牙回言还在的／慈航便对精子论／道兄你可去施为／只将太极图如此／便可除却这祸逆／精子闻言尚不肯／又恐延误拜将期／不得已来口答应／便对子牙作了揖／还是子牙公前去／如此如此不费力／不言西岐来议论／又把汤营提一提／殷殿下一见马元无音讯／心下不乐把心疑／便对刘甫苟章讲／马道长一去不知凶与吉／明日去把姜尚会／探听下落真与虚

白　郑伦在旁说道："我们要与他大战一场，方可成功。"一夜晚景不提。次日殷洪整顿人马，放炮三声，一直杀到西岐城下，大叫："小军！快叫子牙出来会我。"

唱　军士一见忙去禀／启禀丞相得知闻／殷洪城外来讨战／请令定夺怎施行／三位道者闻此语／便对子牙说一声／今日公且出城去／一定助你把功成／子牙不带门人去／独领一支马和人／一直来到战场上／用剑一指大喝声／殷洪你今违师命／难免四肢化灰尘／殷洪闻言心大怒／摇戟来取子牙身／子牙将剑来架过／就是一场大战争／兽马相持剑戟举／兵戈之下定死生／未及战上三五合／子牙拨骑就抽身／落荒不把城来进／径往东南高上行／殷洪随后来追赶／不肯停顿

---

① 归一：说完之意。

一时辰／看看赶到正南上／赤精一见暗伤心／徒弟难逃此灾难／不由眼中泪纷纷／点头不住来嗟叹／畜生自取灭亡身／你今死了休怨我／是你自作自受刑／即把太极图一抖／一座金桥挡路程／子牙纵骑上桥去／殷洪赶到桥下停／子牙桥上用剑指／你敢上桥与我争／殷洪一听哈哈笑／姜尚你且听吾云／吾师就在也不怕／你这幻术吓谁人／把马一拍上桥去／一时不觉杳杳冥／心无定见百事有／心想何事何事临／突然又见伏兵起／猛然又见子牙临／或时又来杀一阵／犹如做梦一般形／忽而想起朝歌地／眼见生身老父亲／或时又把午门进／有时西宫见娘身／几个娘娘都见面／只是口中喊无应／太极四象来变化／要想何物何物生

白 殷洪在太极图中，如醉如痴，左舞右舞。赤精子见了，想到师徒之情，不觉落泪。这时，殷洪将到尽头路，见他生身母亲姜娘娘大呼曰："殷洪！你看我是谁？"殷洪抬头一看，见是姜娘娘，大声曰："孩儿莫非与母冥中相会么？"姜娘娘曰："冤家！你不遵师命，要保无道，而伐有道；又发誓言，出口有愿。当日你发誓，四肢俱成飞灰。你今日上了太极图，目下就有成飞灰之苦。"殷洪听得，急叫母亲，母亲忽然又不见了，殷洪慌做一堆。只见赤精子大叫曰："殷洪！你看我是谁？"殷洪见了师父，不由放声大哭。

唱 万望老师来救命／愿保武王有道君／精子回言已迟了／已犯天条罪不轻／不知何人来唆使／叫你改了当初盟／殷洪说弟子错听申公豹／因此错把念头生／老师呀恳乞慈悲留一线／再不敢无视前言欺师尊／精子尚有留恋意／半空慈航叫一声／如今天命已如此／怎敢违误一时辰／误了他把封神进／精子闻言忍悲声／只得将图来一抖／卷在一处风声鸣／殷洪连人来带马／顷刻为灰进封神／一见殷洪成灰烬／不由精子放悲声／从此太华山高上／无人养道来修真／吾把门人

来如此 / 你想忍心不忍心 / 慈航即使将言说 / 贫道话来道兄听 / 马元榜上无名字 / 故有西方救援人 / 殷洪天数劫运定 / 何必嗟叹苦伤心 / 如今吾等辞别去 / 子牙吉期来饯行 / 二人作别子牙去 / 子牙独自转进城 / 要知苏护归周事 / 且看下章表分明

第十三章　张山李锦伐西岐　申公豹说反殷郊

唱 不表子牙心欢喜／且言苏护父子们／父子营中来打听／只见探马报一声／殿下追赶子牙去／只见一道金光生／殿下也就不见了／三将不知哪里行／苏侯闻言心大喜／遂与全忠把计生／暗修一书射进去／约会子牙来劫营／家眷先送西岐去／不管众将与郑伦／一齐解至西岐地／怎样发落由他们／计定苏护忙写信／全忠黄夜射进城／当夜巡城南宫适／一见箭书便知情／捡起立即进相府／将书呈与丞相身／子牙接书来观看／字字行行写得清／上书写着冀州侯苏护顿首／百拜上姜丞相掌兵之人／有不才虽奉敕前来征讨／久有心归周主弃暗投明／不料得有殷洪马元抗阻／有丞相施妙计一旦丧身／恨偏将那郑伦执迷不悟／屡屡的犯天条获罪于君／我父子反复的多方议论／非天兵亲压寨要除不能／因此上特修书有启钧令／今夜晚统大兵前来劫营／我父子在其中成就事体／一鼓儿可将那巨恶皆擒／但只愿早归周同保圣主／伐独夫洗我罪苏氏一门／特谨此来上启丞相尊意／实指望早发兵大功告成／子牙看罪书中意／不由心下开怀乐／次日午时便传令／满城将士听我说／便叫黄家五父子／共为前队要斟酌／又令九公冲左哨／南宫适冲右营脚／各自领兵要留意／哪吒在后押阵脚／不表子牙传将令／如今又把郑伦说／一同刘甫苟章等／打听殿下事如何／闻听军士来禀报／殿下已去见阎罗／进宫来对苏侯讲／前事说明怎定夺／殿下如今遭惨死／须得奏本上朝歌／苏护口中来应允／且待明日再斟酌／诸将各回房中去／各怀鬼胎各顾各／苏侯事事搞停妥／家眷送进西城郭／郑伦不知其中事／不觉天晚日落坡

白 西岐将近黄昏时候三路兵马出城埋伏。挨至二更时分，一声炮响，黄飞虎父子冲进营去，并无阻拦。左有邓九公，右有南宫适，三路兵齐进，郑伦急上火眼金睛兽，手提降魔杵，往大营门来迎战，正遇黄家父子大战一处。邓九公冲左营，刘甫大叫曰："贼将慢来。"两家接住厮杀。南宫适进右营，正遇苟章抵住。西岐城门大开，大队人马前来接应，只杀得天翻地覆。苏护父子已从西门进城去了。

唱　不言苏护把城进／九公大战刘甫身／刘甫不是他对手／一刀砍下马鞍心／死于非命归阴府／魂往封神台上行／宫适正与苟章战／苟章难抵宫适身／虚闪一刀败下阵／正遇天祥小将军／随从斜里刺将去／一枪挑下马鞍心／众将奋勇显威武／杀得瓦解与消冰／单剩郑伦人一个／一木难把大厦撑／四面只见刀枪举／纵有道术使不赢／不防九公一刀砍／磕定魔杵不能挣／就把袍带来扯住／一把抓下马鞍心／随往地下只一摔／士卒捆绑解进城／汤营士卒齐归顺／死伤之数数不清／一夜闹嚷天明亮／子牙银安把殿升／众将一齐来参见／飞虎父子转进城／九公说末将已经斩刘甫／又擒郑伦在辕门／宫适说我把苟章来杀败／正遇天祥丧其身／又报苏护来听令／子牙挽手把话云／君侯大义布海内／不是小忠小信人／宁弃椒房之宠爱／以洗万世玷污名／真是英雄堪称美／苏护开言把话云／不才父子多得罪／多蒙丞相赐全生／彼此谦逊难言尽／子牙传令推郑伦／蜂拥推来至檐下／立而不跪鼓眼睛

白　子牙一见郑伦大喝曰："你有多大本领，屡屡抗拒。今已被擒何不屈膝求生？"郑伦大骂曰："无知匹夫！吾与你身为敌国，今不幸主帅同谋，误被尔擒，有死而已，何必多言！"子牙大怒，命左右推出斩首号令。众军校将郑伦推出相府，只等行刑令下。只见苏护向前跪而曰："启禀丞相！郑伦违抗天威，理宜正法。但此人实是忠义，况胸藏奇术，一将难求，望丞相赦其小过，怜而用之，亦古人释怨用仇之意，乞丞相海涵。"子牙扶起苏侯笑曰："吾知郑将军忠义，乃可用之人，特此激之，使将军说之。将军既肯如此，老夫敢不从命？"

　　唱　苏护听言心欢喜／领令出府说郑伦／来至郑伦行刑处／口内连连称将军／郑伦一见苏侯到／俯首无言不做声／苏护即便开言讲／将军啊识时务者为俊英／如今国君行无道／天怒民怨四海崩／生灵涂炭刀兵举／天下无不生叛心／正是天欲绝商纣／周武王以德来施仁／礼贤下士姜吕望／泽及无辜物阜兴／三分天下有其二／子牙不久要东征／吊民伐罪除无道／大会诸侯于孟津／我劝将军且回首／何必执迷苦认真／丞相吾已经告过／故此前来劝将军／见机而作是正理／纵死无益枉丧身／郑伦长吁不言语／苏侯复如又开声／你说忠臣不二主／天下诸侯归周君／邓九公与黄飞虎／难道也是不忠臣／因为当今失仁政／不堪为民父母尊／良禽择木是正理／贤臣择主事其君／小忠小义终何用／你看那经天纬地亦丧生／因此吾今把你劝／将军三思而后行／这把郑伦说服了／如醉方醒叹一声／不才若非君侯语／必将越陷越更深／如今亲遵君侯命／苏护亲自解绑绳／郑伦当即把衣整／二人来见丞相身／来至殿前忙下拜／子牙下阶来扶迎／将军忠信与义胆／世上罕有少见闻／这是纣王行无道／并非臣子不忠心／吾主礼贤仁德布／如今全是一殿臣／勿以嫌隙来在意／为国尽忠留美名／遂引二人至殿内／子牙朝见武王身／武王说相父有何本章奏／子牙说我主龙耳听臣云／冀州苏护已归顺／特来朝见仁德君／武王传旨宣上殿／苏侯俯伏拜主人／武王扶起来慰问／叫声爱卿且平身／卿等舍纣归孤王／暂居西岐共为臣／同依天子来修政／再为商议慢调停／相父与孤把劳代／设宴款待爱卿们／子牙领旨退出殿／苏护人马尽入城／相府传令摆酒宴／聚集群雄贺功勋／不表西岐来庆贺／且表汜水关总兵／听得苏护归周地／不由心内吃一惊／修本差官朝歌去／差官接书便起身／一路无言不必

论 / 一日到了朝歌城 / 馆驿之中来歇定 / 次日打点进午门 / 文书房中把本递 / 正值大夫方景春 / 景春见本知其意 / 点头暗骂匹夫身 / 一门正受天子宠 / 不思报本降逆臣 / 随即抱本内庭进 / 便问侍御官一声 / 天子现今居何处 / 侍御回言在摘星 / 景春楼下来候旨 / 左右启奏天子身

白 纣王闻奏，宣景春上楼。景春三呼毕，王曰：“大夫有何奏章？”景春奏曰：“今有氾水关韩荣具本言苏护身降叛逆，具表申奏，臣不敢擅专，请旨定夺。”纣王闻奏大惊曰：“苏护乃国戚之臣，贵戚之卿，如何反降周助恶？情殊可恨，大夫暂退，朕自有理会。”

唱 景春拜辞下楼去 / 纣王传旨苏美人 / 妲己屏后侧耳听 / 已知其中大事情 / 闻宣召勉强把衣来整理 / 御前跪下泪纷纷 / 娇声软语来启奏 / 我主龙耳听妾云 / 妾在深宫蒙恩宠 / 粉骨难以报君恩 / 不知何人来唆使 / 我父反降叛逆臣 / 法当诛族不可赦 / 乞斩妾首愚都城 / 说罢香腮依膝下 / 相偎相依献媚情 / 纣王低头来观看 / 犹如雨洒桃花形 / 动情用手来扶起 / 口称御妾请放心 / 你在深宫来居住 / 怎知你父叛逆情 / 勿自伤悲花容损 / 江山失也不怪妻 / 妲己深深把恩谢 / 纣王升殿聚武文 / 苏侯叛朕把周顺 / 情实痛恨法不轻 / 谁人与孤把劳代 / 伐周擒拿叛逆臣 / 闪出大夫名李定 / 我主龙耳听臣云 / 臣举张山担此任 / 久当元戎善用兵 / 纣王闻奏传旨令 / 传诏赏发三山城 / 纣王回驾且不论 / 差官领旨不敢停 / 即日离了朝歌地 / 径往三山关上行 / 行程非止一日整 / 已到三山进城门 / 馆驿之中来歇下 / 次日传与张总兵 / 张山钱保和李锦 / 来至馆驿把旨迎 / 迎至府堂焚香案 / 跪听宣读知其因 / 读罢诏旨把恩谢 / 打发天使回朝廷 / 一日洪锦已到任 / 张山交代事体明 / 统领十万人和马 / 钱保李锦为先行 / 马德桑元为偏将 / 径往西岐

大路行／正值夏初好天气／风和日丽好行兵／无心看望途中景／晓行夜宿不住停／经些饥餐并渴饮／鞍马奔驰起灰尘／正行之间蓝旗报／启禀元帅得知闻／前面就是西岐地／小的探听是北门／张山随即来传令／就地扎下一座营／一声炮响惊天地／大帐设立在中军／张山中军来坐定／钱保李锦把话云／兵行百里自然困／主帅早早把计行／张山回言吾知晓／姜尚足智多谋人／我军远来宜休整／暂且歇息士卒们／明日吾自有调用／二将应诺各安身／按下这里且不表／又表子牙在西城／正与门人诸将等／商议败将诸事情／正言之间人来报／启禀丞相得知闻／商朝人马今已到／现在北门扎下营／听说张山为统领／原是三山关总兵／子牙便把九公问／此人如何可知情／九公即便回言禀／一勇之夫不甚能／不言城内来议论／次日张山把帐升／哪位将军出一阵／钱保在旁应一声／末将今日去出阵／拿他几个解朝廷／说罢提刀跳上马／随带本部出了营／一直来到城脚下／喝叫巡城小军们／你今快快去通报／快发能将会吾身／军士听言忙去禀／即刻跑进相府门／急忙双膝来跪下／丞相在上听原因／城外有将来讨战／请令定夺怎施行／子牙便问谁出马／九公回言吾去擒／提刀跳上高头马／大喝一声冲出城／来至阵前抬头看／只见一将如火轮／周身打扮甚骁勇／有诗一首说分明

诗曰："头上金盔凤翅分，黄金铠甲砌龙鳞。大红袍上团花现，丝鸾宝带系在身。胯下一匹紫骓马，斩将钢刀杀气生。一心分解纣王忧，万古流传史记名。"

白　九公马至军前，一见来将，认得是钱保，九公叫曰："钱将军！你且回去，请张山出来，吾自有话说。"钱保指九公大骂曰："纣王何事亏负与你？朝廷拜你为将，宠任非轻，不思报本，一旦投降反叛，真狗禽不如，尚有何面目立于天地之间？"九公满面通红，大骂曰："谅你一匹夫有何能为，敢出大言。"纵马舞刀，直取钱保。钱保举刀急架相还。

唱　无名火动只一言／谁肯忍气来容宽／平生所学来施展／二刀并举透胆寒／一个刀起生杀气／一个刀落虎出山／战得四方愁云起／杀得八面雾迷天／刀去刀迎生烈焰／刀来刀架冒火烟／二将杀得团团转／八个马蹄上下翻／看看战上三十合／钱保难抵邓老年／九公巧卖一破绽／一刀劈下马雕鞍／九公下马取首级／掌起得胜鼓回还／来至府门下了马／进府来把丞相参／备言刀劈钱保事／子牙闻听心喜欢／设宴贺功且不表／且表败兵进营盘／来至帐前双膝跪／元帅在上请听言／钱保将军去出阵／九公刀下丧黄泉／张山闻言摇头叹／待吾明日报仇冤／一夜晚景且不表／金鸡三唱又明天／张山起来忙披挂／炮响三声出营盘／一直来到城脚下／守城军士听吾谈／快叫九公来会我／若迟叫你命难全／军士听了忙不住／跑进相府说详端／今有张山来讨战／坐名要会邓老年／九公挺身要出阵／婵玉上帐把话言／末将情愿去压阵／子牙一听心喜欢／父女各上走阵马／炮响一声出城垣／张山一见九公到／急忙拍马冲上前／纣王哪些亏负你／背主求荣理不端／还不倒戈来受绑／尚敢倚强来逆天／今日把你来拿住／解上朝歌问罪愆／九公即便开言讲／张山你且听我谈／为将若不知时务／枉自为人在世间／纣王荒淫又无道／杀妻诛子灭大贤／天下诸侯归周主／名正言顺可对天／不如下马来投顺／不失封侯与封官／若是执迷与不悟／唯恐目下血染泉／张山闻言心大怒／利口匹夫逞舌尖／说罢提枪劈面刺／九公举刀便相还／二马奔腾分上下／他二人要分高下谁为先／这一个只想劈你为两段／这一个一枪刺透你心肝／枪起犹如龙摆尾／刀来好似凤翻山／来来往往数十合／九公战得汗流肩／婵玉见父难取胜／把马兜回用机关／随取五光石在手／看准照着那张山／回手一石打将去／正中那张山面门冒青烟／打得齿落唇又肿／眼眶高过他鼻尖／几乎坠下走阵马／掩面而逃败回还

白　九公掌起得胜鼓，进了西岐，相府来见子牙，诉说交锋一事，子牙闻听大喜不提。且说，张山败进营来，咬牙切齿："可恨婵玉这贱人，此仇一定要报。"

唱　不说张山心恼恨／且表羽翼仙道人／听信公豹口头语／可恨子牙乱横行／待吾亲把山来下／责问子牙的罪名／想罢即时就借遁／霎时到了张山营／便叫军士去通禀／求见元帅有话云／军士急忙进内禀／启禀元帅得知闻／外面来了一道者／特来求见元帅身／张山传令请他进／少时道人至中军／来至中军打稽首／张山欠身把礼行／你看他头绾双髻背一剑／举止凶恶甚惊人／一见张山脸青肿／便问如何有伤痕／张山便将前事讲／道人说不妨不妨小事情／即取丹药敷伤上／即时痊愈不再疼／张山忙问何洞府／哪座名山来修真／翼仙回言蓬莱岛／羽翼仙是我的名／特来此处相助你／擒拿子牙破西城／张山闻言多感谢／次日道人要出征／来至城下高声叫／快叫子牙会我身／巡城军士忙去禀／来至相府说事因／城外来了一道者／坐名要会丞相身／子牙听报开言讲／吾少不得会来人／传令一声排队伍／随带一般众门人／闪开铁锁门两扇／旗幡对对出了城／来至军前用目望／对面看见一道人／相貌古怪生得丑／有诗一首说分明

诗曰："头绾双髻，体貌轻扬。皂袍麻履，形异非常。嘴如鹰鸷，眼露凶光。葫芦背上，剑佩身藏。蓬莱怪物，得道无疆。飞腾万里，时歇浪沧。名为金翅，绰号禽王。"

白　子牙拱手曰："道友请了！请问道友高姓大名？今日会尚有何吩咐？"羽翼仙曰："贫道乃蓬莱岛炼气士羽翼仙是也。姜子牙！我且问你，你不过是昆仑门下元始徒弟，你有何能，敢背地里骂我，要拔吾羽毛，抽吾筋骨。我与你本无干涉，如何这等欺人？"子牙欠身曰："道友不可错怪，我与道友未曾会过，也不知你根底，必是有人挑唆，说我有失礼得罪之处。这话从何而来，还请道友三思！"

唱 翼仙听得如此话／暗想此理果不差／子牙呀你说此话虽不假／但只是木有根来水有涯／既然如此你回去／从今后不可把人来糟蹋／子牙方欲回骑转／不料想恼了性烈小哪吒／大喝一声好泼道／焉敢放肆把人吓／蹬轮提枪便来刺／羽仙一见怒气发／移步飞剑把枪架／破口大骂姜子牙／原来你仗这些孽障狠／倚势凶顽把人压／旁边怒了黄天化／手舞双锤往上杀／二人双战羽道长／雷震子起飞半空金棍拿／霹雳一声往下打／好似泰山半边塌／道人刚才来架过／土行孙铁棍舞动亮光华／朝着腿上狠狠打／打得道人没了法／杨戬催动走阵马／三尖刀舞动起烟霞／说道是拿着道人把皮剐／围住不要走了他／道人纵然神通大／不能施展把宝发／哪吒首先把手下／乾坤圈起放光华／喳哪一声来打下／打得道人眼睛花／正中左肩要逃走／天化又是一钉发／钻心钉又把右臂中／道人心惊肉也麻／行孙接连把棍打／杨戬又把宝来抓／哮天犬儿来祭起／咬住那道人颈子皮肉塌／道人借遁逃去了／回书又表姜子牙／连忙打起得胜鼓／收兵回城进府衙

白 子牙至相府坐定，鼓励众将，摆酒贺功不提。且说，羽翼仙回营，张山连忙接住，口称："老师，今日误中他奸计，反伤了自身。"

唱 翼仙回言不妨事／篮中取出丹药吞／一粒下肚伤全好／真是仙家妙药灵／翼仙便对张山论／吾念慈悲不伤生／谁知他倒来伤我／飞蛾惹火自烧身／多

取些酒你我饮／半夜吾进西岐城／叫他一郡成渤海／管他生灵不生灵／张山闻言甚高兴／置酒款待羽道人／不表这里来饮酒／又表子牙与众人／正与门人来商议／忽然一阵大风吹／吹下檐前几片瓦／子牙一见吃一惊／急忙净手焚香案／取出金钱问分明／只见卜下一卦去／吓得子牙掉了魂／急忙沐浴把衣更／随即下拜望昆仑／拜罢之时将身起／披发仗剑把法行／必须移来北海水／方可救我西岐城

白　昆仑山玉虚宫元始天尊心血来潮，早知其意。乃用琉璃瓶中三光神水洒向北海水之上，又命四偈谛神把西岐护定，不可晃动。不提。且说，羽翼仙饮至一更时分，命张山收了酒，出了辕门，现了本相，乃大鹏金翅鸟，张开双翅，飞在空中，把天地遮黑了半边，好不厉害。

唱　双翅遮天云雾起／空中声响似雷鸣／曾扇四海见了底／吃尽龙王海内珍／只因为怒发要把西岐害／要想陷害一郡人／飞在空中往下看／北海水罩西岐城／不由翼仙哈哈笑／姜尚真是腐朽人／他不知吾多厉害／就是四海也难保存／只要吾稍把力使／顷刻现出西岐城／翼仙便把两翅展／用力一扇水沸腾／一连扇了数十扇／海水越涨越更深／不知原有三光水／故此不减只见增／一直扇到五更尽／几乎淹住脚后跟／大鹏把力来用尽／未能得到功果成／恐怕天亮不好看／感到惭愧难进营／就将两翅来飞起／不觉到了一山林／山中真是稀奇景／红杏碧桃色色新／林边有一小山洞／有一道人靠洞门／翼仙心下暗思想／肚中饥饿实难撑／不如把他来吃了／暂且充饥再理论／大鹏主意来打定／一翅扑来抓道人／道人用手指一指／大鹏跌落地埃尘／那道人揉揉眼睛开言论／你今为何伤吾身／翼仙即便开言讲／实不相瞒说你听／吾因去伐西岐地／腹中饥饿实难撑／借你充饥吃一顿／不知道友仙术精／得罪得罪多得罪／道人回言你且听／既是腹中

饥饿了 / 何不对我说分明 / 你要吃我无道理 / 而今我说与你听 / 离此不过二十里 / 紫云崖山最有名 / 香斋供品那里有 / 斋给三山五岳人 / 你今快去莫迟误 / 大鹏谢过就飞腾 / 霎时来到这山岭 / 隐去原身现仙形 / 果见有人把斋赴 / 一童传递与众人 / 翼仙上前施一礼 / 贫道也是赶斋人 / 童子说已没有了 / 为何你不早来临 / 翼仙闻言心大怒 / 为何如此欺负人 / 二人就此来喧嚷 / 惊动穿黄一道人 / 道人说他今既然来迟了 / 童儿可有面点心 / 童儿回言点心有 / 随即取与翼仙吞 / 翼仙接来就入口 / 一连吃了八十零 / 若有我还吃几个 / 童儿又取与他吞 / 吃了一百零八个 / 方才定了翼仙心 / 吃罢道了一声谢 / 复现本像翅飞腾 / 仍向西岐飞将去 / 途中仍过那洞门 / 道人还在那里坐 / 一见大鹏把手伸 / 仍然用手指一指 / 大鹏跌落地挨尘 / 就在满地来打滚 / 大叫痛杀我的心 / 道人徐徐前来问 / 方才吃斋为何因 / 翼仙即便开言讲 / 吃了一些面点心 / 如今腹中疼得很 / 道人说与翼仙听 / 吃下不着就吐了罢 / 翼仙就信以为真 / 大鹏当即就去吐 / 不觉一物吐出唇 / 白生生的鸡蛋大 / 连绵不绝像根绳 / 就将大鹏心锁定 / 只要扯时心就疼 / 翼仙一见事不好 / 想快离开去逃生 / 道人把脸只一抹 / 大喝认我是何人 / 我本是灵鹫山上元觉洞 / 燃灯道人是我身 / 姜尚奉命扶圣主 / 治乱扶危拯救民 / 你今逆天来违命 / 助恶为虐罪不轻 / 便命黄巾并力士 / 与我吊起这畜生 / 等到子牙伐了纣 / 那时再放孽障身 / 大鹏立即来哀告 / 大发慈悲老师尊 / 弟子一时糊涂了 / 被人唆使下山林 / 恳乞老师来赦免 / 弟子不敢再胡行 / 燃灯当时开言道 / 孽畜你今听吾云 / 你在天皇曾得道 / 是非真假辨不明 / 还听旁人来唆使 / 情节恶劣难放心 / 大鹏再三来哀告 / 燃灯回言你且听 / 真肯弃邪来归正 / 须当拜我为师尊 / 大鹏连声肯肯肯 / 愿拜老师念真经 / 燃灯闻言哈哈笑 / 你从今起获新生 / 随即用手指一指 / 念珠立刻吐出唇 / 同往灵鹫山上去 / 作为护法一尊神 / 不说燃灯回山去 / 把话分开别有因

白　九仙山桃花洞广成子因犯了杀戒，只在洞中静坐，修身养性。今有白鹤童子，奉玉虚符命到来，曰："子牙不日登台拜将，奉师法旨，叫师兄前往践行。"广成子听得，立即望空礼拜："谨遵师命。"

唱　打发童子回宫去／忽然想起殷郊身／不久姜尚要东进／正好下山立功勋／想到便把殷郊唤／殷郊答应到来临／碧游床前来跪定／成子说与殷郊听／如今武王将东进／顺天伐纣把周兴／万般均是天数定／人欲强为不可能／扶周伐纣肯不肯／你可直言来表明／殷郊听得忙告禀／师父在上听徒云／弟子虽是纣王子／妲己之仇似海深／我父杀妻并诛子／母死无辜四海闻／师父慈悲来搭救／不思当初枉为人／万般小徒俱遵命／成子闻言心欢喜／后洞去把戟来取／为师传你武艺精／殷郊领命后洞去／犹如王宫帝宅行／石桌上面设盆景／奇花异草色色新／果汁扑鼻多美味／不由心下喜十分／随手拣个来尝试／甘甜美味世上稀／他把仙果全吃了／回头不见洞府庭／忽感周身骨节响／不由心下着一惊／又只见左肩冒出两只手／右肩两只手又生／一时遍体毛骨动／两个小头耳根生／三个头来六只臂／吓得三魂少二魂／不到片刻神思定／面如蓝靛来染成／发似朱砂来涂抹／跑至洞前喊一声／成子一见拍掌笑／武王洪福出异人／桃花洞内传武艺／五行遁术兵法精／你今先把山来下／吾在随后就来临／随即给予翻天印／又赐雌雄剑一根／落魂钟也交与你／全部赐汝把功成／千万不可念头改／冒犯天条悔不赢／殷郊上前双脚跪／师父在上请听云／我父荒淫又无道／武王原是明德君／弟子若把念头改／遭受犁头厄运惩／成子闻言心大喜／殷郊拜别就起身／辞别师父把山下／一心只奔西岐城／正行之间遁光稳／有一高山阻路程／两边森林山老箐／铺天盖地起愁云／怪石叠乱不齐整／奇花异草色色新／殷郊贪看山中景／耳听山上喝一声／来一人面如蓝靛多英俊／发似朱砂来染成／胯下一匹红沙马／手

253

提狼牙棒两根／如飞奔上大山顶／大喝你是什么人／敢在山前来探望／从头一二说分明／殷郊即便开言道／纣王太子殷郊身／那人滚鞍来下马／千岁连连口内称／千岁为何由此过／殷郊回言说分明／吾奉师命把山下／西岐去保武王君／言还未尽一人到／浑身打扮甚俊英／头戴庆云盔一顶／淡黄袍绣龙现身／胯下一匹白龙马／手提点钢枪一根／三绺长须风吹动／面如傅粉可爱人／奔上山来高声叫／大呼来者是何人／蓝脸当时开言说／快来拜见殿下身／那人下马拜在地／两人都有三眼睛／二人同时说声请／请到小寨把话云／殷郊回言说可以／三人同行上山林／来至山寨中堂内／恭请千岁坐中心／二人纳头便下拜／殷郊扶起把话云／两位壮士何名姓／蓝脸说姓温名良是我名／他名马善结义弟／殷郊闻言心欢喜／你们俱有好本领／同保周王建功勋／二人即便回言说／千岁原是小储君／为何反去把周助／愿闻其中是何因

白 殷郊说道："武王乃有德之人。我虽纣王之子，但要顺天应人，不可违背天命。"二人闻说有理，便置酒款待，立即收拾整顿，把山寨烧了，打着周兵旗号，径往西岐大道而行。正行之间，忽有人来报："有一道长跨虎而来，要见千岁，请令定夺。"

唱 殷郊闻报把令传／扎下人马一时间／又令快把道长请／公豹走来到帐前／殷郊下帐来迎接／有请老师听我言／哪处名山何洞府／有何见教到此间／公豹说吾乃玉虚宫门下／申公豹名不虚言／殿下要往哪里去／殷郊说吾奉师命到岐山／扶助武王和姜尚／公豹闻言笑连天／纣王是你哪一个／殷郊说他是吾父坐金銮／公豹说子助外人去伐父／这是乾坤颠倒颠／你父老龙归沧海／你可继承掌朝班／社稷宗庙全不念／反助他人为哪般／一日归在九泉下／要见先灵有何

颜 / 吾今观你堂堂品 / 到时即可坐江山 / 若从吾言灭周武 / 重振山河有何难 / 殷郊回言天数定 / 我父无道民不安 / 如今天意归周主 / 天下诸侯把心连 / 此事断然难从命 / 弟子难遵老师言 / 公豹心下又打算 / 眉头一皱把话谈 / 人说周武多仁德 / 在我看来是虚言 / 吾闻有德心比正 / 千万不可把人冤 / 你父有罪于天下 / 令弟殷洪何罪怨 / 也是助周遭恶果 / 太极图上化灰烟 / 手足之情全不念 / 枉自为人在世间

白　殷郊一闻此言，大惊失色，便问道："老师！此事真否？"公豹曰："我怎能说谎，这事三岁孩童都全知道。"

唱　我今对你说实话 / 张山征伐西岐城 / 你如不信前去问 / 看我说的真不真 / 信不信来任随你 / 吾今去寻一高人 / 请一人来帮助你 / 血海深仇报得成 / 公豹作别跨虎去 / 活活闷坏殷郊身 / 只得催动人和马 / 径往西岐大路行 / 一路沉吟来思想 / 心问口来口问心 / 吾弟未罪于天下 / 然何如此遭惨刑 / 若是子牙有此事 / 吾誓为弟把仇伸 / 在路行程非一日 / 不觉到了西岐城 / 远远望见人和马 / 商朝旗号甚鲜明 / 便令温良前去问 / 是否张山的行营 / 温良得令不怠慢 / 来至营前叫一声 / 有请元帅来接驾 / 殿下千岁到来临 / 军士闻言前去禀 / 跑进营来报事因 / 一将来言殿下到 / 要叫元帅把驾迎 / 要知张山接驾否 / 请看下章说分明

第十四章　殷郊祭宝打师父　罗宣火焚西岐城

白 张山自从羽翼仙去了两日，不见回来，正在纳闷。闻听此言，不知其由，忙传令请进。军政官出营对来将曰："元帅有请！"温良进营，朝上打躬。张山问曰："将军从何而来，有何见谕？"温良曰："吾奉殷殿下之旨，令将军相见。"张山对李锦曰："殿下久已失之，如何此时又有殿下？"李锦曰："可能是真。元帅可往相见，看其真假，再作区处。"

唱 张山听了李锦话／二人前去看端详／来至营门把令等／殷郊传令进营房／二人一直走进帐／抬头朝上把眼张／只见他三头六臂凶恶相／左有马善右温良／三人都是三只眼／张山见了心着慌／俯伏阶下将言讲／殿下呀你是商朝哪家郎／殷郊说我是当今长殿下／名叫殷郊父纣王／从头至尾说一遍／张山闻听喜心房／三呼千岁千千岁／殷郊开口说言章／你可知二殿下的事实否／张山回言知其详／只因征伐西岐地／曾与姜尚摆战场／提起此事真可恼／太极图上命遭殃／殷郊闻听昏倒地／众人扶起心悲伤／兄弟死于恶人手／与他冤仇似海洋／必杀武王和姜尚／不踏平西岐不算强／就与张山合兵往／不用另外扎营房／一夜无话天明亮／殷郊打扮又整装／要到西岐去出阵／随带马善和温良／只听三声大炮响／一直冲到西城墙／巡城小军听吾讲／快报姜尚和武王／叫那子牙来会我／若迟了杀进城来尽遭殃／军士听言慌张了／即刻跑进相府堂／双膝跪地把话讲／相爷在上听言章／城外来了人三个／相貌凶恶似魔王／三人共有九只眼／叫骂言语甚疯狂／坐名要会姜丞相／子牙听报怒胸膛／当时随即传将令／即点三军众儿郎／一代门人分左右／炮响三声出城墙／来至阵前用目望／有一个三头六臂在中央／左右两骑来护卫／凛凛威风杀气强／三人共有九只眼／每人一只加一双／众将一齐暗好笑／难找这种怪名堂

白 殷郊催马上前大呼曰："姜尚！快来会吾。"子牙催骑上前曰："来者何人？"殷郊曰："吾乃长殿下殷郊是也。吾弟殷洪有何罪愆，你用太极图将他化为灰烬，此恨怎肯甘休！"子牙不知其中缘故，随口应曰："他自取死，与我何干？"殷郊听罢大叫一声："气死我也！好匹夫！怎说与你无干？"纵马摇戟，直取子牙。旁有哪吒，蹬开风火轮，使火尖枪抵住，一场大战。

唱 一时三刻翻了脸／枪戟并举无遮拦／戟来好似龙摆尾／枪去犹如凤身翻／一个是一心为弟把仇报／一个是匡扶社稷保江山／杀得轮马团团转／枪戟相碰响连天／卖药正遇有人买／买药遇卖药人来／看看战上数十合／并无胜败都一般／殷郊心下暗思想／与他战到几时间／打人不如先下手／棋局胜利要占先／随手祭起翻天印／起在空中一瞬间／哪吒虽是莲花体／难逃此厄无处钻／哗啦一声来打下／正中哪吒背心间／风火轮上坐不稳／一跤栽倒地平川／幸有众人来抢救／因此哪吒未被拴／旁边恼了黄天化／催开坐骑杀上前／两柄银锤雪光闪／抵住殷郊战一番／天化本事武艺全／戟来锤架叮当响／锤去戟迎火星燃／天化越战越起劲／殷郊越杀精神添／看看战上数十合／两人武艺是一般／殷郊心想须用宝／随手取宝在手间／即把落魂钟摇动／天化昏花两眼翻／霎时身不由自主／飘飘荡荡落雕鞍／温良马善来擒住／活捉周营小将官／飞虎一见心大怒／哪管他左道旁门与妖仙／一拍神牛风云滚／丈二长枪鬼神寒／冲至阵前不搭话／嗖地一枪刺胸前／殷郊抢戟来架过／战在虎穴与龙潭／一个枪起如怪蟒／一个戟刺虎出山／来来往往三五合／殷郊怎敌黄老年／又把落魂钟摇动／飞虎一时魂飞天／鞍鞯之上坐不稳／一个筋斗往下翻／商营士卒来拿住／绳捆索绑进营盘

白 杨戬见他宝贝厉害，也不与他相争，急忙鸣金收兵。子牙与众将一齐转入城中。殷郊见子牙走了，掌起得胜鼓，回营不提。

唱 不说殷郊回营事／且表子牙进了城／银安殿上来闷坐／杨戬上殿把话云／师叔呀又是一场奇怪事／子牙说有甚怪事说我听／杨戬当时开言讲／师叔在上听原因／殷郊使用翻天印／此宝出于广真人／只有成子师伯有／然何反与殷郊身／子牙说难道他反来伐我／杨戬说记否殷洪怪事情／子牙闻言方醒悟／闷坐无言不做声／不表子牙心忧闷／回文又说殷郊身

白 殷郊得胜回营，便叫左右把擒来的将推来。左右得令，将飞虎父子推至帐前。殷郊问曰："你是何人？然何不跪？"飞虎曰："吾乃武成王黄飞虎是也。"殷郊曰："此处也有武成王黄飞虎？"张山在旁曰："他就是天子驾前的武成王黄飞虎，因他反出五关，投归周武，且屡屡抗拒天兵，今已被擒，天网恢恢，疏而不漏，是自取死耳！"

唱 殷郊听言忙下帐／亲解其缚称恩人／昔日若非将军救／我哪能有今日生／此人是谁说与我／飞虎说长子天化是他名／殷郊便令释放了／尊声将军听我云／昔日之恩今当报／今后回避莫相争／飞虎闻言深深谢／便问殿下以往情／殷郊含糊来答应／将军请便转回城／飞虎深深施一礼／父子二人退出营／一直来到城脚下／巡城军士看得真／连忙把门来开了／放入父子两个人／一直来到相府内／参见子牙丞相身／就将前事说一遍／子牙听言心欢喜／按下西岐城内事／又把殷郊明一明／次日起来忙升帐／便问谁人去出征／马善在旁将言讲／末将愿去

走一巡／殷郊闻言心高兴／马善领兵就出营／提枪跳上高头马／带领大小众三军／一马冲至城脚下／大喝巡城小兵丁／你今快报与姜尚／快发能将会我身／军士听了忙去禀／立刻跑进相府门／来至相府双膝跪／丞相在上听原因／外面来了一员将／口口声声叫战争／子牙闻报忙传令／哪位将军挡来人／旁边闪出九公将／末将不才愿出兵／子牙当时将言讲／将军出阵要小心／九公回言我知道／不劳丞相多操心／翻身跳上高头马／炮响三声杀出城／一马来到战场上／大呼来者是何人／马善即便开言道／姓马名善是我身／你也快把名来报／我枪不挑无名人／也好登上功劳簿／论功得赏把官升／九公马上开言道／洗耳留神听分明／姓邓九公就是我／吾今奉命把你擒／说罢挺刀就来取／马善枪架不沾身／刀砍顶门差半寸／枪刺胸前欠几分／刀枪相撞毫光闪／二马奔腾嘶叫声／开先还见二人影／随后只见刀枪鸣／九公奋勇展身手／忽上忽下如飞腾／看看战上数十合／马善难抵邓将军／九公把刀紧一紧／逼开马善枪一根／大喝一声伸神手／一马抓过马鞍心／往下一摔用绳绑／吓坏商营众士兵／为了逃命全走了／九公掌鼓进了城／来至府前下了马／上帐来见丞相身／末将今日去出阵／生擒马善在府门／子牙传令推他进／军士哪敢不遵行／便把马善来推进／立而不跪鼓眼睛

白　子牙一见马善，大喝曰："既被吾擒，然何不跪？"马善曰："吾乃商朝大将，岂能跪你叛逆匹夫！"子牙闻言，心中大怒，便令南宫适斩讫报来。南宫适得令，推至府门外行刑。宫适手起一刀，头落于地。不料这边刀过，那边长出头来。南宫适大惊，忙回府报与丞相得知。子牙闻言大惊。

唱　子牙听得如此语／随带门人出府门／宫适提刀复又砍／依然砍了头又生／子牙便把韦护令／降魔宝杵击顶门／韦护得令把杵祭／只见一片白光生／才

罢宝杵来收了／马善复又现人形／子牙一见无计使／又令门人用火焚／李氏三吒黄天化／杨戬震子共六人／一齐动用三昧火／马善火内大笑声／大叫一声吾去也／去得无影又无形／杨戬便对师叔讲／不知何物来修成／不表众人来谈论／马善借遁转回营／进营来把殷郊见／就将前事说分明／殷郊闻言心欢喜／置酒款待饮杯巡／不说商营饮酒事／且表子牙闷沉沉／杨戬上殿将言禀／师叔权且放宽心／弟子九仙山上去／探听虚实是何因／然后再往终南去／去找云中子师尊／弟子去借照妖镜／来照马善是何形／子牙闻言心喜幸／杨戬立刻就起身／离了西岐借土遁／径往九仙山上行／顷刻来至桃花洞／来见广成子师尊／双膝跪在尘埃地／师伯连连口内称／成子一见是杨戬／随即开言问事因／吾令殷郊把山下／扶保子牙去东征／杨戬即便将言讲／师伯在上听我云／殷郊未曾把周助／反而征伐西岐城／翻天印伤哪吒体／横行强暴实非轻／弟子奉了师叔令／前来探听虚实情／杨戬方才说出口／气坏广成子真人／畜生违背师尊意／定遭不测祸临身／吾宝全部给他去／不想他却变了心／杨戬你且先回去／随后我即来西城／杨戬拜辞出洞府／又往终南山上行／不消一刻就来到／进洞参见师叔身／真人一见是杨戬／便问到此为何因／杨戬即便将言禀／师叔在上听原因／商营一将名马善／刀枪不能进其身／无法将他来处斩／为此前来拜师尊／暂借师叔照妖镜／前去照他是何形／真人闻言全应允／宝镜取付杨戬身／杨戬不敢久停顿／连忙拜辞老真人／出得洞来就借遁／径往西岐大路行／遁中起来遁中落／遁形只要一时辰／不觉来到西岐内／进帐来见师叔身／子牙一见忙便问／杨戬一一说分明／如今借来照妖镜／明日可会马善身／一夜无事且不论／次日子牙把帐升／杨戬上帐来领令／弟子前去会他人／子牙听言心欢喜／杨戬上马就出城／一马来至战场上／喝声商营众小军／快快报与你主将／快叫马善会我身／商营军士前去禀／报与殷郊千岁听／殷郊便把马善令／马善领令就出营／炮响三声震天地／战场来会叫战人／杨戬一见马善到／暗取宝镜照分明／镜中只见一灯芯／并无半点异样形／杨

戬收了照妖镜／纵马直取马善身／马善将枪来架过／二马相交大战争／阵前各自显英勇／谁肯轻轻放过人／杀得四方愁云起／战得日月不分明／辰牌战到巳时候／巳牌战到午时辰／看看战上数十合／杨戬拨马就抽身／马善也不去追赶／来见殿下说原因／杨戬败走我不赶／空自取胜转回营／殷郊闻言心高兴／知己知彼兵法云／不表商营来议论／且说杨戬进了城／来至府前下战马／上帐参见师叔身／子牙一见开言问／马善何物修炼成／杨戬当时回言答／镜中只见一灯芯／难解其中啥道理／因此诈败转回城／韦护在旁将言说／如今仅有三盏灯／昆仑山上灯一盏／玉虚宫内琉璃灯／灵鹫山上灯一盏／是否这些作怪精／道兄可往三处去／便知其中何详情／杨戬欣然说愿往／子牙许可就登程／辞别师叔出相府／借遁一直到昆仑／麒麟台前收了遁／不敢擅入立宫门／少时白鹤童子到／杨戬上前把礼行／师叔连连称口内／弟子杨戬问一声／老爷面前琉璃灯／现今是否仍点明／童子回言灯很亮／杨戬心下暗沉吟／既然点着绝不是／要往灵鹫山上行／作别童子就驾遁／不敢耽误一时辰／须史来到元觉洞／进内参拜老师尊／燃灯一见忙便问／你今到此为何因／杨戬当时回言说／老师灭了琉璃灯／燃灯抬起头来看／不由哎呀叫一声／孽障几时走掉了／杨戬备细说详情／镜照马善说一遍／燃灯闻言说一声／杨戬你且先回去／吾在稍后就来临／杨戬拜辞出了洞／遁往西岐城内行／不消一刻至相府／来见师叔把话云／从头至尾说一遍／老师随后就驾临／子牙听言心欢喜／十分愁肠解九分／众人正在来谈论／来了广成子真人／开言便对门官讲／烦你通报丞相身／军政官儿前去禀／子牙闻报出来迎／迎至帐中来坐定／成子开言把话云／贫道不料徒有变／得罪师弟实非轻／待吾前去与他见／省却烦恼免劳神／子牙连声说感谢／有劳道兄亲来临／成子随即出城去／来至营前喝一声／快叫殷郊来见我／军士立即跑进营／来至中军双膝跪／千岁在上听原因／营外来了一道者／要叫千岁见他身／殷郊听言心暗想／莫非师尊到来临／随即出营来观看／果是自己老师尊

263

白 殷郊来至阵前，见是师父，在马上欠身曰："弟子甲胄在身，不能全礼。"广成子见殷郊身穿王服，大喝曰："畜生！不记当初下山时说的话，今日为何改了念头，全不考虑后果？"

唱 殷郊当时放悲声／师尊在上听端的／弟子奉命把山下／途中遇着申公爷／要我保纣伐西土／我说是师父之言不敢违／我知道我父不仁行残暴／荒淫无道乱社稷／但是我兄弟殷洪有何罪／子牙无辜把他欺／他用残刑伤天理／太极图上化飞灰／想我才是两兄弟／你看伤悲不伤悲／真人即便开言论／你且听我说原因／公豹子牙原有恨／故此挑唆你征西／你弟自取天数定／徒儿不可信他的／殷郊又来将言说／师父之话难服人／公豹之言不可信／我弟不是自丧身／难道说自己走入图中去／这样说来真稀奇／弟亡兄存有何意／枉在世间枉为人／老师暂且请回去／我与姜尚不两立／成子说你可记得誓言否／殷郊说报仇之事最为急／成子闻言火冲顶／手执宝剑照头劈／殷郊用戟来架过／老师何必性太急／师生情分你想想／把脸一变就发威／弟子承蒙师教诲／老师恩德我感激／你为姜尚存己见／完全忘了师徒情／成子听言更气愤／又是一剑照顶挥／殷郊将戟来架过／师父何必紧相逼／你常言师道与人道／若无人道天不依／待我把仇来报了／那时再来议东征／成子说你今尚不知悔改／必然应誓遭锄犁／说罢复又一剑至／这殷郊急得脸红皱双眉／你既无情我无义／让你三剑尽了情／随即举戟当胸刺／成子剑架火星飞／想当初不该救你无义辈／事到而今悔不及／殷郊说自家骨肉亲无比／报了仇恨时遭厄运也甘心／成子说恨不能一剑挥你为两段／殷郊说各凭本事谁怕谁／来来往往多一会／殷郊心下主意生／师父赐我翻天印／试试师父行不行／随即把印来祭起／成子一见吃一惊／连忙化道金光走／殷郊一见笑嘻嘻／随即掌鼓进营去／成子遁光进西岐

白　广成子逃回相府，子牙迎着，见他面色不似往日，忙问曰："今日会殷郊，事体如何？"成子答曰："彼为申公豹说反，吾再三苦劝，彼竟不从。吾大怒与他交战，不料那孽障反祭翻天印来打我，吾故此借遁光回来。"正说之间，门官来报："燃灯老爷到来，请令定夺。"子牙听报，遂同广成子出府迎接，至中军坐下。燃灯曰："连吾琉璃亦来阻挠，此是天数。"子牙曰："尚该如此，理当受之。"燃灯曰："殷郊事大，马善事小，待吾收了马善，再作区处。只需如此如此，马善即可收服。"

唱　牙听言心欢喜／立刻依计去施行／不带一卒并一将／单人独骑出了城／一直来至商营外／大叫巡城众小军／快叫马善来会我／方为商朝大将军／军士立即进营禀／跑进中军报事因／双膝跪在尘埃地／千岁在上听分明／子牙单骑在营外／坐名要会马将军／殷郊心内暗思想／不知是何诡计行／昨日吾师未取胜／子牙单骑到此行／且令马善前去会／看他到底是何因／想罢即时差马善／马善领令便出营／来至阵前抬头看／果见子牙是一人／马善也不来搭话／提枪直奔子牙身／子牙把剑来架过／兽马相交大战争／枪起犹如豪光闪／剑架只见冒火星／战到六七回合上／子牙拨骑就抽身／亦不败往城中去／径往东南落荒行／马善不知他是计／拍马随后紧紧追／未及赶上数箭地／柳荫树下站一人／让过子牙便阻路／搭话孽障哪里行／你快前来认认我／马善只推不知情／手提长枪劈面刺／燃灯冷笑取宝灯／只把袍袖举一举／袖中取出琉璃灯／随后望空来祭起／往下一罩了不成／马善心想来躲过／返本还原怎脱身／燃灯便令黄巾士／收回灯焰现原形

白　燃灯收了马善，命黄巾力士带上灵鹫山去了，不提。且说，商营探马报入中军："启禀千岁！马善追赶子牙，只见一阵金光过后，只剩战马，不见

265

马善，请令定夺。"殷郊闻听，心下疑惑不提。且说，燃灯与子牙回城，与广成子共议殷郊被申公豹说反之事。

唱 言城中议论事／且表殿下小殷郊／大小众将齐听调／炮响三声震天高／一直冲至城脚下／巡城小军听根苗／你们快把子牙报／叫他快快来挨刀／军士一听慌张了／一直对着相府跑／大叫相爷事不好／城外来了小殷郊／要叫相爷把他会／如若迟延定不饶／燃灯回言不妨事／叫声子牙老年高／你有杏黄旗护保／不怕他宝逞横豪／只管放心把他会／子牙立即把令调／随带门人众左右／炮响三声天地摇／都是擒龙捉虎汉／冲到阵门睁眼瞧／子牙当时开言道／叫声殷郊听根苗／及早投戈免后悔／免受犁头把祸招／殷郊一听子牙话／咬牙切齿恨难消／吾弟被你诛杀了／与你冤仇似海深／纵马摇戟直来取／子牙剑架把兵交／剑戟交加霹雳响／大战龙潭虎穴巢／温良走马来助战／怒了哪吒小英豪／蹬开火轮尖枪到／抵住温良战一遭／这场大战凶无比／杀得地动与山摇／一个只想把功建／一个只为把仇报／棋逢敌手争上下／将遇良才分低高／看看战上数十合／温良使用计一条／伸手怀内去取宝／白玉环祭在空中飘／这哪吒也把乾坤圈来祭／二宝空中放光豪／忽然二宝相碰撞／白玉环被打得碎糟糟／温良一见伤了宝／不由心下暗发毛／奋力来把哪吒战／哪吒哪肯把他饶／二将又战六七合／哪吒又使计笼牢／打人不如先下手／随取金砖往上抛／哐当一声来打下／正中那温良背心命难逃／只见马上晃几晃／还未落下马鞍桥／不料杨戬一弹子／穿透顶梁骨头翘／哎哟一声跌下马／呜呼哀哉赴阴曹／灵魂不往别处去／径往封神台上跑／殷郊一见温良死／怒目咬牙恨难消／怀中取出翻天印／祭在空中放光豪／子牙忙把杏黄展／千朵莲花护身牢／万道金光来盖顶／翻天印在半空飘／子牙忙把神鞭祭／祭在空中光万条／声如巨雷光万道／哗啦打下中殷郊／正中后背昏迷

了／翻身滚下马鞍桥／杨戬要把首级取／谁知殷郊借遁逃／子牙今日获全胜／得胜鼓儿咚咚敲／进城来至丞相府／就与二仙说一遭

白　燃灯对广成子曰："翻天印实实难治，子牙拜将之期将近，恐误吉辰，奈何！奈何！"其余不提，且说殷郊受伤借遁逃走，一直进营，闷坐中军，郁郁不乐。

唱　不表殷郊心纳闷／且言火龙岛上人／称为焰中一仙长／罗宣便是我的名／前日申公豹相请／去助殷郊平西城／为朋友来讲信义／待吾下山走一巡／离了洞府就借遁／径往西岐大道行／遁光不觉来得快／来到殷郊大辕门／开言便把门官叫／烦你进内禀一声／有一道人来求见／要见千岁把话云／门官听得如此语／急忙进内报事因／来至中军双膝跪／千岁在上且请听／外面来了一道长／求见千岁请令行／殷郊听报传令请／门官来至大辕门／尊声老师且请进／罗宣举步进中军／殷郊下帐来迎接／迎请上座把礼行／道人亦不来谦逊／随即坐下说事因

白　殷郊欠身问曰："老师高姓大名，哪座名山，何处洞府？"罗宣曰："吾乃火龙岛炼气士焰中仙罗宣是也。因申公豹相请，特来助你一臂之力。"殷郊听言，心中大喜，便令置酒款待。道人曰："吾吃斋，不用荤。"殷郊令整素席相待。一连住了三四日，他不出去会子牙。

唱　殷郊即便开言讲／吾早有话难启唇／老师为我来到此／然何数日不出兵／罗宣当即回言道／吾有一友未来临／正言之间人来报／营外相访一道人／罗

267

宣殷郊传令请／道人闻请进中军／罗宣说贤弟为何来迟了／道人说攻战之物未完成／殷郊立即开言问／请教老师尊姓名／道人说九龙岛内炼气士／刘环便是我的名／殷郊闻言心大喜／置酒款待这道人／一宿晚景不必论／次日道人要出征／二人来至城脚下／大喝巡城小兵丁／报与姜尚得知道／叫他出来会我们／军士听得慌张了／立刻跑进相府门／启禀相爷不好了／外面来了二道人／要叫丞相去答话／请令定夺怎施行／子牙听报忙传令／一代门人随后跟／旗幡招展将日映／打开铁锁两扇门／一直来到战场上／果见凶恶二道人

白　子牙与众门人来至阵前，见道人甚是凶恶，怎见得，有诗为证。

诗曰："鱼尾冠纯然烈焰，大红袍片片云生。丝绦系赤履红云，如血牙暴露出唇。二目光辉观宇宙，龙岛内大有名声。"

白　罗宣一马当先，大呼曰："来者可是姜尚么？"子牙答曰："不才便是。道兄是哪座名山，何处洞府？"罗宣曰："吾乃火龙岛炼气士罗宣是也。只因你倚仗玉虚门下，把吾截教欺侮太甚，吾故到此与你见个雌雄。不必口舌相争论，你那左右门人不必向前，只我与你比个高下。"说罢，催开赤烟驹，使两口飞烟剑来取子牙。子牙将剑急架相还，一场大战。

唱　二人说话翻了脸／遮挡不住大交兵／二兽盘旋团团转／剑来剑去冒火星／一个封神称统领／一个火部是正神／哪吒在旁忍不住／双脚蹬开风火轮／刘环跃步来抵住／便与哪吒大战争／众门人等心火起／个个都想把功争／杨戬三尖刀舞动／天化催开玉麒麟／雷震子展风雷翅／黄金棍起不容情／韦护使动降魔杵／下三路是土行孙／四面八方齐围定／围住二人在中心／罗宣一见事不好／忙运动三百六十骨节筋／现出三头并六臂／浑身上下烈焰生／一手执定照天印／一

手执定五龙轮／一手万鸦壶执掌／一手万里起烟云／双手两把飞烟剑／烈石焚金恶煞神／便把五龙轮一举／天化打下玉麒麟／周兵一拥来救去／杨戬欲借宝和珍／子牙忙把神鞭祭／祭在空中显威能／哗啦一声来打下／正中罗宣后背心／几乎打下赤烟兽／伏鞍而逃不敢停／哪吒抵住刘环战／奋勇之下望功成／就把乾坤圈来祭／祭在空中晃日明／哪吒大叫一声中／打得刘环冒火星／二人大败回营去／张山辕门看得清／西岐俱是道德士／要平西岐费精神／一见罗宣败回去／急忙上前来接迎／口称老师吃亏了／罗宣说是小事情／一齐来至中军帐／忙取丹药口内吞／罗宣便对刘环讲／可恨子牙太欺人／今晚我等进城去／叫他全郡化灰尘／刘环回言须如此／方消胸中火一盆／当夜时至二更近／二人打点就起身／乘着驹来借火遁／一齐来至西岐城／万里云烟齐发射／东南西北着火星／相府皇城起烟雾／只听百姓呐喊声／燃灯成子出静室／看见烈火正奔腾／灾来难避无情火／慌坏青鸾斗厥人

白　罗宣将万鸦壶打开了，万只火鸦飞腾入城，口内喷火，翅上生烟。又用数条火龙把五龙轮架在当中。又只见赤烟驹四蹄生焰，飞烟剑丈长红光。如有石墙石壁烧不进去，又有刘环接火。顷刻之间，雕梁画阁，即时崩倒。

唱　不说罗宣烧西岐／来了一位大救星／她是瑶池金母女／龙吉公主是她名／只因她有思凡意／贬在凤凰山修身／今见子牙要伐纣／心想前来助他身／正想去把子牙会／正值那罗宣火焚西岐城／以此便跨青鸾至／远远之间火光喷／看见那千万火鸦齐飞舞／便叫童儿叫碧云／撒开雾露乾坤网／火鸦收去无影形／罗宣正在放烈火／不见火鸦心内惊／猛然抬起头来看／见一道姑貌惊人／头戴鱼尾冠一顶／身穿大红绛绡裙／罗宣一见心大怒／大喝乘鸾是何人／胆敢灭吾丙丁

火／公主冷笑二三声／龙吉公主就是我／然何起这不良心／危害明君逆天命／我今前来救他身／你可早早转回去／以免日下丧残身／罗宣听言心大怒／随手就一五龙轮／公主一见微微笑／这些伎俩我知情／忙取四海瓶在手／瓶口朝定五龙轮／一轮打入瓶中去／火轮入海不见形／罗宣大叫破吾宝／万里云烟射来临／公主又将瓶收去／刘环气得鼓眼睛／足踏火焰仗剑取／公主脸上生红云／即将二龙剑祭起／刘环怎抵这宝珍／一时身首成两段／死于火内化灰尘／罗宣一见刘环死／现出三头六臂身／祭起无情照天印／要打公主女佳人／公主用剑指一指／印落火内影无形／随手又祭二龙剑／罗宣一见掉了魂／连忙拨动赤烟驹／只想死中去逃生／一剑正中驹背上／驹倒罗宣落火坑／就借火遁去逃命／喜坏龙吉公主身／忙施雨露来救火／霎时大雨似倾盆

白 龙吉公主施雨露救灭火焰，满城军民齐声欢呼。武王在殿内祈祷，百官带雨问安。子牙在相府神魂不定。燃灯曰："子牙忧中得吉，就有异人至此，贫道并非不知，吾若治了此火，异人必不能至矣！"

唱 话犹未了杨戬报／师叔在上听端的／龙吉公主来到此／子牙降阶来迎接／公主上殿打稽首／一见燃灯道兄称／子牙施礼忙便问／公主开言说一声／贫道原是龙公主／获罪于天下凡尘／适才罗宣焚全郡／略施小术救生灵／辅助姜公把东进／可免罪愆回天庭／子牙闻言心大喜／吩咐左右侍儿们／打点焚香把室净／待奉公主且安身／收拾宫阙和府第／一夜搞得不安宁／不言这里安排事／且表罗宣逃命人／逃至一山喘不定／依松靠石闷沉沉／今日失去这些宝／此恨何日方能平／仇恨之情难平静／脑后一人作歌声

歌曰："曾做菜羹时，不去朝繁市。宦情收起，打点林泉寺。高山采紫芝，溪边理钓丝。洞中戏耍，闻写黄庭字。把酒醺然，长歌腹内诗。识时扶王立帝基，失机罗宣今日危。"

唱 那人歌罢才站定／罗宣回头看分明／看见一位长大汉／头戴云盔起祥云／身穿道袍持戟至／罗宣喝问是何人／那人即便回言答／姓李名靖是我身／今日前往西岐去／扶助子牙把东征／进见之功无一寸／拿你去报一功勋／罗宣听言心大怒／匹夫说话太欺人／跃身仗剑就来取／李靖用戟来相迎／戟来剑架叮当响／剑去戟迎冒火星／各凭本领定生死／存亡只在一时辰／山谷之间人罕见／剑戟不留半点情／一个只顾保性命／一个只想把功成／来来往往数十合／恼了陈塘李总兵／忙把黄金塔祭起／祭在空中似雷鸣／喱当一声来打下／正中罗宣脑顶门／可叹一命归阴府／灵魂封神台上行

白 李靖收了金塔，借土遁往西岐而来。来至相府，木吒看见父亲，忙报与师叔。燃灯曰："乃吾门人，曾为纣王之总兵。"子牙闻言，心中大喜，传令相见。李靖入府参见，并细说前事。广成子问燃灯曰："老师，如今殷郊不得收服，如之奈何？"燃灯曰："翻天印厉害，除非取得玄都离地焰光旗，西方青莲宝色旗。而今只有玉虚杏黄旗，如何服得殷郊？"广成子曰："弟子愿往玄都，求见师伯。"燃灯曰："你速去速来。"广成子别了燃灯，借纵地金光法往玄都而去。

唱 离了西岐城一座／遁往八景宫中行／云中起来云中落／云中哪要一时辰／不觉来至玄都洞／不敢擅入立洞门／侍立洞外有半晌／玄都法师出洞门／成

271

子上前把礼敬 / 相烦道兄禀一声 / 弟子今日来叩见 / 法师闻言即转身 / 行至蒲团忙叩禀 / 广成子来见师尊 / 老子也不命他进 / 为了离地焰光旗 / 你把此旗付他去 / 不必见我快回程 / 法师回言说遵令 / 随即取旗出洞门 / 双手递与广成子 / 老师吩咐你且行 / 成子感谢说不尽 / 高捧宝旗转回城 / 交与子牙来收了 / 纵地金光往西行 / 须臾千里来得快 / 不觉来到七宝林 / 成子不敢擅入内 / 有一童子到来临 / 成子当时拿礼敬 / 道兄连连口内称 / 相烦道兄禀一禀 / 广成子特来相访拜师尊 / 童子即时转入内 / 就将此事说分明 / 西方教主说声请 / 童子随即出洞门 / 口称道兄请进去 / 成子闻听入内庭 / 来至里面用目望 / 又只见身高丈六一道人 / 走上前来忙稽首 / 宾主坐下把话云 / 道人即便开言讲 / 道兄玉虚门下人 / 久仰清风无缘会 / 今日到此幸三生 / 成子称谢说不敢 / 老师不住口内称 / 弟子因把杀戒犯 / 逆徒违命伐明君 / 子牙拜将期将到 / 万不得已到此行 / 特拜求青莲宝色旗一借 / 以破殷郊好东征

白 接引道人曰："贫道西方，乃清静无为，与贵教不同，以花开见我，我见其人，乃莲花之像，非东南两度之客，此旗恐惹红尘，不敢从命。"广成子曰："道虽二门，其理合一，以人心合天道，岂得有二？东西南北，共为一家，道兄怎言西方与东南之道不同？金丹舍利同仁义，三教原来是一家。东南西北，总是皇天水土之内，应运而兴，理之当然。"接引道人曰："道兄言虽有理，只是青莲宝色旗惹不得红尘，奈何奈何！"

唱 二人正在来谈论 / 来了准提一道人 / 走上前来打稽首 / 道兄来意我知悉 / 开言便对接引讲 / 前番曾对道兄云 / 西方虽是极乐境 / 吾教何日东南行 / 以借他教行吾教 / 有何不可好事情 / 况今成子道兄至 / 当得奉命也才行 / 接引听了

准提话 / 当时也就来应承 / 便把宝旗付成子 / 成子接旗喜十分 / 随即别了二道友 / 不敢停留转西城 / 不时来至西岐地 / 相府内来见燃灯 / 就将前事说一遍 / 燃灯闻听心欢喜 / 开言便对成子讲 / 如此安排即可行

白　燃灯曰："如今正南用离地焰光旗，东方用青莲宝色旗，中央用杏黄旗，西方用素色云盖旗，单让北方与殷郊走，方可治之。"成子曰："还有素色云盖旗，哪里有？"众人都想不起来，成子闷坐不乐。

唱　众门人等退下去 / 内中且表土行孙 / 内室来对婵玉讲 / 为了殷郊费精神 / 还有那素色云盖旗一首 / 不知此旗何处寻 / 龙吉公主听此语 / 开言便叫土行孙 / 此旗出在王母处 / 又有名叫聚仙旗 / 须得南极仙翁去 / 方能借得此宝珍 / 行孙听得如此语 / 连忙转身至中军 / 禀报公主说的话 / 当时喜坏老燃灯 / 随即便把成子命 / 你今快快往昆仑 / 成子闻言不停顿 / 出府就借金光遁 / 须臾来到玉虚境 / 麒麟岩前立住身 / 等了不过片时候 / 洞内走出南极星 / 成子便说上项事 / 仙翁点头应一声 / 你今先回西岐去 / 我也立刻上天庭 / 成子辞别将身转 / 仙翁收拾就驾云 / 一直来到瑶池外 / 俯伏金阶口称臣 / 凤鸣岐山应圣主 / 仙临杀戒染红尘 / 卿奉玉虚的符命 / 子牙统领八部神 / 今有副仙广成子 / 门人殷郊背天心 / 祈借聚仙宝旗去 / 去治殷郊应誓盟 / 奏完之后俯伏等 / 只听一片音乐声 / 隐隐金门闪开处 / 四对金童到来临 / 高举聚仙旗珍宝 / 付与仙翁老寿星 / 声言周武有天下 / 纣王当灭合天心 / 故而借汝把周助 / 事毕速还须当心 / 南极仙翁把恩谢 / 离了瑶池就驾云 / 顷刻千里来得快 / 云头坠落西岐城 / 杨戬一见忙去禀 / 子牙急忙出来迎 / 成子焚香把恩谢 / 殿中坐下把话云 / 仙翁便对众人讲 / 子牙拜将期快临 / 你等速把殷郊破 / 免误拜将吉时辰 / 吾今暂回宫廷去 / 到时再来作践行 / 众人一齐来相送 / 仙翁作别驾祥云 / 要知收服殷郊事 / 请看下章说分明

第十五章　殷郊岐山受锄犁　洪锦征伐西岐城

唱　不说仙翁回宫转／且表燃灯议事端／聚仙旗已借到手／可除这个祸根源／许得要三位道友才相衬／话犹未了佳音传／杨戬上帐来禀报／赤精师伯到此间／子牙闻报忙迎接／成子稽首叙温寒／我与道兄是一样／都由弟子惹祸端／二人正在来嗟叹／杨戬又来报一番／文殊广法天尊到／子牙迎接不迟延

白　广法天尊一见子牙，口称："恭喜！"子牙答曰："连年征伐，何喜之有？"燃灯曰："有烦文殊，可将青莲宝色旗往岐山震地驻扎，赤精子用离地焰光旗在岐山离地驻扎，中央贫道镇守，西方聚仙旗须武王亲自把守，子牙防护。"遂随请武王至相府。子牙不提擒殷郊之事，只说是请武王退兵，老臣一同前往。武王曰："相父安排，孤自当亲往。"各自去讫不提。

唱　子牙击动聚将鼓／众将齐到相府中／首先便令黄飞虎／你父子去把张山辕门冲／飞虎领令便去了／随即又令邓九公／你冲左边粮门道／南宫适你往右边打冲锋／哪吒杨戬左营进／震子韦护右营攻／又令天化去断后／遇着敌将莫放松／李靖父子去掠阵／前后接应要英雄／子牙一一安排定／便同武王出城中／去守西方紧要地／计就月中把兔蒙／不说子牙把计定／且表那张山李锦在营中／上帐来对殷郊讲／殿下你且听从容／我等在此难取胜／要平西岐费心胸／不如且回朝歌去／调度人马振威风／殷郊说我未奉旨来到此／待吾修本进朝中／恳乞父王发人马／料此一城容易攻／张山说道非小看／姜尚足智又多谋／兼有玉虚众门下／此事看来大不同／殷郊说吾师怕我翻天印／他门下又能有何几多凶／三人商议到天黑／黄家父子把营冲／殷郊一见黄飞虎／大喝道敢劫吾寨逞威风／自来送死休怨我／飞虎说将令难违要服从／提枪便把殷郊刺／殷郊戟架冒火红／天祥天禄天爵等／大吼一声来围攻／殷郊困在垓心内／只听得刀枪剑戟响叮咚／邓九公

与众副将／杀进左营敌轰轰／张山上马来抵住／抵住九公大交锋／南宫适往右营
闯／李锦接住战一通／哪吒杨戬中军奔／杀进汤营二三重／来把黄家父子助／围
住殷郊在当中／灯笼火把如白昼／只听杀声震耳聋／黑夜交兵难分辨／不分南北
与西东／哪吒火尖枪摆动／只刺那殷郊后心与前胸／杨戬三尖刀飞舞／照砍顶梁
快如风／殷郊一见哪吒勇／随手取下落魂钟／哪吒原是莲花体／稳蹬火轮更威
风／翻天印把杨戬打／杨戬自有妙玄功／两人不能伤身体／殷郊心内如火烹／哪
吒便把金砖祭／用手一抛起半空／落魂钟上一声响／打出霞光万道红

白　殷郊见此情景，惊上加惊。不言中军大战，且说南宫适从右营杀入，
有李锦接战。李锦哪是南爷的对手，被南宫适一刀劈于马下。南宫适又杀到中
军助战。

唱　不言南爷中军去／且表九公邓将军／率领太鸾与邓秀／孙焰红与小赵
升／就把张山来围住／刀枪相闯闹沉沉／这张山枪头抵住九公将／枪尾抵住小赵
升／左挡太鸾心不惧／右挡焰红不沾身／前遮后架叮当响／左右搪拦冒火星／只
见马蹄团团转／好似元宵走马灯／焰红把口来张大／一口烈火喷出唇／喷在张山
面门上／火烧脸皮实在疼／九公一马来赶上／当头一刀下无情／就把张山来斩
了／一道灵魂往封神／一齐杀进中军去／犹如猛虎赶羊群／重重叠叠来围住／刀
枪剑戟似麻林／这殷郊纵有三头并六臂／怎敌这些虎狼人／震子舞动黄金棍／打
得地裂与山崩

白　张山、李锦皆亡，大营已乱。殷郊见势头不好，将落魂钟对黄天化一晃，天化翻下坐骑。殷郊乘机跳出阵外，往岐山逃遁。众将鸣金擂鼓，追赶三十里方回。飞虎督兵进城，候丞相回兵。

唱　不说飞虎把城进／且表殷郊败阵还／杀至天明独一个／另有几个败卒残／殷郊心下来嗟叹／万不想兵败将亡实可怜／事已至此无可奈／不如往东进五关／朝歌去把父王见／重整兵马报仇冤／想罢催马往前进／忽见那文殊天尊把路拦／叫声殷郊听吾讲／你已落入网套圈／若听吾言速下马／免遭犁锄之罪愆／殷郊听言心大怒／手摇画战刺胸前／文殊用剑来架过／步马相争来盘旋／看看战上六七合／殷郊心慌不耐烦／随手祭起翻天印／文殊宝旗望空悬／现出一粒舍利子／霞光万道非等闲／祥光迎着翻天印／飘飘腾腾在半天／殷郊心慌收了宝／竟往南方离地钻／忽然又见赤精子／站立道旁甚威严／你今有负师父语／要想逃脱难上难／殷郊情知事不好／不战一场心不甘／纵马摇戟直来刺／精子剑架不沾边／殷郊复祭翻天印／祭印要打赤精仙／赤精子离地焰光旗一展／万道金光冲上天／云中抵住翻天印／不能落下空中悬／殷郊一见慌张了／收转宝贝又往前／慌不择路走往中央去／燃灯一见怒冲冠

白　燃灯叫声："殷郊！你师父有一百张犁锄等你！"殷郊听罢，心下着慌，口称："老师！弟子不曾得罪众位老师，为何各处逼迫？"燃灯曰："孽障！你出口发愿对天，怎免此厄？"殷郊乃是一位恶神，怎肯甘休，便气冲牛斗，冲杀过来，提戟便刺。燃灯用剑架过，口称："善哉！善哉！"

唱　二人抵住就战起／哪管贤愚卑与尊／殷郊一心夺路径／燃灯哪放逆天人／看看战上三两合／殷郊仍又祭宝珍／燃灯忙把杏黄展／万朵莲花护其身／天印只在空中滚／要想落下万不能／殷郊尤恐被收去／急忙收回不敢停／扭头又把正西看／龙凤幡下子牙身／仇人见面更红眼／直奔子牙把戟抡／武王一见心胆战／吓得三魂少二魂／子牙回言不妨事／来者殿下殷郊身／武王闻言是殿下／便欲下马把礼行／子牙连忙说不可／今为敌国是敌人／正言之间殷郊到／一戟刺来不容情／子牙忙把剑架过／不言不语就相争／未及战上三两合／巴不得一口就把子牙吞／连忙祭起翻天印／只想把子牙打成肉丁丁／姜子牙才把聚仙旗一展／五色祥光护其身／忙把神鞭来祭起／殷郊一见吃一惊／连忙收回翻天印／竟往北方大道行／燃灯见他走坎地／随手发雷响一声／四面追赶杀声起／追得殷郊无路行／路到尽头实难走／山径越窄马难行／只得下马步行走／又听后面有追兵／殷郊便对天祝告／祝告虚空过往神／父王若还有天下／打开此山有路行／父王若无天下分／我逢绝地便丧生／祝罢祭起翻天印／打得地裂与山崩／就把山头来打破／左右分开有路行／殷郊心内多欢喜／径往山路步不停／忽听一声炮声响／两边山头是周兵／前面又有人马阻／后面紧跟老燃灯／殷郊一见心慌了／忙借土遁去逃生

白　殷郊借遁往上而走，头方冒出山尖，燃灯道人把手一合，两个山头合拢，将殷郊身子夹住，身在土内，头在土外。四路人马齐上山来，武王至山顶上看见殷郊这等模样，滚鞭下马，跪在尘埃曰："相父使殿下如此，孤有万年污名。望列位老师大发恻隐，怜恋姬发，放了殿下罢！"

唱 燃灯道人微微笑/贤王你且听根苗/你今尚不知天数/殷郊违逆命难逃/武王再三来哀告/子牙带怒发牢骚/老臣不过行天道/断断不可逆天条/武王只得来下拜/不觉两眼泪双抛/燃灯即请把山下/便令成子把犁翘/只因出口犁头愿/真人此时也泪抛/无奈含泪把犁动/身首两分小殷郊/可怜一命归阴府/魂往封神台上跑/除了殷郊顺天命/子牙传令转城壕/来至相府把功庆/深谢燃灯道法高/三真人辞别子牙回山转/到时候再来与你饯行摆酒肴/三仙回洞且不表/又言子牙把事调/相府摆宴多热闹/犒赏三军庆功劳/只待吉期来拜将/每日无事把兵操/不言子牙练兵事/且说那汜水关上总兵心内焦/探听得张山李锦阵亡了/殿下殷郊把头抛/连忙写下告急本/差官星夜送进朝/差官把本接在手/晓行夜宿路途劳/过山不问打柴汉/遇水哪管有无桥/不觉这日朝歌到/馆驿住下再进朝/文书房中去投本/只等次日讨回消

白 那日微子看本，看见韩荣本章，急入内庭见驾，呈上韩荣本章。纣王展开观看，只见张山征伐失利，殷郊殿下绝于岐山，心中大怒：姜尚辅佐西岐姬发，自立武王，已成大逆，若不早除，必有后患。此时闪出李中大夫，俯伏奏曰："姜尚善能用兵，朝歌城内皆非敌手。臣举三山关总兵洪锦，才术双全，若他前去征伐，大事可定。"

唱 纣王闻奏传旨谕/差使便往三山行/差官将旨接在手/不敢迟延一时辰/晓行夜宿来得快/三山关在面前存/馆驿之中来住下/次日转与洪总兵/洪锦领众来接旨/跪听宣读知其情/接任官是孔宣将/交代已毕就起身/统领雄兵有十万/离了高关往西城/一路丝毫全无犯/旗幡滚滚遮日月/行程不计日多少/晓行夜宿野扎营/不觉到了西岐地/探马回头报事因/前面就是西岐地/请

令定夺怎施行／洪锦听报传下令／随即就地扎下营／先行季康来参见／柏选忠来把礼行／洪锦即便将言说／众将今且听我云／我等为国把忠尽／奉旨征伐西岐城／姜尚不是等闲辈／各宜谨慎要小心／众将回言说遵令／各归营寨去安身／次日洪锦升宝帐／哪位将军去出征／季康回言某愿往／收拾打扮就出营

白 看看看，怎收拾，怎打扮。

赞曰："头戴乌油亮晶晶，身穿铠甲透珑玲。胯下一匹乌骓马，斩将钢刀晃日明。"

白 一马来至城脚下，大喝巡城小兵丁："快报子牙得知道，早发能将会我身，若是一时来迟慢，老爷性起杀进城。"两个小军在巡城，看见一个黑煞神，我说是个鬼，他说是个人。慌慌张张进相府，跪地泥巴咬住唇："相爷请听禀，又来一支兵，你看哪个狠，快喊出去会来人。"

唱 子牙听得军士禀／这一回满了三十六路兵／哪位将军把他会／闪出南宫适将军／末将不才愿出马／子牙吩咐要小心／宫适领了丞相令／带领三军杀出城／一马来至战场上／眼见来人亦俊英／宫适即便开言问／便问来将是何名／季康当时回答道／我乃正印一先行／姓季名康就是我／奉旨征伐叛逆臣／说你名来我知晓／功劳簿上好记清／宫适听言哈哈笑／掏开牛耳听我云／武王驾前有名将／南宫适是我的名／你想闻仲兵多少／何在乎你几个人／早早下马来投顺／免得南爷费精神／若是不知时务者／南爷钢刀不讲情／季康听言心大怒／手起一刀劈来临／宫适举刀来架过／就是一场大战争／一个犹如龙出海／一个好似虎出林／兵对兵来将对将／人对人来丁对丁／来来往往数十合／不见输来不见赢／季康原是一左道／口念真言不绝声／现出一只大恶犬／摇头摆尾要伤人／胳膊一口

来咬住／吓得宫适掉了魂／拼命往下只一扯／连袍带肉去半斤／急忙拨马败下阵／做了逃灾躲难人／季康也不去追赶／掌鼓回营收了兵／来到营中说一遍／洪锦听了欢喜心／接连几声来称赞／头阵功劳第一名／不言这里得了胜／且表宫适败进城／未至相府将言讲／如何被伤一段情／子牙闻言心惊闷／又是左道与旁门／不表子牙心事重／且把商营明一明／次日洪锦升宝帐／便问谁人去出征／闪出柏选忠答应／末将愿去走一巡／翻身跳上走阵马／顺手提枪杀出营／来至战场高声叫／大喝西周报事军／快快报与你主将／快发能将会吾身／军士听得慌张了／跑进相府报事因／外面来了一员将／口口声声叫战争／子牙听报忙传令／哪位将军走一巡／言还未尽人答应／闪出九公邓将军／末将不才愿出马／誓把贼子擒进城／子牙听言心欢喜／九公领兵就出城／一马来至战场上／认得柏选忠这人

白　九公一见是柏选忠，大呼曰："柏选忠！如今天下尽归明主，你等今日不降，更待何时？"柏选忠厉声骂曰："似你这匹夫，负国大恩，不顾仁义，真乃天下不仁不智之狗耳！"九公闻言，心中大怒，催开战马，使开合扇大刀劈顶砍来。柏选忠举枪架过，照面相还。

唱　话不投机动了手／刀劈顶梁枪刺喉／一个蛟龙来搅海／一个狮子在摇头／九公大刀来挥动／选忠银枪寒气嗖／乌骓奔驰如风送／胭脂马跑鬼神愁／一个是一枪只想把心透／一个是一刀只想砍下头／俺为纣王争世界／咱与武王保西周／二将好比龙虎斗／不分高下不罢休／看看战上数十合／一个欢喜一个忧／选忠哪能是对手／勉强支撑皱眉头／九公假卖一破绽／将选忠一刀砍下

马鞍头／三军儿郎齐逃走／少时杀场冷秋秋①／九公掌起得胜鼓／率领三军转城楼／进城来至丞相府／参见丞相说根由／末将今日去出战／斩了那柏选忠的项上头／子牙听言心欢喜／连称九公好身手／不表子牙多高兴／且表残兵闷忧忧／跑进营来双膝跪／总兵在上听从头／柏将军死在九公手／请令定夺怎施谋／洪锦听言心大怒／咬牙抓耳把腮揉／待吾明日去出战／擒他几个来报仇／一夜晚景休多论／来朝红日照高楼／洪锦起来忙梳洗／全身披挂雄赳赳／带领人马到城下／大喝军士听来由／快叫姜尚来会我／若迟延我要人头

白　两个小军，城上看清，一听此言，冷笑几声：“我曾见过多少，比你胜过十分，敢叫丞相答话，真是瞎了眼睛。管他如何，前去通个信音。”不时双膝跪地：“丞相请听，洪锦城外叫，丞相会他身。”

唱　子牙听报忙传令／整理队伍就出城／乒乓三个狼牙炮／打开铁角两扇门／归周豪杰分左右／后面跟随众门人／子牙端坐四不像／一直来至阵中心／洪锦举目观仔细／纪律严整不虚名

诗曰：“金冠放光芒，道服接东方。麻靴系玉珰，身骑四不像。手执三环剑，胸藏百炼钢。帝王师相品，万载把名扬。”

白　洪锦走马阵前，大呼曰：“来者可是姜尚么？”子牙曰：“然也。将军何名？”洪锦曰：“吾乃奉天征讨大元帅洪锦是也。尔等不守臣节，逆天作

---

① 冷秋秋：方言，形容冷清。

乱，往往拒敌。吾今奉旨征讨，特来拿你等解上朝歌，以正国法。若知吾厉害，早早下骑就擒，可救一郡生灵。"子牙笑曰："洪锦！你既是大将，理应知机，天下尽归周主，贤士尽叛独夫，料你不过一泓之水，能济甚事？今八百诸侯，齐伐无道，吾不久即会兵孟津，吊民伐罪，以救生灵涂炭，消平祸乱。汝等尚逆天命，以助不道，是自取罪耳！"洪锦闻言，心中大怒，纵马提刀，来取子牙。旁有姬叔明大呼曰："匹夫！不得逞强。"拍马提刀相迎，一场大战。

唱 两边擂动花筐鼓／二将战场心不服／刀来刀架生烈雾／刀去刀迎火光出／八个马蹄交叉跑／马上二将争赢输／战场之上起尘土／只见黄沙遍地扑／只杀得巧女懒把花来绣／学士书房懒看书／只战得四方愁云满天布／天昏地暗黑乌乌／看看战到三十合／洪锦就要使法术／皂旗一杆地下戳／把马一夹来逃出／随手又把刀一晃／把旗化作一阵图／叔明不知这是啥／洪锦走马把阵入／叔明拍马也入内／不见洪锦光刺目／殿下看不见洪锦／洪锦却看他清楚／劈头一刀来砍下／殿下哀哉命呜呼／他本是文王第七十二子／武王御弟亲骨肉／洪锦收了旗门遁／依旧战场把阵出／大叫谁敢来见阵／不怕死的来会吾／当时恼了邓婵玉／大喝洪锦小匹夫／少要逞强夸大口／待奴前来把你诛

白 洪锦见一女将冲来，忙问曰："来者何人？报上名来，洪老爷刀下不斩无名之辈。"婵玉答曰："匹夫！掏开你的牛耳，听吾道来。吾乃姜丞相麾下大将军邓九公之女邓婵玉是也。"说罢，手舞双刀，劈面砍来。洪锦把刀架过，迎面相还，一场大战。

唱　两家通了名和姓／一男一女就相争／洪锦本是英雄将／婵玉亦是惯战人／刀来刀架叮当响／刀去刀迎冒火星／战得寒光四处起／杀得神怕鬼亦惊／一回二合无胜败／三回四合无输赢／五回六合是平手／洪锦心下自沉吟／女将不可来久战／不如早早治贱人／想罢把马跳出外／仍然如前这般行／把刀一晃变成阵／旗门等待女佳人／婵玉也不去追赶／五光石在手中存／朝着旗门一石去／正中洪锦鼻梁根／打得唇绽脸红肿／鼻子和脸一样平／忙把旗幡来收了／伏鞍而逃败进营／子牙收兵进城去／心中不悦闷沉沉／武王闻听损御弟／不由悲伤大放声／不表西岐城内事／且把洪锦来表明／脸肿鼻青痛难忍／咬牙切齿恨几分／忙把丹药来敷上／即刻消肿就不疼／次日起来忙披挂／要把一石之仇伸／一直冲至城脚下／大喝巡城小兵丁／快叫女将来会我／倘若迟延杀进城／军士一听忙去禀／立即跑进相府门／来至相府双膝跪／丞相在上听原因／洪锦外面来讨战／要会婵玉女将军／子牙闻听如此语／后营传与土行孙／婵玉听得要出阵／行孙千万来叮咛／贤妻今日去出阵／千万不可入阵门／婵玉即便回言答／夫君只管放宽心／三山关前久争战／难道不知这事情／夫君正在来谈论／惊动龙吉公主身／忙出静室来动问／你们所谈何事情／行孙当时将言说／公主你且听原因／商营一将名洪锦／善使幻术来伤人／皂旗一展变成阵／伤了殿下姬叔明／婵玉又与此贼战／五光石伤此贼身／今日复又来讨战／坐名只要婵玉行／弟子犹恐上他当／故此多言来叮咛／公主听言微微笑／此乃小术有何能／这种名为旗门遁／分为内外两旗门／待吾前去将他破／且叫子牙莫忧心／行孙听言心欢喜／上帐说与师叔听／子牙一见传令请／忙请公主至中军

白　公主来至中军，见子牙打稽首曰："借一坐骑，待吾前去收服此贼。"子牙传令，取五点桃花驹给公主。公主跳上坐骑，不带兵卒，独自出城。旗门开处，一马当先，冲至阵前。洪锦抬头一看，见来将不是邓婵玉。洪锦便问："来者何人？"公主答曰："我说来你也不知，快下马受死。"洪锦闻言大怒："好贱妇！焉敢如此！"纵马舞刀，飞来直取。公主举手中太鸾剑架过，一场大战。

唱　手巧之人逢巧手／好汉遇着将魁元／战鼓不住咚咚响／阵上一女战一男／公主剑起如电闪／洪锦大刀似蟒翻／一个雪花来盖顶／一个古树把根盘／刀劈犹如风来卷／剑刺好似电闪般／四方战得愁云惨／八方悲风冷气寒／二将杀得威风显／二马奔腾叫声喧／看看战上数十合／洪锦又要用机关／把马一拨跳出外／手内拿着皂旗幡／皂旗一晃阵门现／把刀一摆内阵全／公主就把白旗展／把剑一分立阵边／又有门来又有户／化就内旗门相连／本是相生和相克／外旗门照内旗间／公主打马入阵内／洪锦不见半丝弦／洪锦不知其中意／不见女将心内寒／公主反来把他赶／手举一剑刺向肩／正中洪锦左肩膀／哎呀一声喊皇天／不顾皂旗就逃走／一直逃往正北边／公主随后赶将去／哪肯停顿一时间／大叫洪锦哪里走／还不下马来受拴／上天赶到凌霄殿／下地追到阎王前／看看就快要赶上／洪锦此时魂飞天／不如下马来借遁／暂把性命来保全／洪锦注意已打定／下马借遁不迟延／公主一见微微笑／五行之术有何难／随即下马借木遁／以木克土才占先／正赶之间来得快／看看追至北海边／洪锦心下自思叹／若无此宝难过关／取出一物丢海内／那物见水就新鲜／变成一个鲸龙样／翻江搅海波浪翻／洪锦跨上鲸龙背／乘风破浪像划船

白　龙吉公主赶至北海岸边，见洪锦跨鲸而逃，公主笑曰："幸吾瑶池宫带得此宝来，不然，怎奈何他？"就将一物丢于海内。那宝见水，复现原形，变成一物，名为神鲸，哗啦啦分开水势，如泰山浮在水面。公主站在神鲸背上，仗剑赶来。神鲸能降伏鲸龙，起初鲸龙搅得波浪滔天，后神鲸入海，鲸龙萎缩，全然无势。

唱　鲸龙无势兴巨浪／神鲸振威波浪兴／不上一刻就赶上／公主心下喜十分／就将捆龙索祭起／随令黄巾力士等／快把洪锦来拿去／拿去西岐听令行／黄巾力士不敢慢／凭空拿去洪锦身／来至西岐往下摔／一个筋斗落埃尘／子牙众将正谈论／忽见洪锦落阶庭／料知公主功成就／放在丹墀听好音／少时公主入相府／子牙深谢忙欠身／今日公主擒贼将／拯救社稷与圣灵／公主即便回言答／尚未立有寸功勋／不才今日捉洪锦／听凭丞相来处分／说罢转往静室去／子牙升坐在中军／便令左右推洪锦／推至阶前喝一声／你等逆天来行事／今日报应甚分明／喝令推出去斩首／宫适监斩不留停／连忙推至辕门外／行刑令下等时辰／忽一道人呼呼喘／跑上前来便开声／大叫一声休动手／将军刀下且留人／宫适闻言不敢动／忙进相府来禀明／末将奉令去监斩／忽然来了一道人／他叫刀下留人等／不敢擅动请令行／子牙闻报忙传请／少时道人至中军／一见子牙忙稽首／子牙开言问一声／道兄何由来到此／道人回言公请听／贫道乃是月合老／符元仙翁亦曾云／龙吉公主与洪锦／俗世姻缘天凑成／贫道特此来通信／不可违误这事情／子牙当时回言讲／她是蕊宫仙子身／怎样讲此凡间事／难以启齿对她云／想罢便对婵玉讲／你对公主去说明／就将仙翁月合语／详详细细说分明／婵玉领了丞相令／内庭来见公主身／就将这事说一遍／公主闻言便开声／只因吾把清规犯／不得瑶池会至亲／岂料今日把山下／焉敢作此冤孽情／公主道罢无言语／婵玉也不敢作声／少时月合仙翁到／子牙陪同至内庭／公主一见忙稽首／仙翁开言把话云／公主贬下凡间事／正为了却俗缘情／贫道奉了仙长令／特来作伐此事情／公主当依贫道语／不可误了吉良辰／误了此事罪更甚／公主请自三思行／公主听了如此语／不由长长叹一声／谁知有此冤孽债／吾本不该下山林／仙翁既掌

婚姻薄／但凭二位主持行／子牙仙翁齐大喜／随即放了洪锦身／剑伤用丹来敷好／俯伏尘埃谢深恩／出城招回季康等／人马尽归西岐城／择了吉日良辰期／遂与公主鸾凤鸣／夫妻情长且不论／自古道一日夫妻百日恩

白　龙吉公主与洪锦成婚之日，乃纣王三十五年三月初三，众将打点东征，一应钱粮，俱各停当，只等子牙上出师表。翌日，武王设早朝，王曰："有事出班早奏，无事立即散朝。"言未毕，姜丞相捧出师表上殿，武王命呈上来。奉御官将表摆于案上，武王从头观看。

唱　上写着进表之人臣姜尚／我主龙目看端详／纣王无道酒色乱／杀妻灭子诛贤良／妖妇之言全信仰／剔孕敲骨万民殃／酒池肉林尽浪荡／奇技淫巧人心惶／听信奸臣宠奸佞／社稷不整坏朝纲／罪人以族元良丧／陷害忠良逃外邦／天下共怒恶贯满／众诸侯大会孟津订约章／一齐兴师来问罪／恳乞大王自思量／拯救生民于水火／速去义兵救灾殃／择日出师灭无道／社稷幸甚民沾光／为臣不才表章奏／乞赐君令好武装／武王深知表中意／沉吟半晌不开腔／想罢之时开言讲／相父你且听衷肠／纣王无道天下怒／兴兵讨伐理应当／昔日先王曾有语／臣伐君来败五常／吾今安分守臣义／等纣王改过自新理朝纲／子牙即便回言讲／大王有些欠思量／如今东南北三路／会孟津共盟同约伐纣王／大王若不把兵整／失信天下惹祸殃／诸侯不服加兵我／助纣为虐罪难当／一来不把上天顺／二来西岐仍遭殃／武王正在来深想／闪出了散宜生来说言章

白　散宜生在旁俯伏奏曰："丞相之言，情真理实，不若依丞相，以免西土历年征伐之祸。统兵大会孟津，与诸侯屯兵商郊，观政于朝，俟其自改。上可一忠于君，下可以孝于先王，此乃万全之策也。"

唱　武王听罢心欢喜／大夫之言果是真／不知多少人和马／方可进兵到孟津／宜生又来将言说／大王你且听臣云／大王要把五关进／须拜丞相为将军／统领倾国人和马／总管大事方可成／武王即便回言答／任凭大夫主张行／宜生说须筑一坛拜将用／拜将之后就进兵／武王传旨把朝散／各自回府去安身／宜生相府见丞相／恭喜丞相大功成／子牙随即连声谢／传令宫适辛甲身／二人前往岐山去／监造筑坛要尽心／二将领了丞相令／前往岐山把工兴／起造非止一日整／将台已经功告成／二将回府来缴令／散宜生便往内殿去奏明／臣造将台已完整／选择良辰把事行／三月十五是黄道／王至金台拜将军／武王听罢龙心喜／一切准奏等时辰／不言武王准备事／又表子牙把事行／纪律牌子挂相府／大小将官谁不遵

白　子牙将斩法纪律牌挂于帅府，众将观之，无不谨遵。次日散宜生进内廷见武王曰："请大王明日去相府请丞相登台。"武王曰："拜将之道，如何行礼？"

唱　宜生即便开言道／大王今且听臣言／要学那昔日黄帝拜风后／方显我主爱大贤／武王即便将头点／此言正合孤心间／次日随同众文武／一齐来到相府前／里面乐声奏三遍／府门大门闹声喧／宜生在前来引导／武王众臣随后边／众人来至前门等／军政司忙把话传／有请元帅升宝帐／千岁圣驾到此间／子牙听言

不怠慢／连忙整服出外边／武王欠身施一礼／请元帅登上凤辇把身安／子牙深深来感谢／君臣出府肩并肩／搀扶子牙上了辇／这武王亲扶凤尾站后边／武王躬身推三步／有诗一首赞一番

诗曰："龙凤金辇两轨轮，手扶凤尾秉虔诚。不是明君体臣意，焉有周室八百春。"

唱　子牙仪仗出了城／两班文武随后跟／只见前面三十里／红旗直排到西城／扶老携幼众百姓／一齐来看子牙尊／来至西岐将台近／一副对联甚鲜明／上写着三千社稷归周主／一派华夷属圣君／只见将台立高竿／巍峨轩昂三丈零／阔有二十单四丈／相按三才天地人／内按二十四生气／此台一共有三层／东南西北中方向／旗按黑黄赤白青／两边仪仗如雁翅／剑戟森严冠古今

白　散宜生行至銮舆前，俯伏奏曰："请我主下舆。"武王下舆，宜生曰："大王可至元帅前，请元帅下辇。"武王听言，亲至辇前欠身曰："请元帅下辇。"子牙忙下辇来，宜生引导，子牙至台边。宜生赞礼曰："请元帅面南背北。"宜生开读祝文。

唱　伏维十有三年整／丁卯丙子值季春／昭告五岳名山圣／西周差遣散宜生／只因商王失仁政／杀妻诛子灭贤臣／我周奉天来征讨／特拜姜尚为将军／吊民伐罪清四海／全赖神祇佑全军／祝毕即把香来上／又上将台第二层／赞礼官是周公旦／有请元帅把台升／面东背西位端正／周公旦来读祝文／西伯差遣周公

旦/祝告日月与星辰/天有显道来求应/再告历代明王们/纣王无道失仁政/荒淫酒色祸殃民/天下诸侯共愤恨/齐统义师会孟津/我周顺天把人应/拜将除暴早安民/公旦祝文方读罢/子牙又上第三层/毛公把黄钺白旄捧/龙章凤篆印黄金/元戎拜谢来捧定/召公奭来读祝文/西北姬发虔昭告/昊天上帝厚土神/只因商王不理政/作威杀戮怨于民/致使天怒与人怒/天下诸侯起异心/西周姬发承上帝/为国求贤济万民/先王聘请姜吕望/奉天征讨会孟津/以清四海赖神圣/恳乞永光照西城/公奭祝文已读罢/子牙站立在中心/鼓声大打立宝纛/捧出金盔晃日明/金织大红袍一领/八宝白玉带一根/元帅金装全甲胄/立于台上甚俊英/架上又有三般令/旗剑印令天子身/子牙接过三般令/印剑高举过眉心/散宜生来连忙请/有请武王拜将军/武王台下拜两拜/子牙台上把礼行/辛甲高举天子令/有请武王上台心/两向正南来坐定/子牙跪拜谢王恩/臣闻国不从外治/从中御军不能成/疑志不可以敌应/不可二心来侍君/老臣受了节钺命/愿效犬马报君恩/武王即便回言答/相父为将去东征/但愿早把孟津会/师旋凯归遂孤心/武王道罢下台去/众将侍立听令行/子牙便把军政令/晓谕众将得知闻/三日之后来听点/不可迟延误时辰/从此领了将军印/子牙东征另有文

图书在版编目（CIP）数据

地戏·封神榜之出五关 / 帅学剑整理校注 . -- 贵阳：
贵州民族出版社 , 2024.6

（屯堡文丛 . 文学艺术书系）

ISBN 978-7-5412-2846-9

Ⅰ . ①地… Ⅱ . ①帅… Ⅲ . ①地方戏剧本—作品集—
安顺 Ⅳ . ① I236.73

中国国家版本馆 CIP 数据核字 (2024) 第 083989 号

屯堡文丛 · 文学艺术书系

地戏 · 封神榜之出五关

DIXI · FENGSHENBANG ZHI CHU WU GUAN

帅学剑　整理校注

责任编辑：孟豫筑　黎弘毅
装帧设计：曹琼德
出版发行：贵州民族出版社
地　　址：贵阳市观山湖区会展东路贵州出版集团 18 楼
邮　　编：550081
印　　刷：雅昌文化（集团）有限公司
开　　本：787 mm×1092 mm　1/16
字　　数：280 千字
印　　张：19.5
版　　次：2024 年 6 月第 1 版
印　　次：2024 年 6 月第 1 次
书　　号：ISBN 978-7-5412-2846-9
定　　价：148.00 元